MELISSA

悪役令嬢と鬼畜騎士2

JN118307

猫田

Illustrator
旭炬

この作品はフィクションです。
実際の人物・団体・事件などに一切関係ありません。

悪役令嬢と鬼畜騎士2

MELISSA

【1】


絶望《それ》は、足音を立てずに這い寄ってくる。

気づいたときには真後ろにいて、嘲笑《あざわら》うように広がり纏《まと》わりついてくる。

そして心の柔らかな部分をグチャグチャに踏み荒らして、奪っていくのだ。

大切な大切な、大切なモノを——。


乙女ゲーム世界に転生をし、ヒロイン役であるミア・マイアー伯爵令嬢に攻略された第二王子のフェリクス様に、悪役令嬢役として華々しく、それはもう大々的に婚約破棄をされた私ことツェツィーリア・クラインは、娼婦落《ジョブチェンジ》ちを経て、またも第二王子の婚約者に返り咲きました。

今度の婚約者様は、あまりの素行の悪さにとうとう継承権を剥奪されたフェリクス様に代わり第二王子位に就いた、降嫁された王妹殿下を母に持つ由緒正しき公爵家の次男ルカス・ヘアプスト様。

公爵家はベルン王国において最後の一線を守る王家の盾として名を馳《は》せており、その武闘派公爵家が誇る長い歴史の中で最強と噂《うわさ》されているのがルカス。

最年少で近衛騎士団副団長になり、さらには次代の英雄であるチート美形騎士に成長した彼と私は、少し違う形にはなれども、子供の頃に交わした約束を守り続け、結果めでたく婚約……両想《おも》いと相成りました。

そんな彼と数週間後に正式な婚約式も控えている私は、身の安全の都合上へアプスト公爵家に居候……いえ、同棲《どうせい》……というか、婚約者様《ルカス》の居室に生息中です……。

いくら保護を理由にしているからと言って、広大な敷地と邸宅を所有している公爵家に客間がないなんてあり得ないので、婚約者様の重すぎるご好意とご厚意に、半ば強制的に甘えさせられておりま す……。ちなみに、部屋から出してくれるようになったのはつい最近のことですっ。

そんなヤンデレ騎士であるルカスは有能故に当然忙しく、今日は帰宅は遅いと聞いていた。

だからお茶会帰りのついでにと、細々としたものを取りに実家に一時帰宅したのだけれど——。

必要な荷物を整理し、さぁ帰ろうと馬車の踏み台に足をかけた残念な姿勢のまま、馬車内を凝視してしまう。

そこには、黒い騎士服に包まれた長い足と腕を組み、少し気怠《けだる》げに私を見つめる超絶美形が鎮座しておりました……。

やだ、伸びた襟足を結んでるの似合いすぎです……じゃなくてっ！　討伐に行っているはずなのに、どうしているの……っ？

疑問を覚えて無意識に口が開いた私を制するように、ルカスが先に声を発した。

「おかえり、ツェツィーリア。もう少し戻るのが遅かったら、迎えに行こうと思ってたところだよ。もう二度とクライン家に来なくて済むように、必要なものは全て取ってこられた？」

カチャ……と握っていた剣を立て掛けながら微笑《ほほえ》まれ、慌てて挨拶を返す。

「お、お待たせして申し訳ありません、只今《ただいま》戻りました……あ、おかえりなさいませルキ様……」

あれ、どっちの挨拶をしたらいいの？　おかえりが先？　それともただいまが先っ？

というか、お迎えに剣は必要ないし、二度と来なくてもいいようにとか言ってますけど、ここ私の実家で、私はまだクライン侯爵令嬢です……っ。

足りないものは買えばいいと言われ、実家に戻るのをとてつもなく嫌がっているのは知っていたけれど、まさかその剣、お迎え時に使う予定だったとかではないですよね……っ？

混乱と動揺をする私へルカスはふっと微笑むと、金色の瞳を細めて手を差し出してきたから、つい習慣でその手へ重ねてしまった。

するとぐいっと引っ張り上げられ、椅子ではなく膝の上に抱え込まれる。

驚く間もなく扉がパタンと閉められ、どういうことだと視線を向けた窓の先で、何故《なぜ》かじゃんけんをしている侍女と侍従を見つけてしまい、またも呆然《ぼうぜん》としてしまったわ……。

「ひゃっほーい！　先スタートゲット～！」

「いやっふぅぅううう！　地獄の訓練メニュー回避ぃぃいい!!」

「ぐぁぁああじゃんけんなんて滅びればいいのにぃっ！　アナとエルサに先にスタートなんてされたら、絶対に公爵邸に着くまでに追いつけるわけないじゃない……！」

「クソッ、今日は地獄メニュー決定かよ……っ」

嘆くケイトさんとフィンさんをしり目に、アナさんとエルサさんはギラリと睨《にら》み合うと突然しゃがみ込んだ。

「……ふふふ、ここで会ったが百年目。前回の雪辱を晴らさせてもらうわよエルサ……！」

「ふんっ、ただのかけっこで私に勝とうだなんてへそでおやつを食べる……！　ご褒美は私のものだもんね……！」

「エルサ、へそしか合ってないわよ。は〜い、行くよ〜……よーい、どーん」

「アイツ腹減ってるから真剣だな……。一……、二……、三……」

ケイトさんのだらけきった掛け声と共に二人の姿がこつ然と消え、凹《へこ》み気味のフィンさんの数える声が十までいったかと思うと、唐突にケイトさんとフィンさんの姿も消えました……。

えーと、どうして『じゃんけんぽん』からの『よーいどん』になったの……っ？

側仕《そばづか》えが主《あるじ》を放置して消えたにも拘《かかわ》らず、ルカスは悠々としながら「出せ」と一言発した。

えぇ……冷静すぎる……っ。疑問を覚えているのが私だけとか、私が無知なだけみたいで、誰にも尋ねられないじゃない……っ。

カタカタと馬車が動きだす中、公爵家の常識についていけずに項垂《うなだ》れていると、突然顎を取られた。

そうして合わせた、陰った瞳の奥のどす黒い感情にヒィッと仰《の》け反《ぞ》りそうになったわ……っ。

これは、なんだか、マズい予感……っ。

「……ただいま、愛《いと》しい婚約者殿」

そう言いながらゆっくりと頬に口づけられたかと思うと、カジリと甘《あま》噛《が》みされ、その脅しに慌てて顔をルカスに向ける。

挨拶のキスをご所望なんですねっ！　わかってます、わかってますから噛むのはやめてぇ……！

「あの、お戻りを、心よりお待ちしておりました……っ」

震える唇で伝えて、染まる頬を自覚しながら麗しい顔にエイヤッとキスをする。現状、膝の上に乗りっぱなしですが気にしない方向でいきます……！

羞恥に耐えてそこそこ長めにキスをし、ふぅ、やりきった……と唇を離して安堵《あんど》した瞬間、突然ドレスの胸元に指を掛けられた。

クイッと軽く引っ張られただけでドレスの胸元が下がり、そのせいでコルセットで盛った胸がさらに盛り上がるのを見て、慌ててその手を掴《つか》みながらルカスを呼びましたっ。

「きゃっ……る、ルキ様……!? やっ、やめてください、ここ馬車ですルキ様……！」

何を考えているの……ってイヤぁッ！　チート騎士の力で厚手の生地がミチミチ鳴りだしたぁっ！

焦る私をまるで宥《なだ》めるように、ルカスはさらりと言い返してきた。

「外じゃないから約束は破ってない」

「ッ、で、でも馬車です……！」

ぶんぶん首を振って伝えた私に、何故か彼は、だからなんだと言わんばかりに首を傾《かし》げた。

そのナチュラルすぎる態度に、危うく変態の常識に感化されかけて疑問を覚えちゃったわ……。

あれぇ？　馬車は、そういったコトをする場所ではない、よね……っ？

目を白黒させる私をしり目に、ルカスはどろついた金色を細めると、ゆっくりと耳元へ顔を寄せてきて、ひっくーい声で囁《ささや》いた。

「心から待っててくれたのに、頬へのキスだけで終わり？」

言葉通りだと証明しろと暗に言われ、ここ馬車の中なのにぃ……と嘆きながら彼の要求をのみました……。これはへたれじゃない……戦略的意思決定だもの……っ。

腹立たしさを覚えながらも求められた喜びに潤んでしまった瞳を見られるのが悔しくて、睫毛《まつげ》を伏せてルカスの薄い唇だけを見つめ、顔を寄せる。

唇が当たった瞬間、後頭部を抱え込まれ、そのままの体勢でさらなる要求を告げられた。

「ツェツィ、口開けて」

「……ッ」

それはちょっと……っと唇を引き絞って意思表示をすると、ルカスは胸元の指をクンッと引いた。

ビッ……という微かな生地の裂ける音に、お応えさせていただきます是非に！　と分身が叫んで、慌てて口を開きましたっ。やっぱりこうなるのよね、こなクソぉ……！

悔しさを感じつつ、ねっとりと絡まる舌に刺激されて気持ちとは裏腹に甘い喘《あえ》ぎを上げてしまう。

「んぅッ、ん……っ、ンアッ、ン――……っ」

私の息を止めようとするかのような激しい口づけに、首に回した腕に力が籠もる。

気持ちよさとそれ以上に愛を伝えられるキスに意地を張っていた心があっさりと溶かされてしまい、つい強請《ねだ》るように引き寄せてしまった羞恥でより濃くなった頬を、愛おしむように手でなぞられた。

閨事《ねやごと》でするような深いキスを馬車の中でしている事実から必死で目を逸《そ》らして受け止めていると、唐突に絡まった舌が離れた。

じわりと火照った身体を鎮めようと熱い息を吐き出すと、ぷつと切れた糸が口端についた感触がして、恥ずかしさから手の甲で口元を覆う。

その私の手を大きな手がそっと外し、微《かす》かに濡《ぬ》れたレースの甲にキスを落とすと、ルカスはほんの少し眉尻を下げた。

「……お茶会に行くと言っていたのに、侯爵家に寄っていると聞かされて不安になったよ、ツェツィーリア。あなたの元に帰ると約束したのに当のあなたが帰ってこないから、何かあったのかと……このまま戻らないつもりなのかと気が気じゃなかった」

予定では友人とのお茶会後はすぐに戻るつもりだったし、ルカスにもそう伝えていた。けれど帰りがけに実家から細々としたものを取ってこようと思い立ち、寄ってもらったのだ。

当然護衛の許可を取った上ではあったけれど、伝えた予定とは違う行動をしたせいで彼に心配をかけてしまったと気づいて、慌てて謝罪する。

「あ……も、申し訳ありません……！　ルキ様が戻られる前に帰宅する予定だったのです……っ」

「そっか、良かった……待っててくれる予定だった？」

「はい、それは当然――……っ、あ、その……っ」

謝罪にゆるりと甘くなる金の瞳と優しい声音に、私の胸まで甘く痛んでしまい、うっかり素直に返答してしまった。するとルカスは色っぽく口角を上げ、何故か、黒い騎士服の襟元を緩めたわ……っ。

や、やっちゃった……っ、今のは肯定を誤魔化すべきところだった……！

あぁ恋心憎し……っと嘆く私をしり目に、腹黒は意気揚々と欲望を伝えてきた。

「ふふ、嬉《うれ》しいよツェツィーリア……あなたに早く会いたくて討伐で宝剣《エッケザックス》を使ったから、昂《たか》ぶってしまって苦しかったんだ。明日の登城は午後からだから、鎮まるまでゆっくりたっぷり付き合ってもらおうかな。……とりあえず、家に着くまでに慣らそうか」

恐ろしい言葉に目を見開く私へにっこりと嗤《わら》うと、ルカスはまた顔を近づけてきた。重なる唇と同時に開いていたカーテンをシャッと閉める音までも重なり、背中に震えが走る。

ここが馬車の中で、そんな不埒《ふらち》な行為ができるような場所ではないと高を括《くく》っていた私は、鬼畜による想像以上の意地悪に泣く羽目になりました……。

「やっ……！　あ、っ、や、だ、ルキ様待って……！　お願いです、もうこれ以上は……っ」

「キスしただけなのに、下着をこんなに湿らせて……素直でイヤらしい身体《からだ》だね、ツェツィーリア」

たくし上げたスカートの中でルカスの手が蠢《うごめ》いて、下着を張りつけようと濡れた割れ目を辿《たど》る。

「〜ッ、ちが、いやぁ……っ」

布地の上から花芯をスリスリと優しく撫《な》でられ、感じたくないのに足が開いて背中が仰け反ってしまった。

緩められたドレスから、ルカスの眼前に差し出すようにまろびでた胸の頂《いただき》に舌を這《は》わされ、

「んっ、あン……っ」と明らかに艶の籠もった声を上げたのが堪《たま》らなく恥ずかしくて、ルカスを止めようとしていた手を自分の口元に当てた。

「止めないのか？　もっとやってほしいの？」

その行動を言葉にされて、ブワッと涙が盛り上がる……っ。容赦ないですねルカスさん……っ。

「ち、違いますっ、だって……」

「だってナニ？」

「だ、だって……っ」

意地悪げに問い返されて、この根性悪め、こなくそぉ……っと悔しさから睨みつけるとドSが綺麗《きれい》に微笑んで、ヒッと自分の頬がひくついてしまったわ……っ。

これ、絶対イヤなこと言うぅ……！

「胸先を少し舐《な》めただけで、感じて喘いじゃったのが恥ずかしい？　大して触れてないのにもうこんなに赤く充血させちゃって……美味《おい》しそう」

「い、言わないで……ッ、あっ、駄目！　ルキ様っこれ以上は声、が……ッ、だ、めぇ……！」

ぃやぁあああ酷《ひど》いヒドイぃぃぃ……！　ゆ、指、入れてきたぁ……っ。

ぷちゅん……という水音をさせながら割れ目を開かれ、ゴツゴツした長い指が泥濘《ぬかる》んだ中に侵入してきて腰を震わせてしまった。

「ッ、ん、ん……っ」

声を出すまいと手で口を覆う私の様子を窺《うかが》うように優しく指を出し入れされたかと思うと、おもむろにぐちゅりと指を深く入れられて。

中の感じる部分に指の腹を、外の膨らみ始めた陰核に掌《てのひら》の付け根を押し当ててパチュパチュと揺すられ、覆った口から嬌声《きょうせい》が漏れてしまった。

「――んぅッ……！　ふぅっ、んぁッ、や……っそれや、だぁ……ッ、んッぅぅ――……っ！」

弾《はじ》けた快感が広がり、敏感になった胸の尖《とが》りが誘うように震える。

ハーハー荒い息を吐いてルカスの騎士服にヤメてと縋《すが》りついたのに、何を思ったのか、鬼畜はイッたばかりの身体を追い込んできた。

胸を手で押し上げ口の中に入れたかと思うと、乳頭を舌で扱《しご》かれ、甘噛みされる。同時に痙攣《けいれん》する内壁をマッサージするように指の腹で捏《こ》ね繰り回されて堪らず腰が浮き上がり、出したくないのに媚《こ》びたような声が出てしまう。

「あッ!?　あっんくぅッ……！　ひッ、も……やっ……今イッてるのルキ様ぁ……っ」

「うん、俺の指抜けないくらい締めつけてる……でも中がまだ固いから、ね？」

何が「ね？」なのかわかりませーん！

ドSの意地悪に早々に音を上げ、小刻みに首を振ったせいでぽろりと頬を涙が伝う。その雫《しずく》を舐め取りながら、うっとりと微笑んで指を動かすのは何故なんですか……っ。私泣いてますけども……！

「最近感度が良いのか、敏感すぎて堪んなく可愛《かわい》いな……凄《すご》い濡れてきたよ、音、聞こえるだろ？」

幾重にも重なるスカートのひだの奥からでも聞こえる程、ぶちゅんぷちゅんと湿った淫靡《いんび》な水音が狭い馬車内に響く。

執拗《しつよう》に動く指から逃げようと腰を捩《よじ》ると敏感になった粒を露出され、クリクリと爪で刺激されて視界にパチパチと火花が散った。膨張し今にも爆発しそうな快感に身体が震えだして、口から手が外れそうになる。

「んッふ、んぅッ!?　や、あ、い……っもう無理、ですっ……も、声、止められな……っ！」

イカされる度にどんどん深く長くなる絶頂に恐怖を覚え、痙攣する太ももを必死で閉じて涙目で懇願すると、ドSは甘く優しく私を引き寄せ……口元の手をベリッと容赦なく引き剥がして嗤った。

なんてことかしら……まさかの正統派鬼畜対応……っ！

「ねぇツェツィ、残念ながら今両手が塞がってて残ってるのは一つしかないんだ。俺としては愛するあなたの愛らしい声を他の人間に聞かせたくないんだけど……どうしようか？」

「ど……する、って……ッ」

わざとらしく眉を下げながら告げたかと思うと、ルカスは私の唇にキスを落とした。

その可愛らしいリップ音で提示された選択肢がわかってしまい、悔しすぎて奥歯をギリギリ言わせちゃったわ……！

こ、のぉ……何故《なにゆえ》キスを強請るなんていう不埒でなんの解決にもならない選択肢が出てくるんですかね——!?　当然終了を選択項目に入れさせていただきます……！

「ッ、おしま……ヒッ!? やッ、いっじわるぅ……ふゔっんぅぅ――……ッ！」

　せめて最後まで言わせてくれたっていいじゃないー！　声出るからやめてって言ってるのにどうしてより激しくするのよぉ……！

　抵抗を示した途端、増やされた指で奥の弱いところを言い聞かせるように優しく撫で回されて、首を仰け反らせてイキそうになるのを耐えた私に、ルカスはハッ……と興奮の籠もった息を吐き出した。

「……ホント、そういうところ堪んねぇな……なんなら意地悪にお応えしようか？」

　弧を描く金色がより濃くなり、美しい顔に獰猛《どうもう》さが滲《にじ》み出るのを見て、噛み締めた口から力が抜けちゃったわ……。

　ねぇ、今までのは意地悪ではないの……？　今ですら意地悪なのにこれ以上とか絶対回避ぃ……！

「どんどんイクの早くなってるね、すげぇうねって吸いついてきてる……またイキそうだろ？」

「――ッ、ハッ、あ……～ッ、る、ルキ様ッ、く、口、塞いでくださ……ッ」

　ニッコリと微笑みながらゆっくりと指を私が弱い部分に押し当て次の行為を教えてくれるドSに、泣く泣く強請りました……。我が身を守ることはとても大切です……ッ。

　なのに、鬼畜騎士は変なところで騎士力を発揮してきたのである。

「ねぇツェツィーリア、それは、キスで口を塞いでほしいってことでいい？」

「ッ、そう、です……！」

　説明しないでくれませんかっ！　と頬を染めつつ自棄気味に返事をすると、ルカスはいきなり私を引き寄せて唇の真上で嬉しそうに微笑んだ。

「じゃあ、俺にあなたの口を捧《ささ》げていただけますか？　俺の愛しいヒト」

「え……」

「どうぞ慈悲を、……塞いでほしいんだろう？」

そう低く囁きながら何故か口を閉じない人外美形を、愕然《がくぜん》と見つめてしまう。

捧げろって、騎士が戦いに出る前に愛する相手に願う言葉じゃない……それは行く前に使う言葉であって、あなたさっき討伐からご帰宅なさったばかり——って違うっ。

えっと、唇じゃなくて口ってことは……つまり、私から舌を絡めろと……!?

気づいてしまったせいで首筋まで赤くなった私をルカスは首を傾げて眺めると、早くと言わんばかりにぐちゃぐちゃに蕩《とろ》けて弱くなっている蜜壺《みつつぼ》を指で揺すってきた。促し方が卑怯《ひきょう》ですよ騎士様ぁ！

「ヒ……ッ!?　あッ、あっ……イ、やぁっ……～!!」

掴まれた手をギュッと掴み返し、どうにでもなれー！　と開いた口の中に舌を差し入れたわ……っ。

羞恥心なんてなんの役にも立たないのよコンチクショー……っというかこれ以上の羞恥はご勘弁です！　ば、馬車から嬌声が漏れるとかっ……むしろ羞恥で死んじゃうもの……っ。

耳をすりすりと撫でられながら、絡めた舌を吸い上げられる。

キスというよりは愛撫《あいぶ》に近い行為に身体まで反応してしまい、くふんと鼻から甘えた声を漏らしながらいい加減終わりにしてと眼前の瞳を睨むと、ルカスはゆるりと微笑んで意味不明な言葉を吐いた。

「蕩けきった瞳で見つめてくるってことは、下への刺激が物足りないってことかな？」

……私絶対に睨んでるのに何を言ってるのかしらこの根性悪さんたら。変な方向にポジティブ……。

幸せそうに吐息を零《こぼ》すご尊顔に呆然としていると、ぐっと指の付け根まで入れられ、きゅうっと内壁が幸せそうに吸いつく。その指をゆっくりと引き抜かれ、気持ちよさにお腹《なか》に力が入った。

「ふぁッ!?　あ、あっあッ……〜〜っ」

「ホント素直……」

身体の反応を褒められて、羞恥をポイして対応した私の怒りが膨れ上がるのは当然の帰結で。

もう本当……これ以上は許すまじ変態根性悪騎士ぃ……！　……そう喉元まで出かかった罵声は、ルカスの熱っぽい言葉にあっさりと溶かされどこぞかへ消え去りました……。

「好きだよツェツィーリア……抱きたくて、愛しすぎてホント苦しいから俺を助けて」

……こ、ここでおねだりだとぉ……!?　嘘《うそ》でしょ……頬にチュッチュする仕草が必死な感じでときめくのでやめていただきたい……！

じわぁっと汗を吹き出しながら動揺していると、スリ……とこめかみを頭に擦りつけられ、抵抗を示そうと必死で閉じていた足から力が抜けたわ……。

私ったらルカスに弱すぎるし、突然甘えてくるの、本当にズルいと思います……っ。

カツンと脱げかかっていた靴の片方が馬車の床に落ちる。

その音を聞きながら、間近にある愛と情欲が溶け合う金色と視線を合わせた。

「ツェツィ……ツェツィーリア」

熱を持つ掌で頬を覆われ、懇願するように名前を呼ばれ、逡巡《しゅんじゅん》しつつも名を呼び返してしまう。

「あ……ルキ、様……」

するとルカスは私の身体を持ち上げて、自分の身体を跨《また》ぐように体勢を整えた。

向かい合うようにルカスの膝というよりは股に座らされ、ゴリッとした固い感触に、ひぃやぁぁあ！　と彼の肩を慌てて掴み逃げるように膝立ちをして、ぶんぶん首を振らせていただきましたっ。

「ま、待ってて っ、まだ準備できてない……っ」

「準備ができてない……？　凄いドロドロだけど？」

違いますぅぅうー！　いえ、違うわけではないんですけども……！

逃げるなと強い力で腰を抱えてきたルカスに、真っ赤になりながらホント待ってと言い募る。

「こ、心の準備がっ、できてません……！」

「……心？」

「そ、そう、です……っ」

「準備？」

「そうです……！」

まんまるお目々と細切れ質問が可愛いですねコンチクショー！

「こ、こんなところで、されたらっ、もう当分恥ずかしくて外出できなくなる……ので……っす、少しだけ、待って……っ」

最後は尻すぼみになりながら伝えると、ルカスがピタッと動きを止めた。

「……そっか」

その小さすぎる返事とゆるゆると力の抜けた手を怪訝《けげん》に思い、そっとルカスへ視線を向けると——

美麗なご尊顔が、真っ赤に染まっていました……。

照れるポイントが解せぬ……！　どこら辺にそんなポイントありましたか⁉

驚いて固まっていると、なんと超絶美形が特大級の可愛い《かわいい》攻撃を繰り出してきた。

「ごめ……ちょっと嬉しすぎて、断られると思ってたから、まさか許可が下りるとは……」

はにかみながら口元を覆ってぽしょぽしょと気持ちを伝えてくれる婚約者様に、心臓を殺す勢いで鷲掴《わしづか》みにされた上に、自分の発言に地面に埋まりたくなったわ……っ。

私、待ってしか言ってない……ちゃんと拒否しないと駄目じゃない、淑女教育さん仕事してぇっ！

されるのは嫌ではないとやんわり伝えてしまったことに気づき、二重の羞恥で身体が染め上がる。

そしてそんな私を見て、なんとルカスが大人しくなった。

「そっか、心の……」

「は、はい……っ」

「そっか……じゃあ、その、待ちます……」

「は……っはいぃ……っ」

卑猥《ひわい》行為中の突然の純恋愛タイムに馬車内に妙に甘酸っぱい空気が漂い、もう許して……！　と私が音を上げそうになったところで、ルカスが私の頬をそっと、羽のように優しく撫でた。

「……本当に、閉じ込めて俺に繋《つな》いで、壊したいくらい愛してるよツェツィ」

「――あ……」

吐き出された心の籠もりすぎた狂気的な愛の言葉に、応えるように身体から力が抜け彼に身を委ねてしまった。その身体をギュッと抱き寄せられ呼吸が浅くなる。

ど、どうしよ……心臓が可愛らしい感じで高速鼓動を刻んでるんですけど、これは、怖くてドキドキしてるわけではない気がする……！　まさか自分がヤンデレに対応し始めるなんてぇ……っ。

頬を染めつつ慄《おのの》いていると、ルカスがふっと笑った。

「――残念、着いたみたいだ」

「……え？」

言われた言葉に視線を窓へ向けると、ルカスがカーテンを捲《まく》ってくれた。

ガタンと馬車が揺れ、遠ざかる門扉に公爵邸の敷地内に入ったと悟る。

呆然と最近見慣れた風景を眺めていると、ぱぱっとルカスに身支度を整えられ、そして頬を両手で挟み込まれてキスをされた。

「んっ……ルキ様……？」

そうして離れる唇を追うように呼んで、答えてくれた声と色っぽく嗤う顔に冷や汗が流れた。

「大丈夫だよツェツィーリア、これで終わるわけないだろう？　あなたから俺を求めてくれるよう、俺以外求めることなどないよう、壊れる一歩手前までぐちゃぐちゃに愛して、次は心の準備も必要ないくらいに俺を刻み込むから、安心して？」

そ……それ、どこにも安心要素ありません……！


――そんな翻弄されつつも幸せな日々は、境の森の深淵《しんえん》に古代竜が出現したとの噂で崩れ去った。

きっかけは、王都と森の境目の結界にあり得ない魔獣が出現したこと。

ヴァナルガンド――境の森を挟んだ隣国エグリッヒ帝国で神獣とされているフェンリルの変異体であり、危険な魔獣。

討伐難易度は火蜥蜴《サラマンダー》と同じSランクだけれど、それはその上のSSランクに古代竜が設定されているせいでSランクとして扱われているだけだと聞いた。

それ程危険な魔獣が結界ギリギリに傷だらけで出現したら、そんな噂もたちまち広まるものだ。

さらにはヴァナルガンドのせいで逃げてきた小型の魔獣が王都内に入り込み、一時王都は騒然としたけれど、元帥閣下とルカス率いる黒白騎士団の活躍で事なきを得た。

そして王城は騒ぐことなく境の森の深淵に古代竜が出現していることを認め、事前に予定していたような早さで英雄と騎士団の派出を決定した。

もたらされた一報に、刺繍《ししゅう》をする手元から力が抜けた。

気遣うアナさん達の声もなんだか耳に膜が張ってしまったみたいによく聞こえなくて。

詳しい情報はまだ公爵家にも届いていないと言われ、藁《わら》にも縋る思いで急いで実家に手紙を出した。

けれど宰相閣下の政務官をされている父からの返事にも、ルカスと元帥閣下のどちらが行くかは決まっていないと書かれていて。そのあとに少し躊躇《ためら》うような筆跡で、もし昔の討伐について知りたいのならこの本を読みなさい、と記載されていた書籍をアナさん達が止めるのも聞かずに公爵家の書架にすぐさま探しに行った。

そして知った情報に、身体の震えが止まらなくなった。

数百年毎に起こっている古代竜の討伐はそのほとんどが相打ちで、古代竜を倒すことはできても、結局英雄は助からず……そのほぼ全てが、討伐後に死亡していた――。

バサリと手元から本が落ちた。

拾おうとして柔らかな絨毯《じゅうたん》につま先を取られて膝をつくと、開いたまま落ちた本の『死亡』という文字が目に入ってきてヒュッと喉奥で息が詰まり、酸素を求めるように顔を反らして喘いだ。

「――ッ」

お腹の奥深くから湧き出る感情が眦《まなじり》に浮かんで顔を撫でていく。

持て余す程の苦しい想いに喉を開くけれど、叫ぶことも喚《わめ》くこともできず……その代わりに何故か笑いが浮かんでしまった。

「ど、して、かしら」

胸が引き攣《つ》れるように痛む中、喘ぎながら疑問を紡ぐ。

身体が熱を失ったかのように冷えて動かなくなり、暖かさを求めるように光へ視線を向けた。

向けた先の、本に日が当たらないよう細く作られた窓のキラキラ淡く光るステンドグラスの女神の微笑みに、無性に腹が立って「笑い事じゃないわ」とぽつりと吐き出す。

知っていた。

――だって私は第二王子の婚約者だから。

忘れていた。

――だって私はフェリクス様の婚約者だったから。

同じなのにどうして彼は、という感情がこんこんと肚底《はらそこ》から瞳に湧き出てきて、女神の微笑みが嘲笑するように歪《ゆが》む。

「笑い事、なんかじゃ、ない」

噛み締めることもできない程に震え続ける唇で喘ぐように声を出して、何をつまらないことを言っているのかと自嘲してしまった。

公爵家に来てからどれだけぬるま湯に浸《つ》かっていたのか。

知っていた――けれど、私はあまりにも幸福すぎて、忘れてしまっていた。

同じ第二王子でも、ルカスは英雄。

ベルン王国が誇る、宝剣エッケザックスを揮《ふる》うことができる唯一無二の最強の騎士。

当代はヴェーバー様だけれど、次代の英雄はルカスに決まっていて、そして彼は既にエッケザックスを使いこなし、数多《あまた》の討伐を行っている事実上の英雄だ。

だからどれ程危険な討伐であっても、それがたとえ……死にに行くような討伐命令であっても、王から、国から命令されたらその討伐は断ることができない。

それが英雄という称号を持つ者の義務であり責務だから。

それを私は知っていたのに。

愚かな私は……恋に浮かれきっていた私は、この国における〈英雄〉というものを……己の婚約者がその英雄であるということを忘れていたのだ――。

〈幕間〉ディルク

「やれやれ、今代の王家は世話の焼ける人間が多いな」

「そんなにいませんよ、しいて言うならフェリクス様《あのアホ》くらいでしょう」

「……お前も結構言うよね、ニクラス」

「俺が突っ込まないとディルク様の独り言になるじゃないですか。優しさですよ、優しさ」

「……それは、お礼を言うべきなのかな？」

「是非言って俺を労《いたわ》ってください、我が主《あるじ》」

チロリと横目で冷たく言うニクラスに盛大に溜息《ためいき》をついて足を進める。

なんでこんなに冷たいヤツになっちゃったんだろうな〜、昔はもう少し優しかったような……いや気のせいかな？

そう取り留めもないことを考えながら、側仕《そばづか》えのニクラスがノックする扉をぼんやりと見つめてもう一度溜息をついた。

王家の盾として陛下に呼び出され、面倒だと思いながら可愛《かわい》い弟のためにと重い腰を上げて王城へ来てみれば離宮周辺が騒然としていて、走り回る騎士をニクラスに捕まえさせて事情を問い質《ただ》してみれば実にバカバカしい内容だった。

フェリクスの阿呆《あほう》が魔力を暴走させて離宮の部屋をズタボロにしているが、王家特有の膨大な魔力に宮廷魔術師でもなかなか手が出せない状況だと説明され、溜息をついてしまった私は悪くない。

最近の宮廷魔術師は鍛錬を怠けているんじゃないか？

王族相手だろうがなんだろうが、たかだか暴走くらいさっさと鎮静化できないと魔術師なんて名乗る資格ないだろうと思いながら、離宮に向かうと確かに入口にまで魔力の残滓《ざんし》が届いていて少し驚いた。

廊下を進む途中で、フェリクスの魔力に驚いて慌てて部屋から飛び出してきたと見られる今日貰《もら》い受ける許可を得る予定の男と、都合よくフェリクスを誑《たぶら》かしてくれたお花畑《ミア》に会い「やぁこんにちは。聞いていた通り仲が良いんだね二人とも」と挨拶をしておく。

ニクラスが小声で「主……性格悪すぎですよ」と言っていたが聞こえないフリをした。

私は別に性格は悪くないはずだ。ただ大事な弟を、幼馴染《おさななじみ》というだけでアクセサリーを見せびらかすように使っていた女と、その女に誑かされて大事な弟の大事な人にオイタをした男を懲らしめようと思ってるだけで。

王家と公爵家にとって害悪な存在は処理する必要があるわけだし。

そう思いながらフェリクスの部屋の前まで行くと、廊下と部屋の境目に魔術師によって防御壁が築かれていた。

開け放たれた扉には魔力の渦でズタズタに切り裂かれた痕があり、結構派手にやったなと心の中で独り言《ご》ちながら止めようと声を上げる魔術師を無視して、片手で防御壁を払って壊し中に入る。

そしてついてきたニクラスがもう一度境目に防御壁を張るのを感じながら、自身とニクラスに防御壁を施す。

「珍しいですね主、俺にまで張ってくれるなんて」

「そこそこ派手な感じだからね。お前の防御壁でも平気だとは思ったんだけど、一応念のためね」

「腐っても王族ですか」

「お前ね……苛立《いらだ》ってるんだろうけれど、流石《さすが》に離宮内でそういう物言いはやめなさい。警備の騎士に聞かれたらことだ」

「……はい、申し訳ありません」

憮然《ぶぜん》と謝罪するニクラスに肩を竦《すく》めて返し、またもボロボロの状態で開け放たれた扉の向こうへ足を進める。

バルコニーの前に蹲《うずくま》り魔力を暴走させているフェリクスを見つけ、そっと近づいて――聞こえた言葉に目を細めてしまった。

同時に、コイツも処理対象だなと脳内のリストに記載する。

クライン嬢の名前を呼びながら殺意を零《こぼ》すなど、到底放っておけるものではない。彼女に何かあれば間違いなくルカスの殺意が王家に向く。

――そうなれば王国も大惨事に見舞われるだろう。

と言うか、我が弟は正直色々と人間離れしちゃってもう手に負えないからな～。

小さい頃から本当可愛かったけど、今もクライン嬢のことになると必死になるのが堪《たま》んないんだよな～……あの必死な可愛さが、父上の判断を覆させたんだけど。

ヘアプスト公爵家当代当主の最大の功績であり、最大のミスでもあったね、あれは。

ヘアプストにごく稀《まれ》に現れる稀代《きたい》の天才。

膨大な魔力と圧倒的な身体能力を持ち、王家の盾という言葉をその態で表す。

ただ、感情に欠落を抱えていることが多く本人の制御が難しいため、その力が成熟する前の大抵幼い頃に処理されていたから、文献にもどれ程の力を秘めているのか情報がそんなに載っていなかった。

……唯一あったのは古代竜を使役していたとの伝説級の記述で。

父上が、ルカスがそうかもしれないと零した言葉に、母上も私も側仕え達も、部屋にいた全員が息を呑《の》んだ──。

どうするのかと聞いた私に、父上は窓に視線を向けて拳を握り締めた。

視線の先にはルカスがいて。中庭にある巨木にその小さな身体《からだ》でスルスルと難なく登り、鳥の巣を覗《のぞ》き込んでいた。

木の下で焦るフィンの声に気づいて小首を傾《かし》げたかと思うと、ルカスは突然枝から手を離して飛び降りて。途中にある枝に手を掛けてくるりと回ったかと思うと、スタンッとフィンの前に降り立って
「どうしたの？」と可愛らしく疑問を呈していた。

あれで四才くらいだったかな……既に信じられない能力の片鱗《へんりん》を見せていたルカスは、確かに泣きも笑いもしない子で。

……けれど、それ以外は優しい子だった。

自分がおかしいことにもどこかで勘づいていたんだろう。

誕生日を祝われてもほんの少ししか表情が動かない自分の顔を摘《つま》んでどこか葛藤した様子を見せる我が子に、母上は涙目で抱き締めそのままでいいと言っていた。

ほとんど情報のない危険な存在。

成熟してしまえば王国で最強の武力を誇る公爵家であっても、……たとえ英雄であっても、誰一人

として手が出せなくなるかもしれない。

そんな存在をこのまま育てていいのか、それとも今、処分するべきなのか——。

判断材料が少ないからと、父上は決断を先延ばしにするようにルカスに武芸を習わせ始め、そしてその恐ろしいまでの才能に驚愕《きょうがく》することになった。

教える教師が半月毎に恐怖の表情を浮かべて謝辞を述べ、辞めていく。

刻一刻と判断するべきときが近づく中、「……英雄ならば、もしルカスが暴走しても今はまだ止められる……あの優しい子に、あと少し、もう少しだけ生きていてほしい——」と零した母上の言葉に、父は当時近衛騎士団副団長だったアンドレアスに預けることにした。

……父上だけの責任じゃないな……と思い出して吐息を零してから、目の前の男に意識を向ける。

「……ツェツィーリア……ッ赦《ゆる》さないぞツェツィーリア……殺してやる、ルカスに笑いかけるお前など赦すものか……！」と喚《わめ》き、暴走させた魔力で精神状態が芳しくないフェリクスに圧縮した魔力の弾丸を当てて気絶させ、気を失って倒れたフェリクスをぞんざいに肩に担ぐニクラスを見ながら、どうしてフェリクスは努力をしなかったのかね……と肩を落とした。

アニカに笑いかけ口説くアルフォンスを見て貴族子息が貴族のご令嬢にどう対応するのか学んだのか、周囲の人間の振る舞いを観察するようになったルカスは徐々に口端を上げ始め綺麗《きれい》な作り笑いをするようになった。

その天使みたいな微笑《ほほえ》みに数多《あまた》の貴族令嬢が軒並み撃ち抜かれて、一時家に婚約の申し込みが殺到したんだよな……と思い出す。

まぁ、見目だけは良い例の花畑少女がルカスは自分のだって吹聴して回ってたみたいで、母親同士の仲もあってか憶測が出回って徐々に減りはしたんだけど。

　ただ元々女の子が苦手なのかアニカや家の侍女以外には全く心を開かなかったルカスが、必死で普通の貴族子息として立とうとするそのあまりの可愛さに、フィンに記録水晶を持ち歩けってリュックを渡して命令したんだよな。

「こんなデカいリュック持ち歩く側仕えとかぜってーいねぇっ‼」と涙目で怒鳴るフィンを必死で宥《なだ》めて、アナの写真で交渉したあのときの私グッジョブ、と胸中で自分を褒める。

　そしてルカスが十三才のときに、フェリクスの婚約者との名目でツェツィーリア・クラインと引き合わされた――。

「……何ニヤニヤしてるんですか主、気持ち悪……」

「あぁ、ちょっと昔を思い出しててね……ほら、ルキが突然父上の執務室に突進してきたことがあっただろう？」

「あ～もしかしてあの……結婚したい人ができました事件ですか？」

「そうそれっ。可愛かったよな～あのときのルキっ！　ルカスとして会ってない上に本人の了承も当然貰ってないし、しかもフェリクスの婚約者として会ったっていうのに、彼女と結婚したいです英雄か第二王子になってもいいですかって必死に父上に言い募っててさ～。最初呆然《ぼうぜん》としていた父上まで嬉々《きき》としだして、お前その年で見る目ある上に面食いだなぁクライン侯爵の娘さんと言えば評判だぞぉっよぉしお父さんに任せなさい陛下に交渉してくるからとか言いだして、側仕えのエドガーに止められて執務室が一時壊れて使えなくなったんだよね～」

「あれはまさしくルカス様の闇に葬りたい程の思い出でしょうね……記録水晶持ったフィン連れて執

務室であんなこと言っちゃって……。俺今でも覚えてますよ、奥方様とハンナ侍女長とアニカ様が何度もそれをこっそり見ては、身悶《みもだ》えて大騒ぎしてたの」

「あのときだけは母上も、執務室を壊した父上に雷落とさなかったからね」

本当、あのときのルキは最高に可愛かった～とほんわかしながら、王城内へ足を進める。

感情が欠落しているはずのルカスが初めて宿した、彼女を傍《そば》で守りたい、彼女と共に在りたいという執着に近い恋心。

「――ルカス、もう気づいていると思うが、お前は普通ではない。その力を制御できなければお前の大切な人をも傷つけることになる。まして彼女は今現在第二王子《フェリクス》の婚約者だ。……手に入れるまでの長い時間、他の男に寄り添う彼女を見続けることになる。……たとえ手に入っても、彼女がフェリクスや他の男に心を寄せることもあり得るんだよ。それでもお前はいいと言えるか？　どんな結果になっても、生涯にわたって彼女を守りたいと、守りきってみせると言えるか？」

そう問いかけた父上に、ルカスは口を引き結んで奥歯を噛《か》み締めた。

きっと言われた内容を想像したのだろう、母上譲りの綺麗な金色に嫉妬や憎悪、苦悩が渦巻いて見えて、父上も私も一瞬息を呑んでしまった。

想像して傷ついたのだろう、まだ華奢《きゃしゃ》と言える身体を小さく震わせて俯《うつむ》いてしまった息子の頭を撫《な》でてもう少し考えなさいと父上が口を開こうとした瞬間、けれどルカスは勢いよく顔を上げると断然たる口調で言いきった。

「――どんな結果でも、生涯彼女から心を離すことは絶対にない……！　彼女が守ろうとしているものが、俺の守るものだ……っ！」

自身の在り方を明確に宿したその強い瞳に、父上はとうとう決断を下した――。

一歩間違えれば王国に甚大な被害をもたらすかもしれないその決断は、ヘアプスト公爵家当主としては失格だと自嘲気味に零していたけれど。……父親としては、愛する息子が愛する人を見つけて前を見つめたことを喜んで、そしてその恐ろしい力を守るために使うと言ったその心と未来を信じたくなってしまったんだろう。

ま、確かに甘い判断だったと思うし、今現在もクライン嬢関連だとたま～にヤバイときあるけど、あれくらいだったら痴情のもつれ起こすヤツラと同じようなもんだろう。……ちょっと規模が大きいだけで、と一人納得する。

何より、必死になるルカスがも～可愛くて、一族総出でクライン嬢の護衛の対処したんだよなぁ。どっちかって言うとルカスの暴走よりもクライン嬢に何事もないようにする方が大変だったな～。お蔭《かげ》で色んなところに手を入れられて良かったけど。

想定した中で最も妥当な結果に落ち着いて、ようやく我慢に我慢を重ねて努力をしてきたルカスが幸せになろうってときに、陛下も一体なんの用なんだか……。

多分レオンも呼ばれているだろうし、この感じだと元帥閣下もいそうだな、と思い、ふと閣下との会話を思い出した。

ルカスに英雄紋を継承させたいと相談してきた閣下に、まだルカスは十九ですと返すと、彼は何故《なぜ》か大笑いして私を見据えてきた。

「若かろうがなんだろうが、英雄っつーのは最強が持つ称号だ。今、ルカス以外に英雄を名乗っていい奴はいないんだよ。そうじゃねーと宝剣《エッケザックス》が何するかわかんねーし……ぶっちゃけ今のルキはもう俺じゃ抑えられないしなっ。つか全盛期の俺でも多分無理！」

悪いなディルク、と朗らかに笑って零してた元帥閣下にオイオイ……と思った私は悪くないと思うんだよね……閣下は結構無責任だよなぁ……。

そういえばあの人、口じゃルカスを戒めておきながら万一を考えてエッケザックスが持てるようこれでもかと英雄に必要な技量をルカスに叩《たた》き込んでたな。

血反吐《ちへど》吐く子供に強くなりたいんだろっとか煽《あお》ってくれちゃって……アニカがプンスカ怒って何故か私に当たるもんだから辛《つら》かったなー……。

大体いくらルカスが可愛いからって最悪フェリクスと彼女が結婚してても、英雄として下賜を願えるように保険かけちゃうとか、随分王家への忠誠心の薄いことだな。公爵家としては万々歳だったけど。

まぁ、彼女を手に入れて、しかも両想《おも》いにまでなった最近のルカスは力が安定していて無駄がないし、面に零す感情も豊かになってきたから閣下も安心したんだろうけど。

……禁書持ち出してルカスに余計なことを教えるのは勘弁してほしいけどね……。

こうなると逆に、クライン嬢に頼んでルカスを制御する方が手っ取り早い気がする。

あれ、そう考えると彼女もなかなかに苦労性だな。容赦なく喰《く》われて逃げ場なくされた上に、二度も王家の問題児を押しつけられるとか。

……頑張ってクライン嬢！　ベルン王国の未来は君にかかってる!!　と胸中でエールを送っていると、ニクラスに胡乱《うろん》な視線を向けられながら、「着きましたよ」と言われて視線を上げた。

重厚な扉を見つめて、胸中で吐息を零す。

これでせっかく婚約したクライン嬢を取り上げたりなんかしたら……王都全域が壊滅状態になるだろうな～。もう少し幼い頃であれば父上や私が抑えられたけれど、流石に今のルカスじゃ現英雄殿さえもお手上げなわけだし。

アニカが言う通り、ルカスを抑えられるのはツェツィーリア・クラインだけなのに、陛下はいまいちそこんとこわかってなさそうだからな――……後顧の憂いはできるだけ早くなくさないと、ね。

誰何《すいか》の声にニクラスが答えるのを聞きながら、口角を上げて室内に入った。

「お呼びにより参上いたしました、陛下」

入室する自分に向けられる予想通りの顔ぶれに笑顔を浮かべて挨拶をすると、レオンが口を開いた。

「遅かったな、ディルク」

「遅くなって申し訳ございません、なんせどっかの馬鹿が魔力を暴走させてましてね、通りかかったついでにちょっと手助けをしてたんですよ」

「……お前、本当嫌味っぽいよな」

「おや、殿下にそう言っていただけるとは恐悦至極にございます」

「褒めてねぇよっ」

満面に嫌そうな表情を浮かべた荒っぽい口調のレオンに肩を竦めて返すと、陛下が重く口を開いた。

「フェリクスはどんな様子だった？」

「錯乱状態でしたね。なまじ魔力が多いせいで、恐らく精神に負荷がかかったのでしょう。めんど……仕方なしに魔力の弾丸当てて気絶させせました」

「おい今面倒って言いかけただろっ」

「ヤダなぁレオン、仕方なしにだよ。ちょっと威力強かったかもしれないけど、まぁニクラスが治癒したし大丈夫じゃないかな？」

「……そうか」

そうかって、陛下も大概言葉選びが下手だな……レオンが怒りの視線を向けてますよ？　もっとこう、心配してた感出さないと。親子間コミュニケーションが足りなさすぎるんだよな、この王家……少しはうちの親馬鹿を見習ったらいいのに、と思いながら口を開く。

「それで、本日はどんなご用件でしょう？　境の森の調査については先日ルカスが行ってその報告は既に上げてありますし、それに伴い来月予定していた婚約式と継承式についても調整は済んでいると聞いていますが」

気配を消してお茶を出すニクラスに視線で礼を言いながら、陛下に目を向ける。

「……ルカスが、誓紋を刻んだというのは本当か？」

躊躇《ため》うように零された質問に、やっぱりか……と溜息をつきたくなった。

どうしてルカスにクライン嬢を与えておきながら、取り上げようとするのか。そんなに息子《フェリクス》が可愛ければもっと言葉を尽くして教えておくべきだったのだ。

レオンが王太子としての才を発揮して安心したせいもあるんだろうが、忙しさに感《かま》けてフェリクスが馬鹿をやっても大して諭《さと》しもせず、マズいとわかると今度は幼いクライン嬢にフェリクスを諌める役を押しつけて……それでうまくいくと思っていたなら、アンタも王妃様も子育てに関して暗愚なことこの上ないよ……と胸中で盛大に溜息をつく。

まぁ、王妃様の駄目箱入りっぷりを見てると彼《か》の方は論外って気もするけど。本当産んだだけって感じだし。

真逆な二人が六年も保《も》ったのは、偏《ひとえ》にクライン嬢がひたすら頑張ったからだ。

そしてその間いつでもフェリクスにクライン嬢への恋心を気づかせることはできた。なのに陛下も、レオンでさえフェリクスの恋心に気づかず、今になってようやく悟るなんて馬鹿なんじゃないか？

しかもこの言い方だと……。

「陛下、まさかとは思いますが、今更クライン嬢にフェリクスの気持ちを伝える気ではないでしょうね？」

「ディルクッ」

「黙ってろレオン。……どうなんですか、陛下？」

クライン嬢の情に訴えかけて、フェリクスの元に戻ってもらおうだなんて随分小賢《こざか》しいことを考えるもんだ。そんなことをされて万一クライン嬢がルカスとフェリクスの間で揺れてみろ、ベルン王国なくなるからな。

まぁ、ルカスを処理しなかったこちらの不手際とも言えるが、第二王子をどうするか悩んだ末、保険としてルカスとクライン嬢を引き合わせるという判断を下したのはそちらなわけだし。

次代の英雄と第二王子を献上したんだからチャラになるだろう。実際フェリクスのときよりよっぽど仕事が捗《はかど》ってるわけだしな。

ここまで来てそんなことをされては堪ったもんじゃないから、アンタの首と胴をオサラバした方が今後が楽そうだな、と視線に殺気を込めると、アンドレアスに遮られた。

「やめとけディルク坊、まだ俺の方が強いぞ」

「坊はやめていただけますか、元帥閣下。私ももういい年なんですよ」

「いい年のくせに、お前その癖まだ治ってないだろう。ハンナさんに怒られたって聞いたぞ?」

「……アニカですか」

「当たりっ。この前アルフォンスのところで会ってな、ちょっとばかし聞いたんだ。ツェツィーリア様を泣かせてルキをぶち切らせたんだってな」

ワハハと笑いながら言われ、天井を仰ぎ見て溜息を零してしまう。

「……そうは言いますけどね、こっちもようやくルカスの初恋が実って安心したところなのに、要らない災いをぶち込まれそうになったら流石に怒りたくもなりますよ」

「それっ! レオンからも聞いたんだが、本当にツェツィーリア様はルキのことが好きなのかっ? あの二人全然話したことなかっただろ?」

いけしゃあしゃあと知らぬ顔で宣《のたま》うアンドレアスに胡乱な視線を向けたくなってもう一度溜息を吐く。

「……どこの誰ですかね、フェリクスの婚約者と謳《うた》いながら彼女とルキを引き合わせたのは」

「俺とアイツ」

「閣下……アイツって、その親指で指してるの一応王太子の父親《おれ》だから……」

「そうですよね、閣下と陛下が仲介人ぶって引き合わせてましたよね。お蔭でルキが一目惚《ひとめぼ》れしてこんなことになったんですよ」

少しはアンタらの行いを反省してください、と目を眇《すが》めて陛下とアンドレアスを見遣《みや》る。

「いやだからさ、引き合わせたときは、ルカスは変身魔法で〝ルキ〟だっただろ? ルカスがツェツィーリア様に一目惚れするのはわかるけど、ツェツィーリア様は別にルカスに会ったとは思っていないわけだし、例えば〝ルキ〟を気にかけていたとしてもルカスには結びつかないはずだろう。それでどうしてあの二人が両想いになるんだ？」

その気遣ってる風な話し方に、この人ルカスの恋バナをめちゃくちゃ楽しみにして来たな今日……と元帥閣下を呆《あき》れた目で見てしまった。

「レオン、言ってないのか？」

「あ～……いや、俺が閣下に話したってルキにバレたら凄《すご》い怖いだろ……お前が言えよディルク」

「私だって怖いよ」

「お前の弟だろっ」

「レオンの義弟《おとうと》でもあるだろ」

「お前の妹《アニカ》が失言したからクライン嬢が気づいたんだぞっ、ルキはアニカには優しいから絶対そのシワ寄せがコッチにくるだろうっ！」

レオンの奴……私だってルキに嫌われたくないのに、と思いながらアンドレアスに視線を向ける。

「〝ルキ〟を覚えていたみたいですよ、彼女。ま、ルカスを好きになってからついでに〝ルキ〟だと知ったみたいなので、どうしてルカスを好きになったのかは私も知りません。ただアニカが言うには、ルカスが〝ルキ〟だと知ったときのクライン嬢の喜び方が凄かったみたいなので、アレが何かしらのきっかけを生んだことは間違いないと思いますよ」

「マジで？　儂《わし》本当に仲介人しちゃった？」

「調子に乗らないでください陛下。全てルキの努力に因《よ》るものです」

「お前も大概ブラコンだな～、ディルク」

「あなただって大概親馬鹿ならぬ師匠馬鹿だと思いますがね、閣下。どなたでしたっけ？　保険をかけるみたいにルカスに英雄になるための鍛錬を施したのは」

「俺」

「そうですね、本当助かりましたよありがとうございます」

そういうわけで、二度とルキから彼女を取り上げようだなんて考えないでくださいね、と陛下とレオンに視線をやって紅茶を飲むと、まだ諦め悪く陛下がグダグダ言ってきて流石に堪《こら》えきれず盛大に溜息を吐いてしまった。

「だがなぁ……まさかフェリクスがクライン嬢を好きだなんて思ってなかったんだもん、儂」

「……もん、じゃねぇんだよ、親父《おやじ》殿。全然可愛くないからな。つかディルクはいつ気づいてたんだよ、フェリクスが彼女を好きだって」

「むしろあれだけクライン嬢を意識しているフェリクスの気持ちにどうして気づかないんだい？　まさしく好きな子に嫌われる悲しいパターンの、好きな子程虐《いじ》めたい症候群だったじゃないか」

「わかってたんならお前が言えよっ」

「嫌だよ面倒くさい。大体私個人はルキの味方だよ？　どうして弟の恋敵を応援しなくてはいけないんだ。へアプストは王家の盾だが、王族の教育係ではないんだから口を出すわけないだろう」

お前が気づいて諭してやるべきだったんだ、と返すと、レオンはグッと詰まって項垂《うなだ》れた。

「ディルクはキツイな～、ま、正論だがな」とアンドレアスにまでトドメを刺され陛下も項垂れているし、ざまーみろだな。

そう思っていると陛下ががっくりしながら口を開いた。

「では、クライン嬢はもうフェリクスの元には戻ってこないんだな……」

「むしろ戻るなんてことになったらルキが壊れますね。片想いだったならまだしも、恋しい相手から愛を返される幸せを知ってしまったんですよ？　いくらあの子が生涯クライン嬢を愛し守ると心に決めていても……恐らく精神が保ちません。ベルン王国の歴史でも類を見ない程の天才の暴走なんて、王国半壊で済めばいい方なんじゃないですかね」

「古代竜クラスだな！」

ワハハと笑うアンドレアスに、紅茶を飲みながら私も「そうですね」とにこやかに笑みを返す。

「第二王子が古代竜とか……つーかクライン嬢の警護大丈夫か？　王家からも暗部出すか？」

「我が家は王家のなんですか？　レオン王太子殿下」

「……盾」

「ご名答。戦闘においてベルン王国内で最強を謳っているのは誇張ではなく事実です。我が家でもトップクラスの戦闘力を誇る者を侍女として三人……正確には二人と一匹つけてますし、それ以外でも、クライン嬢は知りませんが外出には常に四人は張りつけてます」

彼女を傷つけたければ少なくとも近衛騎士団の中隊を編成する必要がありますよ、と言うとレオンが背もたれにぐったりと身体を預けた。

「……王太子より護衛がすげーとか……しかも近衛の中隊でも殺せないのかよ。つーか何、二人と一匹って？」

「ルキが拾ってきた子なんだけど、一人特殊なのがいてね。後々クライン嬢の護衛としてちょうどいいからと鍛えまくっておいたんだ。本気出したら元帥閣下……はどうかわからないけれど、カールとアルを含めた黒白騎士団でも手こずると思うよ」

「ナニソレ怖い……」

「あぁっ！　あの子かっ！　あんときは随分幼くて言葉もほとんど通じなかっただろ？」

「えぇまあ大変でしたよ。でもハンナはそういったことが得意ですから、今ではパッと見はわからないと思いますね」

「なんなのその子……すげー気になるんだけど」

「そのうちレオンにも教えてあげるよ。でもまだ秘密かな。ルカスとクライン嬢が無事に結婚できて、落ち着いてからね」

そう笑いながら言うと、レオンは盛大に溜息を吐いて俯いた。

「……できんのか、結婚」

婚約式だって取りやめる予定なんだぞ……と低く呟《つぶや》くレオンに「取りやめじゃなくて未定だから」と返すと、堪《たま》らずといった表情を浮かべながら私を睨《にら》んできた。

「お前だって知ってるだろうっ！　討伐に赴いた何人の英雄が帰ってこなかったと思ってるっ？」

「ほぼ全てだね」

「——っわかっていて何故そんなに平然としていられるんだっ！」

怒鳴りつけてくるレオンに視線を向けて口を開こうとすると、閣下が先に口を開いた。

「ルキ坊が例のアレ、だからかもしれないからだろ？」

「……ご存知でしたか」

「アレも公爵家の血筋だろ。そうかな〜とは思っていたがな、ツェツィーリア様を手に入れてからの安定具合が半端ないいんだよ。だからまぁ、多分そうだろうなって」

いや〜まさか生きてる間にお目にかかれるかもしれないとはね〜と、まったりお茶菓子を食べる閣下を見つめる。

「まだわかりませんよ。古代竜の規模もかなりのモノだってルカス本人が言っていたくらいですし」

「でもお前はそうだと思っているんだろう、ディルク」

「弟のおかしさを目の当たりにしていますからね」

大体調査に出て古代竜の規模がわかるなんてそれこそおかしいんだよ、と胸中で独り言《ご》ちながらレオンに視線を向けると、レオンが本当に疲れた顔で「お前、まだ隠し玉持ってやがんのか……。ホント性格悪いな公爵家は……」と言ってきて、つい眉間に皺《しわ》を寄せてしまった。

「失敬な、不明瞭なことを報告するわけにいかないだけだよ」

「どうせその日になればバレるから報告の手間も省けるしなっ」

「閣下、余計なことを言わないでください」

このヒト妙に鋭いのに空気読まずに発言してきて面倒なタイプだよな、と思いながらアンドレアスに返すと、レオンが椅子にぐったりと寄りかかった。

王太子なのに行儀が悪いな〜と思っていると、レオンが横目で見て話を振ってくれた。

「……で、ディルクからもあるんだろ？　例の三人か？」

お礼を込めてにっこり笑い返すと、レオンは猛烈に嫌そうな顔をした。良くないな〜そういうの。

そう思いながら「えぇ、アレください」と記録水晶を取り出す。

「トーマス・ミュラー、マクシミリアン・ヴァーグナー、そしてミヒャエル・ハーゼ……はちょっと無理そうですけど、残り二人はウチで預かっていいですよね？　……可能ならフェリクスも欲しいんですけど」

最後にそうつけ足すと、陛下が目を見開いて、レオンは勢いよく立ち上がった。

「公爵家に無断で押し入ったのは非公式にだが謝っただろう！　二度とクライン嬢にも会わせないと誓約書も書いたし、離宮に軟禁で手を打ったはずだっ！」

「そうなんだけどね、さっき会ったときに良くない言葉を吐いていたもので」

肩を竦めながらレオンに返すと、陛下が口を開いた。

「……何を言っていた？」

「クライン嬢を殺す、と。だから私としては放置したくないんですよね」

「ヘアプストの警備つけてんだろ？」

「そうですが、万一を避けられるならコッチとしてはそれが一番いいんです。婚約破棄なんてあり得ない行為に及ぶくらいだ。次に何をやらかすかわかったもんじゃないので。彼女に何かあれば今度こそクライン侯爵も怒らせることになる……王家としてはそれは避けたいでしょう？」

そう答えて二人に視線を向けると、レオンは唇を噛んで俯いて、陛下は盛大に溜息をついた。

「……すまんがディルク、流石にフェリクスは渡せない。あんなでも王家の血筋だ。そう簡単に処分するわけにはいかん」

「ですよね、まぁそうだと思ってました」

「案外あっさり引くな、ディルク坊」

クソ親父……と呟いて陛下を睨みつけるレオンを眺めながら、閣下の疑問に答える。

「万一ルカスに何かあった場合、レオンの跡継ぎもいない今、予備の予備が必要だと思ったからですよ。残念ながら私もまだ婚約者さえいない始末。レオンだって隣国の姫君が嫁いでくるのは数年後でしょう？　フェリクスは、クライン嬢がルカスの子を少なくとも一人は産んでからでないと処分できないなと思っただけです」

ルカスがそこまでフェリクスを生かしておくならな、という言葉は教えてはやらない。

六年もクライン嬢を傍に置きながら虐げてきたフェリクスに対するルカスの憎悪は、本当に想像以上のモノだろう。

むしろクライン嬢に会うために公爵家に無断侵入したのに殺さなかったんだ、よく我慢した方だよ……まぁそれもクライン嬢の尊い犠牲があったわけだけど。本当、彼女は王家の女神だなっ。

「そんなわけで、今回は諦めます……が、もしフェリクスが少しでもやらかしたら、今度こそグダグダ言わずに我が家に……ルキにくださいね」

宝剣《エッケザックス》で死にたくはないだろう？　という思いを込めて陛下とレオンを見つめると、二人は揃《そろ》って俯き、ただ一言「わかった」と発した。

よし、今日の話はついたなと思いながら立ち上がる。

「では二人はいただいていきますよ」

「ハーゼの息子はいいのか？」

「アレも処分したいんですけどね。そこそこ魔術が使えるのと辛《かろ》うじて理性が働いているのか、記録水晶にそんなにいい映像が映ってないんですよ。お花畑少女とイチャついてる映像もギリギリ不敬罪と言える程のモノではないから流石に教会の権力者を黙らせるにはもうひと押し欲しいところなんだよね。本当、離宮に入れれば多分一発なんですけどね～」

全く聖職者のくせに欲望に塗《まみ》れてるよね、とレオンに言うと、彼は盛大に顔を顰《しか》めて「あの女、本当に碌《ろく》でもないな」と吐き捨てた。

私としてはそこに食いつくんじゃなくて、離宮の警備をヘアプストに任せてくれないかなって意味だったんだけど。まぁ弟が可愛い気持ちはわかるから、今日は素直に退散しようかな。

あぁそうだ、一応もう一回釘《くぎ》を刺しておこう。

「――ルカスが討伐で離れる期間、そちらできちんとフェリクスを見張っていてくださいよ？　最近蒼《あお》騎士団の警備がぬるいようなので」

こっちとしてはやらかしてくれた方が処分できるからそれはそれでいいんだけど、ね。

【２】


古代竜の出現により、二週間後に予定されていた婚約式と継承式も未定となり、ルカスは騎士団の編成や調整で帰宅ができなくなり会うことすら叶《かな》わなくなった。

ただ毎日小さな花束と愛を伝えてくれるカードが贈られてきて、私は彼が大分前から出陣を知っていたのだと悟った。

「……この役立たずが」

「お使いしかできないの？」

「もっと馬車馬となれっ！」

「お、俺だってなぁ、俺だって頑張ってるんだよっ!!」

近くで繰り広げられる謎の口喧嘩《くちげんか》をＢＧＭに、日課になりつつあるフィンさんから渡されたルカスからのカードを開き、いつも通りだと思っていたカードのほんの少しの変化に目を見開いてしまった。

相変わらずの愛の言葉の下に殴り書きされた『キスしたい』の文字に、愛《いと》しさが湧き上がると同時に久しぶりに零すように笑いが漏れた。

「……ツェツィーリア様？」

「あ、なんでもないわ。ルキ様は、相変わらずかしらと思って」

ケイトさんに躊躇《ためら》いがちに問いかけられてカードを見つめたまま応えると、フィンさんが状況を教えてくれる。

民にとっては古代竜討伐なんて伝説級の話に、どうしたら自分の命を、財産を、大切な人を守れるのかと不安が広がっており、そんな中でも結界をすり抜けて小型の魔獣が現れるため、王都内も騒然としてしまってその対応に騎士団の調整が大変らしい。

黒白騎士団は小型の魔獣の対応に昼夜問わず追われ、蒼《あお》騎士団は市民が暴徒とならないよう治安維持にてんてこ舞いになっているとのことだった。

そして境の森に近い場所に住んでいる市民には避難勧告も出ているから、当然そういった対応も第二王子の執務としてあり、夜も遅くまで仕事を抱えているのだと言う。

「お約束を取りつけることができず、本当に申し訳ありません。主《あるじ》も、ツェツィーリア様にお会いしたいからとなんとか調整し続けているのですが」

「フィンさんが謝ることではないわ。ルキ様が大変なのはわかっているから……お身体《からだ》に気をつけてくだされればそれでいいの」

そうやって人々が、ルカスが必死に動いている中、私の我儘《わがまま》で会って話がしたいなどと無理を言うことはできない。

物わかりの良い女を演じたいわけじゃない。打算と純粋な想《おも》いが綯《な》い交《ま》ぜになった結果というだけだ。

だから無理を言ってルカスの負担になりたくない気持ちと、ルカスに迷惑をかけた結果、周囲から醜聞と取られるような噂《うわさ》を作られることは避けなくてはならないという第二王子妃候補としての矜持《きょうじ》故に、定型文を返すように答えて微笑《ほほえ》むとフィンさんは安堵《あんど》した雰囲気になった。

その彼を見て、自分の答えが間違っていなかったのだとどこか冷静に思う。

そうして王城へ舞い戻るフィンさんを表面上は穏やかに見送っていても、私の心は荒れ狂っていた。

護衛の調整がつかないからと公務はなくなっても、社交がなくなるわけではない。

火竜《レッドドラゴン》討伐の夜会以降、ルカスが約束を守ってくれて私は外に出ることができるようになり、少しずつ第二王子妃候補として、クライン侯爵令嬢として社交をこなしていた。

だからだろう。

日々募る不安に押し潰されまいと必死になっている私を余所《よそ》に、周囲は私から情報を聞き出し、私の足をすくおうと、ひっきりなしにお茶会の連絡をしてきた。

お茶会らしくおべっかやご機嫌伺いから始まり、にこやかに情報戦を繰り広げる。

最先端の流行や社交界での噂話を経て、当然今最重要と言える話題——古代竜討伐の話になると、彼女達は嬉々《きき》として私へ視線をやり、二度も婚約者が変わる可能性のある可哀想《かわいそう》な政略の駒なのだと私に教えてくれる。

出陣式の日程が決まりそうなこと。

公務がなくなった影響で、第二王子の婚約者が焦燥から気鬱になっていると噂になっていること。

そのせいか、あわよくばと妙齢の令嬢がいる家々がルカスへの面会を申し込んでいること。

王家が、特に王妃様が私に同情的で、万一があってもこのまま第二王子妃候補であってほしいと言っていること。

知らないでいることはできないし、知っているに越したことはない。

その重要性を理解しているから、知りたくない情報も聞きたくない話であっても、不安も焦燥もおくびにも出さずにいられる。

微笑みを貼りつけたままでいることも、動揺を押し隠すことも苦ではないし、嫌味を言われても笑っていなすことさえできる。

苦しみながら培った技術は私の力となり身を守る盾となっているから、それがとても誇らしい。

……きちんと、ルカスの婚約者として立てていることが誇らしい。

けれど、夜になり、広い寝室の広いベッドに一人潜り込むと、聞きたくなかった、知りたくなかった話が頭を占めてしまってどうしようもなくなってしまうのだ。

――「ツェツィーリア様は、フェリクス様と六年も過ごされてきましたでしょう？」

――「ですからほら……万一の場合、もう一度フェリクス様と、と王妃殿下が話されていたそうでしてよ」

――「王太子殿下のご結婚もまだ先ですから、王家としては血を絶やさないようお子を残したいのでしょうね」

――「それに選ばれるなんて、流石《さすが》は王家の覚えもめでたいクライン侯爵家ですわ」

――「本当に、羨ましいことです――……」

「――ふ、ぅ」

慣れたように、当たり前のように、声が漏れないよう枕を引き寄せ顔を押しつける。

身も心もルカスに捧《ささ》げると誓った。彼の名だって刻まれている。

それが消えるなんて考えたくもないし、ましてルカス以外の人に身体を開いて子を授かるなんて想像すらできない。

彼女達の囀《さえず》る羨ましいことは、私には何一つとして喜べることではないと断言できる。

――でも、彼女達の言うように……万一が、あったら？

「――い、や……」

刻まれた名が、消えたら？

「いやぁ……っ」

ただの婚約者という身では結局攻略の駒と成り得るのだと知っているから、手に持つルカスからのカードを胸に掻《か》き抱き、恐怖と悔しさで縮こまる。

震える身体のせいで力加減ができなくて、カードに皺《しわ》が寄ったクシャリという音にさえ心がヒビ割れてしまう私は、取り繕うことだけがうまくなって、けれど為す術《すべ》のない無力な自身に唇を噛《か》み締めることしかできないのだ――。

そうして項垂《うなだ》れ、泣き濡《ぬ》れ、朝を迎えるのを何度繰り返したかわからない。

だから日課の贈り物を受け取る度に、喜ぶ心と会えない失望感の板挟みに苦しんでしまい、心が悲鳴を上げていた。

『キスしたい』という文字を指で辿って、グチャグチャの心を悟られないようにそっと吐息を零す。

吐いた息で妙に身体が重たく感じて、アナさん達に微笑みかけた。

「今日はもう予定はないから、少しゆっくりさせてもらっていいかしら？」

「……はい、お茶をご用意いたします。それ以外で何かございましたらすぐにお呼びくださいませ」

「……ありがとう」

一人になりたい私の気持ちを瞬時に悟って対応してくれるできた使用人に、お礼を返す。

そして気遣う視線に大丈夫だと笑みを作って、静かに扉が閉まるのを見届けてから、しんとした空気に一人部屋に立っていることを実感して、項垂れるようにドサリとソファーに身を沈ませた。

「キス、したい――」

カードの文字をなぞるように呟《つぶや》き、いいえ、違う、と独り言《ご》ちる。

私は欲深いから、キスだけじゃ嫌なの。抱き締めたいし、抱き締められたい。

狂気を秘めた私だけを欲する金色で見つめて、この身を苛《さいな》む不安ごと、お互いの境目がわからなくなるくらいドロドロに愛してほしい――愛し合いながら、どうして英雄になんてなったのと心の中であなたを詰《なじ》る私を許してほしい。

そんな身勝手で醜い私を、どうか……どうか赦《ゆる》して、変わらず愛して――。

頬を押しつけた肘掛けのヒヤリとした感触に、どれほど泣けば涙は枯れるのかとぼんやり思う。

そして眼前に掲げたカードの文字にそっと口づけて、「やっぱり違う」と呟いた。

今は何よりもルカスに逢《あ》いたくて、そしてただ一つの言葉が欲しかった。

「……も、一度、前、みたいに……あなたの元に、帰ります、って、言って……っ」

それだけで私はきっと、万一が起きたってずっとあなただけの私でいられるから。


暗い夜が来ても、朝日が昇れば一日が始まるように、今日もいつも通りの日常がすぎていくんだろうなと、ぼんやりとした頭でキャイキャイ騒ぐ侍女二人に目をやる。

「もうこれ以上は待てない!!　私行ってくる!!」

「待ちなさいったら、これ、役に立つから」

窓枠に足を引っ掛けて飛び出そうとしているエルサさんを、ケイトさんが引き止めつつどこかの見取り図を渡して説明している謎な事態がそこにはあった。

……ちょっと何しようとしているのかわからないけれど、良くないことを考えている気がするわ……これ止めた方がいいのかしら？

そう思いながらアナさんに視線をやると、オホホと笑い声までつけて答えられた。

「お気になさらず、ツェツィーリア様。能なしが能なし故に仕事をしないので、わたくし共が変わってミッションを完遂しようと思っただけですので」

……正直何を言っているのかさっぱりわからないですアナさん。でも良からぬことをしようとしているのはなんとなくわかってしまって凄《すご》く怖いんですが、どうしたらいいかしら誰か助けて……っ。

心の中で祈った瞬間、ズザァアッという音と共に、助けと言えるのかどうなのかわからない存在が現れて目をパチクリとさせてしまったわ。

「ちょっと能なし《フィン》！　建てつけが歪《ゆが》むじゃない、加減しなさいよっ」

今アナさんのフィンさんを呼ぶときの字面的なモノがおかしかったような……と思いながら、窓から文字通り飛び込んできた息を荒らげているフィンさんを、困惑と共に見やる。

次いで、コロコロコロ……と私のいるソファーの横に転がってきたエルサさんを見て、瞬時に窓から身を引いたらしいケイトさんを見て、企みは潰《つい》えたの……？　と、もう一度アナさんへ視線を戻す。

「遅いのよ能なし《フィン》。もう少しでエルサをやるところだったわよ」

「……エルサ、は、駄目だろ……せめてケイトで……」

そして彼女の言葉に苦しそうに返すフィンさんに感謝の視線を向け——かけて、ハッとなった。

平気で暗躍する侍女が当たり前になりすぎて、危うく窓からこんにちはする人を心の平安とするところだったわ……。そしてパチクリ程度で済んでいる自分も、悲しいかなもうほとんど常識人ではない気がする、と頭の片隅で嘆きつつも、ヨレヨレのフィンさんが無言で掲げたものを見て、私ははしたなくもソファーから勢いよく立ち上がってしまった。

差し出された花束といつもより大きめのカードを慌てて受け取る。

逸《はや》る気持ちで目を通し、染まる頬も、震える唇も自覚しながら振り返って用意を頼もうとして――そうだった、ここの使用人変にクオリティ高いんだったと笑みを零してしまった。

「お任せください、日帰りだろうがお泊まりだろうがお荷物のセットは既に終わっております！　準備バッチリバッチコイですわ!!」

「今すぐ着替えましょう！　髪型とお化粧は直す必要はございませんね、そのままで十分お綺麗《きれい》ですから！　なんてったって可愛《かわい》いは正義ぃ――!!」

「ばぁぁあしゃぁあああ!!」

「こらエルサっ！　窓から出なさいそっちの方が早いからっ！」

「アイアイサー!!」

「おいアナ、アイツ窓蹴破ったぞ、いいのか……？」

「フィン直しといて！」

「やっぱりか……！」

さぁツェツィーリア様！　とまるで我が事のように興奮してくれる彼女達に、泣き笑いでみっともないと思いながら感謝の言葉を紡ぐ。

「ありがとう、着替え、手伝ってもらえる……？」

「――可愛いはぁ！　正義ですので喜んで――!!」

「よくやって偉いからフィンはさっさと部屋から出なさいっ、こののろま野郎!!」

「のろまてっ。ちょっと俺を労れよって蹴んなよ！」

そうして私は連絡を受け取ってから怒涛《どとう》の早さで準備を終え、ルカスからたった一つの言葉を貰《もら》うべく馬車に揺られ数週間ぶりの王城へと足を向けた。


応接室の扉をノックするアナさんの手を凝視しながら、組んだ手をギュッと握り締める。

誰何《すいか》の声に肩が微《かす》かに震えてしまい、気遣う視線を向けられ誤魔化すように微笑む。

緊張する……この第二王子用の応接室はフェリクス様を思い出すから少し苦手なのよね。来る度罵倒されてた記憶しかないからどうしても身構えてしまう……まぁ、今日は別の理由が大半を占めているのだけれど。

でもルカスの口から話を聞かないことには本当の意味での覚悟ができないと、震えそうになる足を叱咤《しった》して、背筋を伸ばして扉を見据える。

そうして室内に足を踏み入れて、フェリクス様のときからそう経《た》っていないはずなのにまるで違う様相の部屋にしばし固まってしまった。

東欧の国の本で見た深い海のような壁紙にメープル色の床板。

ホワイトグレーのカーテンにこげ茶色の革のソファーが置かれていて、部屋の至るところに朝開いたばかりの花々が飾られている。

　本来は権威を表す重厚感の中にキラキラしい飾りつけをするのを好むのが王城なのだけれど、その王城の応接室らしからぬ艶《あで》やかな開放感に呆然《ぼうぜん》としたまま、アナさんに促されてソファーに座る。

「ルカス様はすぐにいらっしゃるみたいです」

「……え、ええ」

「どうされました、ツェツィーリア様？」

「あ、いえ……あの、随分変わったのね……？」

　躊躇いがちに口にすると、アナさんは「あぁ、左様でございますね」と頷《うなず》いて説明してくれた。

　曰《いわ》く。第二王子となったルカスが真っ先に行ったのが『第二王子』を冠する部屋の内装の新施工《リノベーション》、もといい破壊だったらしい。

　……え？　ちょっと意味が、というかもう何を言っているのか理解が追いつかないのだけれど。

　まず〝もとい〟の前と後ろの文の位置を間違えちゃってるわよね？　言い直すべきは破壊の方……というかそもそも破壊がおかしい！　ルカスったらご乱心でもしちゃったの!?

　様変わりした内装からは想像もできない奇想天外鬼畜話に、口もきけず瞬《まばた》きで困惑と動揺を表した私に、アナさん達はニコニコしながら続ける。

「残念ながらこの部屋は政務棟にあるため燃やして破壊できなかったのですが、家具類はメッタンメッタンのギッタンギッタンにしてやりました」

「これからツェツィーリア様がお泊まりになる第二王子宮は、前に存在していた家具壁紙カーテン諸々《もろもろ》一切合切を塵芥《じんかい》としましたし、お部屋もルカス様の緻密な制御による火魔法で浄化されてます」

「凄かったんですよ！　壁紙の下が燃える一歩手前で水魔法で消し止めて、その後風魔法で乾燥させてからの土魔法で修繕！　全部屋を半刻も経たずに終わらせてました！」

「……。そう……」

……ここ王城よね？　浄化って、地鎮祭的なものに該当しているにしても王城の一角を内装を変えるっていう理由で燃やすのはありなの？　なしよね……っ？　いくら燃やしているのが第二王子で部屋の主だからってなしよね……!?

しかもアナさん達の言いっぷりがイベント時の女子特有のウキウキ感半端なかったけど内容おかしいから……！　燃えてる部屋を見てキャッキャするのは、もう女子以前にただの危険人物！

それにしてもルカスったらどうして内装を変えるのに燃やすの、片付け方おかし……いえ、私、鬼畜のお片付けのソレ知ってるっ、初めてのときにドレス引き裂いてナイフで刺してた……ッ。

身に覚えがある片付け方法に背中に汗が流れ、思い出すなと誰かに言われた気がして他の話題を……っと慌てて部屋を見回し、チークで作られた重厚だけれども品がある黄褐色の本棚に目が行った。

置かれた書籍は自国の経済や歴史以外にも近隣国のものまで所狭しと並べられていて、その幅広さに驚いてしまった。

フェリクス様のときはなかった本ばかり……確かに公爵家は王位継承権を持っているから教育を施されていてもおかしくはないけれど、これ、王太子の教育で使われるような本ばかりじゃない……？

あの人騎士を目指してたはずなのに、いつこんな勉強してたの……!?

想像以上のチートっぷりに慄《おのの》いていると、扉が開く音が耳に入った。

ハッとして立ち上がりながら視線を向けて――フィンさんと話すルカスに目が釘《くぎ》付けになり、時が止まったかと思った。

「──まだ蒼騎士団の編成終わってないのか？　境の森側から王都への入口付近は、残る予定の黒と白が担当すると言っているだろう。王城は公爵家《ヘアフスト》が結界を張るから王都内の警備をいつも通りやれと言っておけ。あとその書類はクソ師しょ……クソ元帥閣下の印章じゃないと駄目だと言っただろ、なんで俺に持ってくるんだ」

「今の言い直した意味あります？　印章預かってます。ハイこれ」

「……ざけんなよクソオヤジ。マジで仕事しねぇな……わかった、あとで確認するから机の上に置いておけ。あとこれ全部オリバーに回せ。確認して決裁しておいた。問題になってた避難した地区の人間の住居と食糧は……──、──」

そんな風に書棚前の机の上に書類を置きながら話すルカスから、そっと視線を外してしまった。

……あれ、おかしいな見間違い……？　別人……ということはないわよね、ここは第二王子用の応接室だし隣にフィンさんいるし……だからルカスで間違いない、はず。

私ったら久しぶりだからって狼狽《うろた》えすぎてるんだわ、落ち着かないと……か、勘違いの可能性だってあるのだし……っ。

速まる心臓を服の上から押さえて深呼吸をして、もう一度ルカスに視線をやって──今日のこれは一体なんのサプライズなのかと息を呑《の》んでしまった。

ヒッ、やっぱり勘違いじゃなかった……き、切ってる、髪の毛切ってる……っ！

襟足も耳上もスッキリしてて精悍《せいかん》になってる……!!　シャツの袖捲《まく》って書類と騎士服抱えてるの物凄いツボぉぉっ!!　と全ツェツィが脳内で瀕死になるのを自覚しながら、微動だにできずルカスを凝視し続ける。

ま、待って待って聞いてない……聞いてないわよホウレンソウって大事でしょう……!? 毎日贈ってくるカードに髪切っちゃったくらい書いときなさいよホウレンソウ!!

爆音を上げる心臓と急激に熱を持ち始める身体を自覚して、駄目無理一旦部屋から出たい！ と後《あと》退《ずさ》りした瞬間、ルカスが私へ顔を向けた。

「待たせてすまない、ツェツィーリア。……ああ、お茶はそのままでいい、下がってくれ」

お茶の準備をしていた女官に捲《まく》った袖を直しながらそう言って下がらせる婚約者の顔を凝視して、乾いた口内を潤そうと喉を震わせる。

――しかも口調が外仕様とか、イケメンに拍車かけてきて何コレ修行かしら……っ。

動揺で浮かんだ涙を瞬きで必死に散らし、ソファーの背もたれに上着を置くルカスに膝を折りながら挨拶をしようとするけれど、何故《なぜ》か声が出ない。

「……ッ」

まさか新手の攻撃魔法!? 注意書きに美形に限るって記載されてそう！ 視覚の暴力が酷《ひど》い……！

胸中で絶叫を上げながら、それでも侯爵令嬢の矜持で口が開かないならと精一杯美しいカーテシーで応えようとした私に、ルカスは足音も立てずに近づくと容赦なく顎を掴《つか》んできた。

「――ツェツィ、会いたかった」

精悍さを見せる第二王子としての顔から一転した、砂糖菓子さえも敗北するんじゃないかと思う程の甘やかな笑顔を向けられ、新生人外美形にガチンと身体が固まってしまった。

ヒィッ、腰引き寄せてきたわ、どうしよ……本当どうしようこんな至近距離ムリ……！ 無理よ心臓止まりそうだものっ、ごめんなさいちょっと視線合わせられません……っ。

あまりの動揺から顎を掴むルカスの手をやんわり外そうとして、低く重く、縛るように呼ぶ声に背筋に痺《しび》れが走った。

「――……ツェツィーリア？」

衝動的にキュッと掴んだその固い腕がより固くなるのを感じた瞬間、強引に顔を上げられる。

「――っルキ、様」

「……ツェツィ、久しぶり、の、俺を、見ようとしないのは、何故だ？」

ゆっくりと紡がれた言葉に合わせるように見開いた瞳の先には、完璧な美貌に禍々《まがまが》しい笑みを浮かべ、狂気と愛をドロリと混ぜた金色で私を射竦《いすく》めるルカスがいた。

……あれ、私ったらどこで鬼畜スイッチをポチリしちゃったのかしら。気づかなかったなぁ……でもアレ一般人にはわからないようになってるから、もう押しちゃうのは仕方ないっていうか……。

そう胸中でぼんやり考えながら、無意識に腕が動いた。

伸ばした指先に触れる肌の温《ぬく》もりと、離れていた時間を感じさせない、揺るがない、いっそ狂気に満ち満ちた愛の浮かぶ瞳に、間違いなく今目の前に求めた人がいると実感して、疲弊しきっていた心が緩やかに解放され安堵感が身を包み……もう私は駄目なんだろうな、とほんのり笑ってしまった。

短い髪を見ただけでもう一度同じ人に恋したみたいに胸を高鳴らせ、私を見つめて変化する表情にこの上なく喜んで。

顎を掴む指の強さも、腰を引き寄せる腕の強さも、その逃さないと言わんばかりの態度に堪《たま》らなく心が震えてしまう。

私が口を噤《つぐ》み視線を逸《そ》らしただけで狂気を見せるこの恐ろしい人が、愛しすぎてもう駄目だ。

……私、一般人でどノーマルだったはずなのだけれど……と吐《つ》息を吐きながら、私だけを求めてくれる金色を見つめ返し、ほんの少しだけ困らせてもいいかな、と仄暗《ほのぐら》い感情が湧き上がってしまった。

ねぇ、会いたいと思っていたのはあなただけだと思っているの？

私がどれだけ約束が欲しくて泣いたか……恐くて不安で会いたくて、どれ程あなたを恋しく愛しく思っているか、この胸を切り開いて見せてあげたいわ。きっとそれだけのことをしても、あなたは私がただ視線を逸らしただけで何度でも狂気に塗《まみ》れるのだろうけれど。

それを想像するだけでとても幸福になれるのだから、私も大概おかしいのでしょうね。

そう思いながらゆっくりと口角を上げると、頬を流れる涙が口端に入ってきて自分が泣いていることに気づく。泣くつもりなど全くなかったのに、私は私が思っていた以上に追い込まれていたらしい。

でもあたふたするあなたを見られたから、いいかな、と思うことにするわ。

「――ツェツィーリアッ!?　ごっごめっ、会いたいと思いすぎて俺つい……ホントごめん……っ」

静かに泣く私に焦って謝罪してくるルカスから、部屋の端でジト目をして佇《たたず》むアナさん達に視線を移すとそれだけで有能な彼女達は私の意図を汲《く》み取ってくれて、「御用の際はお呼びくださいませ」と一言添えてスッと消えた。

初めて見た気がするわ、人がシュンて消えるところ。

あれで侍女……私付きだから一応本職が侍女なはずだけど、でも私の知ってる侍女はシュンて消えない扉を使う人が大半――いえ、深く考えるのはやめましょう。いつも助かってます。

「つ、ツェツィ……っ」

焦燥した声で呼ばれ、ワタワタしている婚約者にゆっくりと視線を戻して呼び返す。

「ルキ様」

「はいっ」

「お久しぶりです、ご健勝のようで何よりです」

「あ、はい、え」

「ところでですね」

「はいっ」

「不安でした」

「──っ」

零した言葉にルカスは大きく息を呑み動揺を顕《あらわ》にしたけれど、私は構わず言葉を紡いだ。

だってあなたは受け止めてくれるでしょう？

「会いたくて、……会いたいと、言えなくて、苦しくて」

けれどあなたが誇り守ろうと思える私でありたくて、あなたの隣に立ち続けたいと思った、と視線に込めて見つめると、ルカスは静かに、愛おしむように私の涙を拭ってくれた。

頬を包み込んでくれる、微かに震える大きな手にスリ……と頬を寄せて想いを伝える。

「あなたが毎日くれた言葉《カード》だけを信じて、今日ここにいるのです」

そう言って瞬きもせずルカスを見つめると、彼は秀麗な顔をクシャリと歪ませて小さく呟いた。

「──あぁ、変わらない、絶対」

私はその言葉の意味がわからず首を傾《かし》げて問いかけたけれど、彼は気恥ずかしそうに、そして瞳の奥に意思の焔《ほのお》を浮かべて「ありがとう」と微笑むだけで、真意を口にしなかった。

そして謝罪を紡ぐ代わりに私をぎゅうっと掻き抱きながら、愛を囁《ささや》いてくれた。

「好きだよツェツィーリア、愛してる——生涯、あなただけが俺の唯一無二だ」

本当にありがとう、ツェツィはやっぱり最高だね、と最後に小さく感謝を零され、綻んでしまった唇を奪われ——まいと、サッと顔の間に手を入れて阻止したわ。

ちょっと驚いてる顔が可愛いわね……だが断る！

「……ふう《ツェツィ》？」

「駄目です」

「……ふんふ」

「なんでじゃないです、ここが応接室だからですっ」

「ふんふーふぁい、ふんふふふんふぁいふん」

関係ないのあとの言葉がわからなかったけど！　応接室でキスなんて駄目に決まって——人払いしたって言ったのね⁉　故意犯かこのぉ……！

「関係ありますっ、ここは王城で——きゃあ⁉」

ルカスは口元の私の手をべりっと引き剥がすと、いきなり私を黒檀の机に押し倒した。伸しかかってくる彼の背後で数枚書類が散るのが視界に入り、羞恥を覚えて狼狽《ろうばい》してしまう。

「る、ルキ様っ」

「どう考えてもキスする雰囲気だった」

「な……っ」

何言ってるのかしら……っ、「なんで止めるの」って止めるわよ！　どうして私が空気読まない子みたいに言われなくちゃいけないの……いつも大事なときに空気読まない子はそっちでしょう!?

「カードにだってキスしたいって書いた」

「か、書いてはありましたけれど、ここは応接室です！　すぐそこに警備の騎士だっておりますし」

誰が入ってくるかわからない――と続けようとした私の口は、再度ルカスの怒気で縫いつけられた。

ひっ、瞳孔が開いた……！　今の会話のどこが駄目だったのッ……というか、愛してるけど恐いものは恐いし、既に標本よろしく机に縫いつけられているのに、これ以上縫いつけることなくないっ？

胸中ではつらつら文句を並べつつ、ジリジリと肌を焦がす勢いで見つめてくる人外美形に恐れをなして口を噤む小心者の私に、脳内の分身が「諦めよう抵抗！　認めよう自分の心！　受け入れよう不《ふ》埒《らち》な行為！」と何かのスローガンを打ち立ててきて言うことをききそうになり、涙目になってしまう。

それでもなんとか睨《にら》むと、ルカスがゆっくり顔を近づけてきた。

「俺と会ってるのに、廊下にいる騎士を気にするのはいただけないな、ツェツィ？」

気にしますー!!　だって扉の向こうに警備の騎士や護衛騎士がいるはずでしょう!?

流石に応接室でこんなコトしてるなんてバレたら明日の身が危ういのよ――!!

「き、気に、しては、いません……っ」

……あぁ、小心者の自分が憎い……けどっ、我が身は可愛いのよ仕方ない！

「……愛しいあなたを、俺よりも先に他の騎士達《ヤツラ》が今日見ているのかと思うと、遣《や》る瀬無くて通りがかりに斬りかかりたくなりそうだ」

だからご褒美くらいくれてもいいだろう？　と拗ねた口調で言ってますが、内容が空恐ろしい上に目が淀《よど》んでて今回は可愛さゼロです……っ。しかも私の手首を押さえつけてる指が机にめり込んでる……っ、これ黒檀よね……!? 木材の中でもかなり固いはずの黒檀を指でミシミシ言わせるとか拗ね方が恐すぎる！ でも頑張って私ぃ！

「ッ、だ、駄目なものは、駄目、ですっ」

「ちょっとだけ。別にここでそれ以上はしないから」

「あ、当たり前ですッ！」

何言っちゃってるのこの人ぉ――!!

「当たり前ね、……ま、いいや」って何を小首傾げてるの……その顔見覚えありますよっ、また碌《ろく》でもない願望を蓄えてるんじゃないでしょうね……!?

応接室、ましてや机の上での行為なんて絶対拒否します！ 絶対、ずぇーったいに今度こそそんな展開には持っていかせない……！

私が心中で決意しているのを余所に、ルカスは憮然《ぶぜん》とした表情で言い募ってきた。

「……ちょっとも？」

「ちょっともですっ」

「ホント少しも？」

「少しも駄目ったら駄目ですっ」

「……舌は入れないから」

「し……!? いい加減にしてくださいルキ様……!!」

どこら辺が少しなのよ！ 私の少しとあなたの少しの差異が凄そうなので今度擦《す》り合わせを求めま

す！　と思いながら、机に乗り上げて顔と言わず身体さえも近づけてくるルカスに、ちょっと乙女心を慮《おもんぱか》ってよと口を開く。

「ひ、久しぶりなのです……！　ここではなくてちゃんとゆっくり――……ッあの、ですから、お、お部屋で、お帰りをお待ちしておりますから……っ」

もうヤダ死にそうに恥ずかしい……っ。誰か物凄い深い穴を今すぐ掘ってくれないかしら……！

だって今の絶対に誘ってるみたいに思われたっ。いえ、実際誘ってるような言葉になっちゃったんだけれど、でも忙しい中ここでそんなコトされるのは流石に乙女心的にも第二王子の婚約者としても許容できないというか……だから別の場所を提案しようと思ってうっかりな言葉がポロッと……っ！

いやだ私の乙女心、爛《ただ》れちゃったのかしら……！　でも第二王子の応接室でされるよりよっぽどマシ……マシ、よね……っ？　なんだか自信なくなってきたわ、誰かマシだよって言ってくれないかしら……そしてルカスはどうして溜息《ためいき》をついているのかしら？　解せぬ。

「ツェツィはさぁ、……」

「はい……？　ルキ様？」

複雑な感情を瞳に湛《たた》えて私を見つめたルカスは結局続きを言葉にすることはなく、もう一度溜息をつくと「わかった」と一言応えて私を抱き起こし、指先に口づけを落としながら直《ひた》と見据えてきた。

「直接連れて行くのは流石に外聞が悪いから、面倒だと思うけど第二王子妃の間を経由してほしい」

「……」

今、外聞悪いことしようとしてましたよね？　というツッコミは心の中でのみして、コクリと頷く。

「部屋の準備は完了しているから、……ツェツィも、準備して待っていて」

「……っ、は、い」

その言葉に頬がカッとなってしまった私に、ルカスは女神のような美貌を耳元まで近づけてきた。

「残りの仕事を終わらせたら本当にすぐ向かうから——覚悟して」

情欲の籠もった低い囁きと共に絡めた指の間を優しく撫《な》でられると、何故か私の身体は震えだし立っていられなくなった。

そんな私をルカスは吐息のような笑いを零しながらさっと抱えてソファーに座らせると、散らばった書類を集めて何事もなかったかのように「じゃあまたあとで」と微笑み部屋から出ていった——。

第二王子の居室に併設された衣装室《クローゼット》の大きな鏡に映る着飾った自分を見て、何がどうしてこうなったのかと首を傾げてしまう。

その動作で編み込まれた部分に留められた真珠の飾りがシャラリと音を立てて鈍く光った。

耳の後ろからぐるりと繋《つな》がる、まるで花冠のように飾られた白い薔薇《ばら》の隙間には小さな青紫と黄色の小花が散りばめられ、マーメイドラインのドレスはところどころ繊細な花模様の刺繍《ししゅう》が施されたレーススクープネックのオフショルダーで、レース袖があり上品さを醸し出している。

腰回りからお尻まではするりと綺麗に身体に沿っていて、そこから計算されたようにドレープが寄せられて足回りを繊細な刺繍が施された生地が彩り、トレーンもお揃《そろ》いのレースが裾につけられていつものドレスに比べると後ろ側がかなり長い。

オーダーメイドなのだろう、一切の皺がない、ピタッと身体に吸いつくようなそのドレスを見下ろしてもう一度小首を傾げる私の周囲をクルクルと回って確認作業をしていた侍女ズは、……何故か円陣を組んでゴニョゴニョ小さく叫び始めた。

「ちょっとヤバいわ……人生で最高傑作!!　珠玉の逸品!!　率直に言って女神降臨!!　美しさ半端ないわよね人ですか!?」

「半端ないどころの騒ぎじゃないわよ完璧……！　これ完璧に人じゃないでしょ女神でしょっ!?　どうしよう拝まなきゃでも直視したら鼻血出そう――っ!!」

「焼き焼き焼き焼き焼き焼きガチョウ……!!　焼きガチョウったら焼きガチョウじゃろ――!!」

……もうどこからツッコんでいいのやら……。

三人ともおかしいけれど、特に焼き焼き言ってるのが意味不明で凄く不気味……。

しかも全員うるさいのに、エルサさんだけが「黙らっしゃい」ってケイトさんにツッコまれてて凄く横暴……と引き気味に眺めて、再度うーんと考える。

いくら出陣前で逢瀬《おうせ》が公式に許可されたにしても、こんなに着飾るなんてどんな豪華なディナータイム……？　いくらなんでも湯浴みとマッサージが念入りすぎたし、既に軽食と言いつつ結構な量を出されて食べたし……と、もう一度自分のドレス姿を見下ろす。

レースで彩られた胸元は綺麗な膨らみを見せているけれど、アナさんが目を伏せながら紐《ひも》をキツめに締めますねと言っていたことを思い出して、もしかして少し痩せてしまったのかしらと考える。

もしそうなら、私は鎖骨に肉がつきにくいから貧相に見えたら嫌だな、と思うと同時に脳裏に蘇《よみがえ》ったのは、ルカスの欲の籠もった声。

耳奥に届かせるように吐かれた言葉がまるで遅効性の毒のように身体を熱くして、ドクドクと早鐘を打ち始める心臓をドレスの上から押さえてしまった。

久しぶりだからか、緊張しているせいか……いつも纏《まと》っている令嬢としての仮面もうまく纏えず、熱を孕《はら》む息に羞恥を覚えて深呼吸をしていると、侍女ズが何故か祈るように手を組んで私を見ていた。

「あぁ……赤らんだ頬の女神様、マジ神……」

「光り輝いてるわすんばらしい美しさに感謝いたします……あ、鼻血出ちゃった」

「これはルカス様アレでしょう……そして私は女神の使徒であるガチョウ様に会えるでしょう……！」

……私、今日これから大事な場面迎えるからかなり緊張しているんだけれど、三人のお蔭《かげ》でありがたいことに緊張がほぐれたわ。言語おかしいし鼻血出してるしガチョウを使徒認定しているし……。

どうしよう不気味すぎる、これは治癒魔法で治るのかしら……と無意識に指で陣を描いていると、アナさん達がハッと気づいてわざとらしく咳払《せきばら》いをしてから、テラスへ向かう扉を指し示した。

「……失礼しました。ではルカス様のもとへ参りましょう」

けれど、テラスでルカスと会うのかと思った私の予想は裏切られた。

「今夜は空が晴れ渡っていて月が美しい夜になりそうですよ」と言われながらテラスの外に通じる扉を出て、そこそこの距離を歩く。

アナさん達の様子から、王城の使用人らに見られない道を選んで歩いているのを感じた。

……だって壁を押して隠し扉出したりしてるもの……。

これ使っちゃっていいの……っ？　と思ったけれど、心の中に留めたわ。

だって私は第二王子の婚約者。まぁ当然の如《ごと》く守秘義務的なものはガッチガチのゴッテゴテで、隠し通路を漏らした時点でこの世とはオサラバが決まっている。

それにへアプスト公爵家の使用人が王城の隠し通路を平気で使ってるということは、きっと王家と公爵家の間で暗黙の了解があるに違いない。

……違いないよね？　だって王家の盾だものねっ。

だからその手に持ってる見取り図は、当然許可を取っているものよね……っ？

……深く考えたら駄目よツェツィーリア……見ないふりは、処世術……。

そうして一人ではもう戻れないような道を静かに通り抜けると突然開けた場所に出て、明るさに目を細める。

足を止めたアナさんのスッと頭を下げる仕草に鼓動が速くなるのを自覚しながら、小さな声でお礼を述べて少し先へ視線を向けた。

あまり上った感覚はなかったけれど、上層階に来たのだろう。

テラスを出たときは感じなかった風が頬を撫でて通り抜けていくと、ドレスの中がヒヤリと冷えて緊張で火照った身体を冷ましてくれる。

真珠の髪飾りのシャラリシャラリと揺れる優しい音に励まされた気がして、ドレスの裾をさばき静かに佇む長身へ震える足を出した。

時刻は黄昏時《たそがれ》。

青紫色にオレンジがかかり、薄白い雲が腕を広げたように間延びしながら暗さを頂いていく。

小さく小さく星々が光り始めてその薄闇を彩る、人が作り出すことができない不可思議で幻想的な光景の中、ルカスの短くなった前髪から見える金の瞳が、オレンジの灯《あか》りを取り込んでユラユラと不思議な光を放っている。

背には式典でしか使われない緋色《ひいろ》のマントが靡《なび》き、どこかで見た覚えがある白地に青紫の装飾がされた騎士服は、長身のルカスにとてもよく似合っていた。

そのあまりに完成された美しさに、ここまで行くといっそ冷静になれるものなんだな、と変な方向に納得してしまったわ……。

人間離れした美貌のせいか、人外のモノに手招きされてる気分……髪を切ったせいか精悍さが増し増しで騎士服が似合いすぎだし、萌《も》え殺す気かしら。

キャーキャーはしゃぐ気力も乙女としての負けん気も根こそぎ奪われ、体育座りで口を閉じて身悶《みもだ》える分身を脳内に描きながら、差し出されていた手へ自らの手を重ねる。

そして、同じ土俵に立たなくていいなんて気が楽だわ……目指せ目的完遂!! と己を鼓舞したのだけれど。いつもならすぐに握り締めて、あわよくば親指で手の甲を撫で擦ってくるはずのルカスが一向に動かなくて、私はキラキラしい飾りボタンを眺めていた目を驚きのままに上へ向けた。

——え……私にどこか、おかしいところがあるのかしら……？

ルカスは、私を穴があきそうになるほど見つめていた。

その瞳は私を見つめているけれど、視線が合わない。

顔、首、胸元、腰……と徐々に視線が下がり足元まで行くとまた徐々に戻ってきて、凝視する。

女神もかくやなご尊顔に容赦なく凝視されるという行為に暫《しばら》く耐えるも、延々その行為を繰り返すルカスに私の方もどんどん羞恥を覚えてしまい、堪らず声を上げてしまったわ……。

「あの、どこかおかしいなら、仰《おっしゃ》ってください……っ」

好きな人におかしいところを指摘されるとか乙女心が萎《しな》びそう……不気味でもいいから助けて侍女ズ……！　と久しぶりの死んだ魚の目で石畳を見つめること数瞬――。

「……ツェツィーリア？」

何故か疑問形で名を呼ばれ、パチパチと瞬きをしてしまったわ。

どうして疑問形なの……？　ツェツィーリアですよ。どう見てもツェツィーリアでしょう？

まさか私、どこか崩れて酷い状態なの……っ？　大丈夫？　私大丈夫っ？

「……はい、ツェツィーリア、です……」

動揺しながらも呼ばれたからと返事をすれば、今度は「え、夢……幻想？」と呟かれ、ルカスったら働きすぎて疲れているのかしらと心配になって視線を上げると――茫然《ぼうぜん》自失状態のルカスがいた。

「る、ルキ様？」

「――」

「ルキ様っ？」

「――」

え、ちょっと大丈夫……!?

「ルキ……ルカス様！」

焦りながら重ねた手を握り締め身を寄せて、もう片一方の手を白磁の頬に添えて名を呼ぶと、ふるりと長い睫毛《まつげ》を震わせてその金色が揺れ動いた。

散っていた光が集まるように蜂蜜《はちみつ》色に生気が戻り、見上げる私とようやく視線が合ってホッと安堵の吐息を吐く。

「良かった……ルキ様、どうされまし、た――」

するとルカスはゆっくりと私を引き寄せて、チュ……とキスを落としてきた。

――え？　いやいや、なんでそうなったのっ？

わけがわからず目を見開いて固まる私をしり目に、彼は一心不乱にチュッチュすると、ようやく満足……納得した表情になり、突然気恥ずかしそうに目元を染め上げた。

「……ツェツィがあまりにも綺麗すぎて、死んだかと思った」

ぽつりと呟かれた言葉に「――へぃ？」とものっすごい令嬢らしくない返事をしてしまった私を彼は一切気にせず、挙げ句逢瀬に不似合いすぎる物騒な単語を物騒な台詞《せりふ》でぶっ込んできた。

「まさか見惚《みと》れて意識が飛ぶと思わなかった……ツェツィは俺のこと殺せるね。でもあなたに殺されるなら本望かな」

完全な無防備状態は人生で初めての経験だった、と初体験にウキウキした様子で照れ笑いをする人外美形に、褒められた気がしませんよ、私は殺し屋か……と若干ジト目をしてしまった私は悪くないと思う……。

そんな私を目を細めて甘やかに見つめたルカスは「――俺の女神、今ひととき、あなたの時間を俺にくださいますか？」と言いながら、今度こそキュッと手を握り締めて指先にキスを落とした。

案内されたのは空中庭園で、そこは日中は誰にでも開放されている場所だけれど、私は王子妃教育が忙しすぎて足を伸ばしたことがなかった。

石畳のはずの場所には芝が敷き詰められ緑も生い茂っていて、まさに庭園の様相にはしたなくも「わぁ……」と感嘆してしまう。

ルカスにエスコートされながらカツンカツンと石畳を響かす軽やかな音に、心が浮き立ってしまうのを自覚する。

ポツリポツリとお互いの近況を話し合うのが妙にくすぐったくて、時折視線を絡めると熱を孕んだ瞳で見つめられるのが堪らなく幸せで。

私は、この時間がこのまま続けばいいのにと、いっそ時が止まればいいのにと、笑みを浮かべながら頭の片隅で思っていた。

――それが続くはずがないことも、わかっていた。

コツリ、と唐突に音が変わり衝動的にルカスの腕に回した手に力が入ってしまった瞬間、強い風が吹き抜けて大きな身体に抱き寄せられる。

「――と、大丈夫？　ツェツィーリア」

「はい、凄い風でしたね、……」

頭上から零された心配する声を振り仰いで、風に揺れる短い髪を見つめる。

「……どうした？」と気遣うように問いかけられルカスに視線を戻して――その瞳の静かな色に、この時間に終わりが来たことを悟ってしまった。

急速に速くなる鼓動がルカスに伝わらないように、お礼を述べながらそっと彼の胸を押すとあっさりと身体が離れた。

それを寂しく思いながら、膜が張ってしまった瞳を隠すために目を伏せる。

泣くな……泣いては駄目。まだ何も聞いていないでしょう……っ。

数回瞬きをして涙を散らし、窄《すぼ》まる喉を無理矢理開いて言葉を紡ぐ。

どもっては駄目……微笑みなさい、ツェツィーリア・クライン。

私は、第二王子であり次代の英雄ルカス・ヘアプストの婚約者なのだから。

矜持を胸に、小さく息を吸い微笑んでルカスを見つめると、彼は一瞬切なげに瞳を細め……困ったように、そして何故か憧憬を浮かべて私に微笑み返した。

「……これね、討伐日程が長いから」

短いと野営中とか楽だからさ、と。

そう応える言葉に、ああやっぱりと思いながら口を開いて――けれどなんの音も紡げず、ただ必死に口角を上げた。

そしてまたそっと歩き出すルカスに、私もエスコートされるがまま歩を進める。

コツリコツリと石畳を踏みしめる足音が耳を突く中、ルカスが口を開いた。

「――討伐は、俺がする」

静かな声音だった。

微かな動揺もない、凪《な》いだ水面《みなも》のように感情を見せない声が隣から降り注いできて、私は、前も見えない程の雨の中に放り込まれたような感覚に陥った。

掴んでいるはずの腕の熱が感じられなくて、恐怖で確かに隣にいるはずのルカスへ視線を向ける。

「急だけど、今朝の会議で出立が明後日に決まった。大型の魔獣がどんどん王都側に逃げてきていて危険度が高まっているんだ。深淵《しんえん》までは早くても一週間半はかかるし……公にしていないけれど、現れた竜は一頭じゃないんだ。だからアンドレアスと話して、俺がエッケザックスを揮《ふる》うことにした」

それが最も安全で効率がいいから、とルカスは淡々と言葉を紡ぎながら、見たことのない感情を浮かべて視線を城壁の向こう――境の森へと向けていた。

その、いつも愛を浮かべて私を見つめてくれる金色が、隣にいる私を、見ていなくて。

動揺と衝撃で彼の腕から手がスルリと抜けてしまった。

縋《すが》ることもできずに呆然とルカスの腕を見つめているとそのまま腕が遠ざかり、雷に打たれたように身体が硬直した。

――どう、して？

コツリコツリと鳴る音が徐々に遠ざかる。

――愛して、くれているのに……

コツリコツリと音が止まるのを、私は震えながら石畳を見つめて待つしかできない。

――待っていてほしい、とも、言っては、くれないの……？

コツリコツリ、コツリ。

鼓膜を震わせる音が止《や》み、ヒクリと喉を窄ませる。

長い長い刹那が過ぎても、聞こえるのは遠くで響く生活感のある音だけで……私は動揺を隠すこともできないまま、血の気の引いた顔をゆっくりと上げる。

「――ッ」

そして視界から入る情報に震えが走った。

ルカスと歩いてきた空中庭園の突き当たりには、小さな小さな聖堂がある。

城下を見渡せるように作られた東屋型《ガゼボ》の聖堂は、王城に務める使用人らの心の安らぎの場として数代前の国王が作ったものだ。

聖堂と言ってもガゼボの役割も担っているためか装飾はほとんどなく、大理石と御影石《みかげいし》を組み合わせて作られた石柱に白い薔薇が巻き付くアーチ状のドームと、かなり簡易にできている。

唯一の装飾は、女神を象徴する大きな樹《き》に縒《よ》った縄が巻き付く剣の紋様の床と、中央に突き立つ柄《つか》の部分に英雄紋を模《かたど》った剣だけ。

その、真ん中に竜を、そして四隅に剣を模った十字を頂く剣に目を見開く。

――ここ、は、英雄を、祀《まつ》る、聖堂――……。

そして背に靡く緋色のマントの裏側の英雄の紋章で思い出した。

白地に青紫の騎士服は、英雄の正装――！

ルカスはただ静かに、自らの意思を示すように聖堂の前に佇んでいた。

立ち去りたかった。

今すぐ踵《きびす》を返して、これ以上恐ろしい言葉を聞くまいとその場から逃げ出したかった。

けれど足は地面に縫いつけられたように動かないし、視線さえもルカスから逸らすことができない。

昼と夜の境目の時間は、佇む彼をどんどん闇へ溶かすように陰らせていく。

明るい紺色の髪は漆黒になり、金の瞳は、今は淡い月の光を映す水面のように暗く揺らめき。

まるで知らない人のように変わりゆく色に心臓が鷲掴《わしづか》みにされたように痛みを上げた。

……けれど同時に、諦観するように見つめている自分自身もいた。

どんな言葉が彼からもたらされたとしても、私には最後まで聞く権利と義務がある。

掬《すく》い上げられた。

ただただ愛され、愛を知り、そして愛を返せる、すぎる程の幸福を知ることができた。

ならば私は最後までここに立っているべきだ。

どれ程みっともない姿を晒《さら》したとしても、彼以上に失うものなどないのだから。

……追い縋るでもなく、逃げ去るでもなく、ただ馬鹿みたいに立ち続けるしかできない私に、ルカスはそっと、けれど決然と言った。

「──必ずあなたの元に帰るよ」

瞬間、もたらされた言葉が私の身体を燃やし、その熱さで喉が震えた。

耳の奥がキーンとなり声が遠くに聞こえるような感覚がして、今すぐもう一度言ってと叫んで詰め寄りたい衝動に駆られるのに、私の身体は震えるばかりでなんの役にも立ちはしない。

「あなたの元に、あなただけの元に帰ると、約束する。……でも、もし、──」

そこで口を噤んだルカスはまるで身を切られたように顔を歪めると、私を見つめる視線をそっと逸らして、自嘲するように溜息をついた。

そしてポツリと、できないことを考えるもんじゃないな、と呟いて。

不意に顔を上げたルカスの、あまりにも鋭い眼差《まなざ》しにお腹《なか》の奥底がぎゅうっと縮こまって身を固くしてしまった。

そんな私の態度を怖がったと思ったのか、彼は少し目を細めて、動くな、と私を射貫いてきて……

私はそのルカスの様子に、震える唇で音もなく、愛しい彼の名を希《こいねが》うように呼んだ。

その、聞こえるはずのない私の呼びかけに彼は綻ぶように甘やかに微笑むと、さっきまで月の光のように淡かった金色を恐ろしい暗さに染め上げて言葉を紡いだ。

「ごめん、ツェツィーリア。でももう、どうしようもない程に愛してしまっているから、あなたを手放してやることは絶対にできない。あなたの全てを他の人間に一欠片《かけら》だって渡すことはしたくない……だから、約束だけでは俺が安心できないんだ」

そう自嘲気味に吐露すると、ルカスはまるでくれと言わんばかりに両手を差し出して――唐突に、跪《ひざまず》いた。

「ルカス・ヘアプストはツェツィーリア・クライン、あなただけを愛してる。あなただけを愛し続けることを我が名と我が紋、女神に誓う。だから、生涯を共にする比翼となってくれないだろうか」

――ひ、よく……？

ふわりと巻き上がるマントの端に綺麗な月が浮かぶのを呆然と見つめながら、熱で鈍くなった思考で必死に目の前の状況を整理して噛み砕き、気づく。

この距離は。

彼と私の間は、正式な求婚の作法に則ったもの――……。

求婚者は、求婚相手に触れてはいけない。決して無理強いをしない距離を取り、ただひたすら跪いて自分のところまで来てもらえるのを待つのだ。そしてたとえ断られても、すぐには手を取れない距離なのだと恋に焦がれていた友人らが頬を染めて言っていたのを思い出し、私は私を見つめたまま微動だにしないルカスの差し出された手を凝視した。

何よりも欲しかった言葉は、もう貰えた。

それだけを頼りにきっと私は待てる。

ルカス・ヘアプストを愛するツェツィーリアのまま、きっとずっと、生涯待つことができる。

だから、だからこれ以上など起こるはずがない……起こるはずがない、のに。

「――ツェツィ」

甘やかな、けれど有無を言わせない声音にビクリと肩を震わせてルカスと瞳を合わせる。

これは夢だと呆然と思いながら、愛を湛えた金の瞳に引き寄せられるように身体が、足が動いた。

動きだす身体を何かが――侯爵令嬢としての知識が引き留めようとする。

事実上の第二王子妃であっても、たとえ死地に向かう英雄が望んだとしても、王族が王の許可なく正式な求婚などしてはならないし、まして求婚を受け入れるなどしてはならないのだ。

それが許されるのは王の御前でのみ。

あの手を掴んではいけない、今まで必死に積み上げてきたものを失うかもしれないと頭の片隅で理性が叫ぶ。

二度と、戻れなくなる――わかっていても私の歩みは止まらなくて。

震えを自覚しながらも、自らの手をその固い掌《てのひら》へそっと差し出した刹那――まるでいいのかと問いかけるように、同時にもう逃さないと伝えるように、ルカスは私を呼んだ。

「――ツェツィーリア」

――返事をしたら、捕まってしまうのです。ですから決して宵闇の中では、名を呼ばれても返事をしてはいけませんよ。一生そのモノに閉じ込められてしまいますからね――。

私を縛るような低く甘い呼びかけに、唐突に小さい頃乳母《うば》から聞かされた言葉を思い出した。

あれはきっと、幼い頃は活発だった私を迷信で諌《いさ》めるために言ったのだろう。

だから何も起こりはしないとわかっているのに妙に心に響き、波紋が広がるように想いが増幅した。

――捕まったら、一生……では、私が手を掴めば、この人は一生私のモノ……っ？

湧き上がり激流のように止められなくなった感情が顔に出てしまったのだろうか。

私を見つめるルカスが誘い込むように微笑んで、感極まったように再度名を呼んだ。

「ツェツィ、リア」

――一生、私の、モノ。

「――はい、ルキ様」

手を重ね応えた瞬間、ギュッと強い力で握り締められ痛みが走る。

けれどその痛みがこれは夢ではないのだと教えてくれるから、歓喜で濡れる頬を拭いもせずに了承のキスを額に落とす。

私の頬からポタリと零れた雫《しずく》がルカスの頬を伝うのを、その金の瞳が潤んでいるのを見て、うまく動かない口を必死で動かして愛を返した。

「ツ、わたし、も、愛して、おります、ルカ、ス、ヘアプス、ト、様」

きっと綺麗に笑えていないし、美しく整えてもらった化粧もぐちゃぐちゃに崩れているだろう。

でもきっと、今の私は世界で一番幸せに違いない。

嗚咽を零しながらルカスが私の左の薬指にキスを落とすのを見つめて――目を見開いてしまった。

「――え」

キスを落とされた指には、金の指輪が嵌《は》まっていた。

……あれ、まさかの夢オチ……？　それとも幻覚……でも指輪の冷たい感触がする……えぇ……？

信じられない早業と信じられない状況にわけがわからなくなり、スンスン鼻を鳴らしながらルカスを見つめて、指輪を見つめて、またルカスを見つめる。

「……あの」

「ツェツィーリア、これ」

おずおずと口を開いた私に、ルカスはキラキラとした瞳を向けながら私の掌に金色の、恐らく私の指輪と対になるだろう細長い環《わ》を乗せてきた。

何がなんだかわからなくて、目を白黒させながら言われるがまま流されるがままにその金の環を手に取ってルカスに伺うように視線を向ける。

――えーと……ルカスの指にも嵌めてってこと、よね？　でもこれ細長いし……なんだかさっきまでの感動が驚きで鳴りを潜めちゃったわ、もう少し余韻に浸りたかった……。とりあえず説明プリーズですよルカスさん……。

すると彼が微笑みながら「俺の分」と照れたように零すから、そうですねわかります、とコクリと頷いてもう一度首を傾げてしまったわ。ちょっと待ってほしいの、展開が早くてついていけない……。

正式な求婚の作法に則って、正式、ではないけれど婚約が結ばれたのは、まぁわかる。

指輪が出てきたのも、まぁわかる……これが右手だったならば。

でも指輪が嵌まっているのはどう見ても私の左手の薬指だから、間違えちゃったごめんごめん、とルカスが言い出すのではないかと待つけれど、まぁそんなことも起こらず。

つまり右ではないということは、婚約の、ではなく。

これでは、これではまるで――……いやいや、えぇ……？　いやそんなまさか……ぇええ……っ？

えーと状態でルカスという名の濁流に飲まれアップアップしている私をしり目に、彼は喜びを顔一面に表しながら俺の左耳につけてほしいと言ってきた。

「剣を握るから指にはできないんだ。でもチェーンで首から下げると、チェーンが切れたりして失《な》くすかもしれないだろう？　その点耳なら、頭を狙った攻撃を受けなければ絶対失くさないから」

だから音が鳴るまで嵌めて、と穏やかで甘やかな声でお願いをされ、失くしたときの理由が至極物騒……と思いながら震える手で左耳の耳殻にその環を嵌めて、キュッと指に力を込めた。

パチリ、と小さな音が鳴り、そっと手を離してルカスを見つめ、そしてもう一度自分の薬指を見つめる。するとルカスが再度手を取って指輪にキスをしてきて、その行為を呆然と見つめてしまう。

指輪、しちゃった……けど、これいいの……？　求婚もNGなのに左手に指輪とか、もうこれ成婚まで秒読み開始状態……どう考えてもおかしいわよね？　やっぱり寝てるとかそういうオチ……？

完全に混乱しているのに、私の耳はルカスの言葉を聞き逃さないようにできているらしい。

「大丈夫だよ」

「――ッ」

私の不安を見透かした言葉に息を呑んでルカスを見つめると、彼は私を跪いたままの足に座らせて抱え込み、私の震える唇をあやすように撫でた。

そしてもう一度「大丈夫だから俺を信じて」と放さないと伝えるように指を絡めてきて――。

「――結婚しよう」

その、あまりにも率直な言葉に、束の間、涙さえも止まった。

……けっこん。結婚――？

どうして、何故、と何を聞きたいのかもわからない疑問が頭の中をグルグル回る。

婚約式は中止になったから結婚なんて夢のまた夢だ。

求婚だって本来なら許されないことなのに、求婚してくれて、指輪をくれて……さらに、なんて
……このヒトは何を言っているの……？

結婚なんて――まさか。

焦《じ》れたように指輪を撫でながら促してくるルカスを凝視して、まさか、と思い至る。

他の人間に渡したくないとルカスは言った。

頭を過《よ》ぎるのは、王妃殿下が仰った万一があっても第二王子妃候補であってほしいという言葉。

それはまだ婚約式も行っていない、ただのクライン侯爵令嬢である私の隣の人間を言葉一つですげ替えることが可能だということ。

私の立つ場所は、脆《もろ》く儚《はかな》いものだ――そう、思っていた。

でも、結婚をしたら。

それが正式なものでなくとも、王と並び立てる〈英雄〉の妻である証《あかし》を刻んだものを身につけていたら――たとえ王妃殿下であろうと易々《やすやす》と覆せることではない――。

どこまでこのヒトは私を守ってくれるのかと、震えが止まらなくなった。

まるで作り替えられている途中のように自身の輪郭がなくなるような感覚がして、彼の騎士服をキュッと握る。

結婚なんて、それこそ本当に、家同士の、親同士の契約と了承の下、行われるべきこと。

まして彼は王族だ。

誓約書に名を刻まない正式なものでなくとも、王家の了承と大神官の言祝《ことほ》ぎがないなどあってはならない……よしんば言祝ぎができたとしても、勝手にお互いの名と比翼連理の紋を指輪に刻んではいけないのだ――それが、それこそが明確な婚姻の証となるから。

だから、絶対にこんな場所で、誰の了承もなく二人だけで行ってはいけないことなのに――。

ひたすら呆然とルカスを見つめ続ける私に、彼は容赦なく促してきた。

「ツェツィ」

「ルキ、様」

「返事、頂戴」

――……返事、とな。

返事は、したい。当然したい……けれど、でもこれ返事したら、流石にマズい、わよね……？

指輪まで嵌めておいて何をって感じだけれど……でも気づいたら嵌まってたし、しかも取れる気しないし、多分死ぬまで嵌めていることになりそうな予感がする……。

というか、指輪なんて隠しようがないもの嵌めちゃってるんだから、もしかして……っもしかして、根回し、済み？　とか、そんな、まさか、ね……？

早く早くと急《せ》かすように見つめてくるルカスを穴があく程見つめ返し、必死に思考を回す。

根回し、あり得そう……だってルカスだもの、なきにしもあらずよね。でもこんな都合のいい展開、あとで違かったとか言われたら立ち直れないし、物理的に首が飛ぶ可能性もある……。

――ちょっと冷静になろう私。

あり得そうだけど、それもかなりマズいんじゃないかなって思うから詳細な説明プリーズしよう。

……はいの返事はそのあとでも大丈夫だもの、と思いながら説明してほしくて「あの」と続けようとした言葉は、ルカスの口内に飲み込まれた。

「あ、んぅっ!? ン、……――っ」

「……返事」

「へ、ンっ！ んーっ……んぅ……っ」

「……返事だよ、ツェツィーリア」

答え方知ってるだろう？ と仄暗く眼前で嗤《わら》われて、あ、これ「はい」以外言っちゃ駄目なヤツ……っ！ と頬を染めながら血の気を引かせたわ。

あれ、私器用……血流コントロールの第一歩かしらなどとぼんやり思いつつ、あうあう口を震わせていると、ルカスが意志の籠もる声と眼差しで私を射貫いた。

「手放さないって言っただろう？ あなたはツェツィーリア・クラインのまま俺の隣に立って、そのあと名前を変えるんだ」

だからこれは必要な誓いだと言外に伝えられて、またも涙が頬を濡らしてしまった。

どうしてこの人は私の欲しい言葉を私の欲しいときにくれるのだろう。

こんな人、きっと世界中どこを探したっていやしない。

生涯ただ一人のヒト、ルカスの隣にいる権利を誰よりも欲していたのはきっと私だ。

だから私は彼をただ信じるだけでいいのだと心の底から思えて、トロリと色濃くなっている金色を見つめながら鼻先同士をスリッと擦り合わせた。

惑いも恐れも払拭してくれるその眼差しと、気負いのない純粋な力強さと、私を翻弄する強引さに愛しさが止まらなくなり吐息のような笑いを零してしまう。

そしてもう一度手を重ねたときのように返事をしたのだけれど、やっぱり私は最後まで言い終えることができず、ルカスの名前は彼の口内に吸い込まれたのだった――。

「――ハ」

唐突に絡められていた舌が離れて、熱い吐息を胸元に吐かれた。

キスの合間の言祝ぎが、脳をドロドロに溶かした気がする。

そっと触れたルカスの耳環が細かな模様を描いているのを震える指先に感じて、もう何度も流した涙をまた流す。

ここまで近寄ってもよくわからないけれど、きっとそこには翼に覆われた連理の枝と私の名前が刻まれているのだと想像し、そして視界に入る指輪にも緻密な紋様が刻まれているのを目の当たりにして「……嬉《うれ》しい」と思いが口からポツリと零れると、ルカスが腰に回す腕に力を込めた。

その腕の強さと後頭部を押さえる掌の熱さが、私を浮き立たせて冷静な思考をさせてくれない。

――いや、足りない……もっと、キスしたい。

熱に浮かされるままに額を合わせるルカスを見つめると、彼は苦しげにクソッと小さく唸《うな》った。

「……今すぐ部屋に連れ込みたい……」

部屋と聞いて、第二王子妃の間の続き部屋を通り抜けて案内された、夫婦のための寝室を思い出す。

あの部屋に行ったら……もっと、してくれる？

「もういいだろこれ、俺凄い我慢したし頑張ったよな」とブツブツ言うルカスの首に、我慢しないでと腕を回そうとした瞬間――。

「――駄目だよ、ルカス。侯爵閣下はカンカンだ。いくらクライン嬢にプロポーズを受けてもらえたからといって、ご両親の前でそういった内容を憚《はばか》りもせず言うのはやめなさい」

そう聞き覚えのある声がルカスを窘《たしな》めて――さらに続いた声に茹《ゆ》だっていた脳が瞬時に冷め、今度は熱が全身へ回る。

別の意味でドクドク鳴り響く心臓に急かされ、はしたないと思いつつ慌ててそちらへ顔をやってしまったわ……どういうことなのなんでなのもう予想外のこと起こりすぎぃいいいい!!

「――ツェツィーリア、お前もだ。今すぐその男から離れなさい、まだお前はクライン侯爵令嬢だ」

「あらあらまぁまぁ若いっていいわねぇ」

「――っお、とう、様――!?　お母様……っ!?」

――ヒぃぃいいいいやァアあああッ!!

……あ、珍しく脳内で分身全員が合唱したわ……。

そうよね、私だって絶叫しなかっただけで令嬢らしさも忘れてあんぐり口を開けてしまったわ……でもそうなるのは仕方ないと思うのよ……何これどうしてどういうことなのぉ……っ!?

けれど私の驚愕《きょうがく》はそれで終わらなかった――……。

「ルカス様ったらお話で聞いていた以上に情熱的で素敵ねぇ」とおっとりと話す母の声に、さらに別の言葉が続き、私は開いた口が塞がらなくなって羞恥でぷるぷる震えながら眼前の光景を拒否する。

ない……っ、本当にない……っ!!

両親にキスを、あまつさえ強請《ねだ》る顔を見られた。それだけでもあり得ないのに……！

「ルカス、よくやった」

「……父上、私もそれには同意しますが、今その言葉のチョイスをするのはどうかと思いますよ。横を見てください、侯爵が睨んでますから」

「いやーんツェツィーリアちゃん可愛い……!!　恋は女を変えるのねぇ！」

「……母上、クライン嬢が泣きそうなのでちょっと黙って公爵夫人の仮面被《かぶ》ってください」

……あれ、ディルク様が苦労人だわ、そんなことってあるのね……って違うっ！

ディルク様が苦労人なのも、公爵夫妻のイメージがダダ崩れしたのも、……凄い気になるけれど今は気にしちゃ駄目よツェツィーリア……！

大事なのは!!　重要なのは……今、私が貴族令嬢としてあるまじき醜態を盛大に自身の親と婚約者の親の目の前で晒しちゃったってこと——求婚を受けて、指輪までして、親の同意なしに結婚を承諾し我を忘れて抱擁——ぁぁあああコレ終わったんじゃないかしら……っ。

項垂れそうになるのを堪《こら》え、この摩訶不思議《まかふしぎ》で意味不明で人生が終了しそうな状況からなんとか挽《ばん》回《かい》しようと、とりあえずまずは平謝り……！　と膝をつこうとした私に、何故かルカスは平常運転でもう一度キスを落としてきた。

「……——!?　る、ルキ様ッ！」

何考えてるの空気読んでよっいさっき知ったけれどそれ公爵家の血筋ですことね——!?

「大丈夫、あれはただの見届け人だから」

……あれって、と思った私の気持ちは間違っていなくて、ルカスの発言は大人陣営を盛大に刺激してしまいました……ちょっとあなたもう黙って……っ。

「ルカス、あれじゃない、父だぞ」

「そうよルキ、あなたが寝る暇を惜しんで根回しに奔走していたから、わたくしだって面倒くさい兄上を説得するの凄く頑張ったのよ。だから可愛い義娘《むすめ》を見せて、むしろ触らせて頂戴」

「……母上、その面倒くさい相手を説得したのは主に私ですよね。何手柄を独り占めしようとしてるんですか？　ルキ、兄は凄い頑張ったんだぞ、だからあれはないだろう、あれは」

「ルカス殿下、私は苦労をかけたからこそ娘の意思に口は挟みませんが、まだ親として納得してはいないのですよ。今すぐぐっ、娘を離してください……それ以上したら本当に許さんぞ小僧……!!」

「あなたったら本音ダダ漏れよ。ツェツィーリアのあんな幸せそうな顔は見たことないって隠れて泣いていたのバラしますよ？　いい年して娘可愛さに邪魔するのはおやめなさいな、みっともない」

……公爵様、本当に変……。

ルカスと公爵閣下とをチラチラ見そうになるのを理性で耐えながら、ルカスがこうなった理由が明確にわかったな、となんだか変な方向に納得する。

ついで、般若の形相で奥歯をギリギリ言わせちゃっているお父様とそれを煩わしそうに窘めるお母様に、呆然としてしまった。

……お父様、今、ルカスのコト小僧って言ってた。

しかもその前も何気なくその男呼ばわりしてた。

不敬……だと思うのだけれど、でもその割にルカスも公爵閣下達も気にしてない、から、いいのかしら……？　いやいや駄目よね……？

というか、あのお父様が泣いていたって、本当に……？

だってお父様よ？　いつも厳《いか》めしい侯爵としての表情しか見せたことのないお父様が？

「――ディアッ、お前、バラしているだろう……っ」

「ツェツィーリアが可愛くて仕方ないくせに、王家の婚約打診を断れなかった負い目から娘に本心を出せなくなったあなたのフォローをしてあげていたのはだぁれ？」

「お前、だが……」

「せっかくの機会です、少しは父親らしい顔をお見せなさいな。あの子動揺してますよ、教えてあげないのですか？」

「む、……」

混乱の極地にいる私を置いてけぼりに、仲睦《なかむつ》まじく言い合い――いえ、あれはお母様の方が圧倒的に強いから言い合いとも言えない――をする両親をルカスの膝に座ったまま凝視して、はたと気づいた。

……あれ、ちょっと私もおかしいな。混乱しすぎたせいかしら、まだお膝の上じゃない……座り心地がいいわけではないんだけれど、安定感が抜群すぎて全然気づいてなかったっ。

今すぐ降りなきゃ――と腰に回る腕を押して、ピクリともしない腕に意思が垣間《かいま》見えて泣きそうになる。

想い人を膝立ちさせてその膝に堂々と座ってるとか、これ以上ないくらい私のイメージ悪くなっちゃうから離してくださいませんかっ、お願い――そう思って懇願の目をルカスに向けると、彼はほんの少し不機嫌そうに父を見つめていた。

「ルキ様……？」

「……侯爵、ツェツィーリアは了承してくれました。だからもう俺の妻です」

ほら、とおもむろに左手を掴んで眼前に見せびらかすルカスに、うっかり頬を染めてしまったわ！

だってだって……妻……！　なんて素敵な響き……！

そこまで考えてハッとなり、叱られるかも、と慌てて父へ視線をやる。

けれども父はその濃い緑の瞳をギラリと鈍く光らせて、私ではなくルカスを睨んだ。

「妻だと……？　世迷《よま》い言《ごと》もいい加減にしていただきたい、ルカス殿下。仕方なく、渋々、あなたがツェツィーリアを守るためだと言うから本当に渋々！　その指輪を嵌めることを了承したのです。わざわざ娘のために白いドレスを用意したのはまぁ認めてやらんでもない、そこは素直に感謝もしよう。だが連理の指輪があろうともツェツィーリアはずっと永遠に私の娘ですので今すぐその手を離して娘を私に返せ。……ツェツィーリア、こちらへ来なさい」

「え、あの」

お父様からの永遠の娘発言に目を白黒させる――前に、私は愚かにも着ているドレスを見下ろして、顔を真っ赤にさせてしまった。

これ、どうしてかなって思ってたのだけれど……白いなって、珍しい色を選ぶなって思っていたのだけれど……っ。じゃあ、これは、わざと……っ？

喜びで潤んでしまった瞳でルカスをそっと見上げると、チラとこちらを見てきた金色と目が合い、ふわりと甘やかに微笑まれ顔を覆ってしまった。

嬉しい……恥ずかしい……嬉しい……!!

場違いにも顔から湯気が出そうな状態になっている私を隠すようにより引き寄せると、ルカスは父侯爵に淡々と食ってかかった。

「嫌です。それに王家も公爵《こうしゃく》家も、そしてクライン侯爵ご自身も認めて立ち会った。神殿に婚姻誓約書を提出していないだけで、間違いなくツェツィーリアは俺のものになりました。指輪も抜けないようにしてあります」

「……小僧……死にたいようだな？」

うっかりほわほわしていると、ドスの利いた声が聞こえて、慌てて顔を上げたわっ。

ヒィッ、お父様の目が物騒な光放ってる……!!　そして言ってることはもっと物騒で不敬!!

「まあぁ!!　これが娘さんをくださいうるさいお前にはやらん!!　てやつね！　アニカのときは小さい頃からアルフォンス様とくっついちゃっていたから、なんの波乱もなくてつまらなかったのよね。まさかルキが見せてくれるなんて……」

「母上、感慨深げに言ってますけどヒトの人生の一大事を自分のイベントごとにしないでください」

「あのときはアルフォンス殿がまだ子供だったからな、流石に子供相手に公爵家当主が怒鳴り散らすなど無理だったが、どうしようかな～とは言った覚えがあるな」

「父上も黙っててくださいませんかね……もう疲れたな。ルカス、レオンが掻《か》い摘《つま》んで説明するからクライン嬢を立たせて」

はぁ～と溜息をつくディルク様の言葉にルカスは不承不承頷くと、チュッチュと頬に唇を寄せながら立たせてくれた。

そのせいで父の「殺す……ッ、止めるなクラウディア！」という物騒な言葉が聞こえるけれど、私はすっかり他の事柄に気を取られてしまって、キスを咎《とが》めることもお礼を述べることもできない。

だって正直それどころではありません……ディルク様、今なんて……っ？

――ヒィィぃいいいい！　苦労人一号来たッ!!　数少ない常識人!!　久しぶりの常識人!!

そんな叫びを脳の片隅で聞きながら、ゆっくりと視線をディルク様の少し後ろへ向ける。

そこには、フィンさんに腕を掴まれて連行された体《てい》のレオン王太子殿下がいた――……。

「レ、オン、殿下――……」

生きてます……？　と訊《き》きたくなるくらい目が死んでるわ、お気の毒に……って私のせいかしら。

なんかもう……っなんかもうおかしいことだらけでちょっとわけわからないんですけども……!!

助けて常識人……！　と分身同様叫び出したい気持ちになりながらも、無意識に礼を取ろうとしてまたも何故かルカスに止められた。

「あれもただの見届け人だから、そんなのしなくていいよツェツィ」

「え？」

「……おいルカス……っ、俺はアレなんてものじゃない、王太子だから！　そしてお前の側仕《そばづか》えホントお前に似てて不敬すぎるわ！　なんで俺は腕を捻《ひね》り上げられているんだ、逃げないって言ってんだろ！」

「レオン殿下が一番重要なポジションですから、万一があっては主の一世一代が台なしになるので仕方なく」

「いや、フィンお前、仕方なくって面じゃなかったから。もう満面の笑みで天井から下りてきたからな！　頼むから城内を王家の暗部以上に把握して使いまくるのヤメてもらえるか……っ」

「レオン、早く説明しろ」

「――ルカス……お前、この借りは必ず返してもらうからな……？」

そんなドスの利いた恨み節こんもりなレオン殿下の言葉に、ルカスはどこ吹く風で「ん」と返したから慌ててしまう。

ちょっとあの方ご本人も仰ってるけど王太子殿下だから！　その殿下にする返事が「ん」って可愛い……違うぅっ！　そこ胸アツポイントじゃないからときめかないで私の乙女心ぉ……！

理性総動員でなんとか頬を軽く染めるだけで済ませた私は、盛大に溜息をついたレオン殿下がこちらを見つめてきたので姿勢を正して向き直った。

――粛々と拝聴した結果、やっぱりルカスはチートっぷりを発揮して東奔西走したらしい。

「まぁなんだ、王太子である俺が立ち会うのを根回しするのが一番面倒でな。なんやかんや紆余《うよ》曲折があって……」とレオン殿下が口を開いた途端、死んだ魚のようにデロンとなったのには驚きすぎて軽く血の気が引いたわ……。

次期国王が思い出しデロン……っ何があったのか知ろうとするのは絶対によそう……っ。

「――とにかく、もうほとんど正式な婚姻だ。なんせ根回し調整済みで両家両親の了承の下、王家《おれ》が立ち会っているからな。……おめでとう、幸せにな」

そう祝いの言葉をくれたレオン殿下の表情が感情を悟らせない王太子としての微笑みを浮かべていて、それが酷く印象的だった。

そして両家の両親も今夜は王城の客間に泊まることになっているらしく、結局そこで解散となった。

両親達に挨拶をして、行きとは違うふわふわした足取りでルカスと共に部屋に戻り――そこで今日最後の驚きが待っていた。

室内の至るところに花々が飾られ、部屋の中央のテーブルには軽食やら飲み物やらが完璧に準備されていた。

……え？　あれ？　何事……？　部屋を間違えた、わけではないわよね……？
驚きに驚きを重ねたせいか頭が働かなくて、並んでいる皆をきょとんと見つめる。すると、パンパァーンッ!!　とクラッカーが鳴り響き、エルサさんが「ヤバダバドゥ～」と変な歌を歌いながらアクロバティックな動きで花びらを降らしてきて今日一番のパチクリを繰り出すことになった私に、侍女ズとフィンさんが「ご結婚誠におめでとうございま――すっ!!　ぃぃいいいヤッフゥゥううう!!」と叫びました……。

あれ、いやっふぅは基本エルサさん担当だった気がしたのだけれど、皆いやっふぅしてるなってツッコんでしまったのは、きっと疲れていたせいです……。

けれどこんな風に祝ってもらえると思っていなかったから幸せで。最近涙脆くて駄目ね、と思いながら精一杯笑顔でお礼を述べたら、何故かフィンさんがアナさんに踵《かかと》落としをくらって驚愕……というより恐怖で涙がすっかり引っ込んだわ。アナさんたらご乱心……っ？

「フィンはツェツィーリア様の涙を見る資格はないの、女神の涙を見ていいのは女神の侍女だけよっ」

「お、まえ、一歩間違ったら俺死ぬとこだかごぇ……っちょ、マジ意味わからん……！　なんなのその満面の笑みでの暴行！」

「だって幸せマックスなんだものっ!!」

「幸せがマックスになると踵落としが出んのかよ!!　落とされた方の幸せ零れ落ちんだろ!!」

「拾って木っ端微塵《こっぱみじん》にしてから焼却炉に入れてあげるわ!!」

「せめて拾って胸にしまってくれよ!!」

「……」

……おやおや？　おやおやおやおや？

今フィンさんが何かポロリした気が……と二人を凝視していると、ケイトさんとエルサさんがススと扉近くに寄りながら口を開いた。

「うっかりさんがいますぅ〜」

「どうするのかなぁこの空気ぃ〜」

「ルカス様とツェツィーリア様に当てられちゃったとか言い訳すればいいんじゃないのぉ〜！」

「自分達も結婚したいならすればいいんじゃないのぉ〜！」

ニヤニヤニヨニヨしながら言う二人に、アナさんが鞭《むち》を出しながらヤバい視線をギンッと向ける。

すると二人の叫びが部屋に響いた。

「逃げるが勝ちよエルサ！　焼きガチョウと飲み物持って例の部屋に集合！　ご結婚誠にぃっ！」

「アイアイサー！　おめでとうございますー!!」

またシュンて消えた……扉の近くに行ったのに、扉使わないの？　と思ってしまったわ……。

ちなみにルカス氏は二人の言葉を聞くと、おもむろに私を抱き寄せてこめかみや頭にチュッチュとキスを落としてきてどこか嬉しそうにしておりました。

……まぁその、私だって頬染めてるから人のこと言えないけれど、アナさんが鞭をミチミチいわせている恐ろしい空気の中でそういうことできちゃうところ、もういっそ感心します。

でもフィンさんが顔を真っ青にしながら「終わった……俺死んだ……」って呟いてるからフォローしてあげて……ッ。

戦々恐々としていると、アナさんが信じられない程淑《しと》やかに微笑んだ。

「ではではルカス様ツェツィーリア様、どうぞごゆるりとお過ごしくださいませ。……フィンさん、ちょっとついてきてくださる？」

「失礼いたしました、おやすみなさいませ……ごめんなさいドウカわたくしめを許してクダサイ……」

そしてやっぱり二人もシュンと消えて、だから扉……と思いつつ、そっか、あの二人そっか……そういう……そっかぁフィンさんもアルフォンス様タイプかぁ……と静かに納得したのでした。

シィンとした部屋の中に二人きりになると、後ろの雰囲気が変わった気がした。

まるで獰猛《どうもう》な獣が背後にいるような、今にも襲いかかられそうな気配に思わず振り向こうとした瞬間、項《うなじ》に大きな掌が当てられた。

剣を握るからだろう、信じられない程固くザラリとした刺激にまるで獣の舌で舐《な》め上げられたような感覚がして、ビクリと背中を反らせてしまう。

同時に熱を孕んだ吐息が口から零れてしまった。

「……あ……」

たったそれだけの刺激であっという間に令嬢の仮面を剥がされ、身に秘めた欲望を暴かれたような気持ちになってしまい、恥ずかしさと少しの恐怖で振り向こうとすると、首から顎に移動したルカスの手が顔を固定してできなくなった。そしてもう片方の手が肩から腕を辿《たど》り、手首、手の甲、指輪と撫でられ、そのまま手を重ねられ引き寄せられた。

後ろから抱き締められて背中にルカスの体温を感じてわけもなく泣きたくなり……私の中で燻《くすぶ》っていた欲が静かに火を灯《とも》し始めたのを自覚した。

私だって抱き締めたい……キスがしたい。

それ以上を、したい。

今日だけは素直に、ルカスの全てを感じたい――。

はしたないことを自ら口にするのはとても恥ずかしいけれど、でも時間は有限だからと心を奮い立たせて振り向こうとして、ルカスに止められた。

「――ツェツィ、動かないで」

彼のたった一言で私の身体はあっさりと動かなくなり、どこまでもルカスに素直な身体に羞恥を覚えてしまう。

「あ、ルキ、様……？」

「飾り、外すから動かないで」

せめて声が聞きたくて彼の名を呼ぶとすぐに応《いら》えを返されて、はたと正気に戻ってしまったわ……。

イヤだ私ったらそんなことにさえも意識が向かないなんて……っどこまでこの時間を待ちわびていたのよ、ちょっと落ち着きなさい私……！

は、恥ずかしいぃ……っ、そうよね、戻ってすぐに侍女ズも下がってしまったから当然ドレスも髪飾りその他諸々も全部ルカスに外すのを手伝ってもらわないといけないのよね、って……ちょっと顔が、ちか、い？

「……ひゃぁ⁉　あの、ルキ様ッ……ジぅっ⁉」

「ん……？」

ぴちゃり。

湿った粘液の音が耳奥に響いて、耳の中に舌を入れられていることに気づき驚きで声を上げると、ルカスは口の中で返事をしながらも、顎を押さえていた手をそのまま私の口の中に入れてきた。

「んうぅ……ッ、ん、あッ、ジ――……」

な、なんで……ッ？

飾り外すって言ってどうして口の中に指を入れてくるのっ？　ちょっ……と、舌を指で挟んでヤワヤワしないで指の動きがイヤらし……ッ。

びっくりして背を反らすと背中に当たっていたルカスの熱が遠ざかり、代わりに触れた空気に肌が粟立《あわだ》った。

その刹那に感じた私の気持ちを知ってか知らずか、ルカスはすぐさま引き寄せてくれた。

「動かないでツェツィーリア。飾りが外しにくい」

再度の熱に安堵の吐息を零しかけて――いや、色々おかしいっと気づいてしまったわっ。

ちょっと待たれよ、どうして私が何度も動くなと言われているのでしょう……っ？

だって、飾り外してる……？　さっきからイヤリングを噛み噛みするだけで一向に外す気配ないし、そもそも飾りを外すという行為をするために、何故私は口の中に指を入れられてるのでしょうか⁉

しかも耳まで舐《ねぶ》ってきて音が頭に響く……っ。

淫靡《いんび》な音から逃げようと身を捩《よじ》ろうにも、ルカスが握った手のまま私の身体を引き寄せているから
ほとんど身体を動かすことができない。

そのせいで余計に感覚が鋭敏になるのだろうか……耳穴を舐っていた舌が耳殻に移動してねっとり
と際を舐められて、足先から腰元までに震えが走った。

「……んンぅッ……！」

――ぃやあ身体のポテンシャルが憎いぃ……!!

確かに思った……ルカスを感じたいって、それ以上をしたいって思ったけれどっ、こんな風に始ま
るとは思ってなかったぁぁ……っ。

耳への愛撫《あいぶ》だけで身体にスイッチが入ったのがわかり、泣きたくなる。

けれどルカスはお構いなしに私の口の中をぬちゃぬちゃと掻き回し、丹念に耳を舐め続ける。

「うむぅ……ッ、んぁ、――ッふぅぅッ！」

溜《た》まる快感にビクリと身体を揺らすと、ルカスは満足したのか指の動きを止めてイヤリングを口で
噛んで外し、そのままフッと吐いて絨毯《じゅうたん》に転がした。

私は耳だけで下着が張りついた感覚に羞恥で顔を火照らせて、前屈《かが》みになりながら息を整えようと
肩を上下させる。

――もう本当……ホント意味不明なんですけど……！　イヤリング一個外すのにとんだ辱めを受け
てる気がしてならないしっ、しかも外したイヤリング放ったままにするし！　ちょっと一旦ストップ
して色々物申したいです……！

どういうことですか！　と、恥辱で潤んだ瞳でルカスへ振り向こうとして――。

「まだ終わってないよツェツィ、反対も」

再度顔を固定され、そして幼子に言い聞かせるみたいに言われて目を見開いてしまったわ、ちょっと何言ってるの……っ？

驚愕でうっかり動きを止めてしまった私は、またもルカスに口の中を掻き回され、そして言葉通りに反対側の耳を舐られ始め、……囁かれた言葉に身体をぶるりと震わせてしまった。

「ん!? ジゥ……ツ、――ンぷ、ふゥう、……――ッ」

「愛してるツェツィ……ずっと会いたくて、触れたくて夢にまで見たよ、俺のツェツィーリア」

口に指を入れられているせいで余計に耳奥から脳に響いた毒のような愛に、湧き上がった感情が瞳から溢《あふ》れ、私はその毒を甘受するようにルカスに身体を預けた。

ルカスの手付きは殊更優しくて息苦しくはないけれど、それでも飲み込めなくなった唾液が口端から零れ、顎を、喉を、胸元を濡らす。

止めることのできない唾液で白いレースがしっとりと濡れて張りつき透けた肌色を目の端に入れて、私はあまりの淫靡さに衝動的にルカスの指に吸いついた。

「――ん、ふ……っ」

その瞬間、ルカスが身を強張《こわば》らせて指を止めたから。

コクリコクリと口の中の涎《よだれ》を必死に飲み下しながら、フーフー荒い息を鼻から吐いてその骨ばった指に舌を絡めてちゅうちゅう吸う。

「ふぅ、ん、ン……」

口から漏れ出る音が、今までから一転して鼻にかかった甘えたような声になる。

はしたない、イヤらしい、恥ずかしい、……でも。

舌を絡めると抱き締める腕に力が籠もるのが嬉しくて、私は羞恥心を無視して感情の赴くままに強く指に吸いついた。

「――ックソ、駄目だこっち――」

「ジぅぅ……！　んッ、ふぅ――……！　……ハッ、あ、んー……っ」

すると叫ぶような声と共に身体を反転され、親指を口端に引っ掛けられ。食われるかと思うくらい私の舌はルカスの舌に搦《から》め捕られ強く強く吸いつかれた。

何度も何度も吸われ扱《しご》かれてジンジンする舌を、突然甘噛みされ外に連れ出される。

そっと離されたかと思うと濡れた唇を舐める様を見せつけられ、私はその意図を持った動きにぶるりと背中を震わせて、はしたなくも自らの舌を差し出した。

「あ……ッ」

お互いの舌先を突き合わせて、そしてその舌先にちゅうとキスを落とされる。

そうして嬉しそうに柔らかく細められた瞳に促され、まるで動物みたいだと頭の片隅で思いながら同じことをルカスにする。

「――は、ん……っ」

「……ツェツィーリア」

けれどルカスはそれで許してはくれなくて。

まるで同じ場所に落ちてこいと、重く引き込むように名を呼んできて。

……私は、繋いでいた理性を手放した。

息を止めたいと言わんばかりに奥深くまで舌を差し込まれ、苦しくて回したルカスの首に縋りつくと宥《なだ》めるような動きに変わり上顎から下顎まで丹念に舐められる。

唇を唇で甘噛みされる感覚に、分厚い舌に口内を蹂躙《じゅうりん》される感覚に、まるで抱かれているみたいな錯覚を覚えてどんどんお腹が熱くなる。

あまりの気持ちよさにもっともっとと唇を押しつけて強請った私に、ルカスは音にはせずにもう一度「愛してる」と唇の動きで伝えてくれた――。

無我夢中でルカスからもたらされる口づけを受け止め、そして返していると、唐突に頭が緩まり、私は驚いて身を離してしまった。

「……あ」

……いやぁぁあ夢中だったせいか飾りを外す音さえ耳に入ってなかった……ッ理性ったらどうしてこのタイミングで戻ってくるのよぉ……!!

自分の理性を罵りながら、あまりの恥ずかしさに顔に立ち上る熱を隠すように俯《うつむ》いて後退る。

荒くなった息を整えるフリをして、一つだけついたままのイヤリングを外そうと震える腕を持ち上げると、その手をそっと握られ焦がれるように呼ばれてしまった。

「……ツェツィ」

……理性さん詰ってゴメンなさい……自身がルカスに弱いことを、慎んで謝罪いたします……っ。

だよね、という声をどこかで聞きながら、切なげな声に堪らずルカスを振り仰ぎ――何故か色濃くなった金の瞳を苦しげに細められながら謝罪されてしまい、無意識に身を竦ませてしまった。

「ごめん、ツェツィ」

「――は、い？　なにが、ですか……っ？」

激しいキスのせいで舌が痺れてしまっているのか、舌足らずな返事になってしまって視線を彷徨《さまよ》わせながら何か謝るようなことがあったかと考えていると、ルカスがそっとイヤリングを外しすぐ近くの鏡台を見もせずに手から零した。

「久しぶりのあなたには負担をかけると思うけど、今日はもう離れたくない……離す気はない」

「……ルキ様？」

触れた指先の熱さと淡々とした声のあまりの落差に、ルカスを窺《うかが》うように見つめると、彼は答えずに手を動かした。

片側に寄せていた髪に口づけながら私を引き寄せ、背中の紐を緩め始める。

シュルリシュルリと丁寧に外すその仕草が、まるで大切な壊れ物を扱うようで酷く胸がドキドキしてしまい、私は大人しく立ち尽くすしかできなくて。

クイッと後ろ身頃を開かれると途端に呼吸がしやすくなり、無意識に息を深く吐いて肩を落とし、思い出してしまった。

私、痩せて貧相……っ。

「――ま、待ってっ」

落とした肩からレースが滑り落ちると下着をつけていない胸が視界に入り、ヒュッと身体の芯が冷えてルカスを止めようと口を開いた私に、彼はどこまでも甘い声で宥めるように言ってきた。

「……待ってもいいけど、止まる気はないよ」

それでいいなら少しなら待つ、と伝えられ、せめてとお願いを口にする。

「ッ、あの、灯りを暗く――」

「それは駄目」

返しが早いっ……しかも断られたぁ……！

「え、でも、あの……っ」

「全部見る」

何を言ってるんだと言わんばかりに見下ろされて、ザァッと血の気が引いた。

「――ぜ、んぶ」

見る……全部見る――!?

だ……駄目よ、だって痩せたってことは貧相になってて、抱き心地だって変わってるかもしれないのよ……!?

それで、もし万が一にでもルカスの瞳に失望が浮かんだら……私間違いなく泣くしっ、立ち直れなくて最悪口を利かないままルカスを送り出すことに……ヒィやぁああ……っ!!

あんまりな想像に落ちかけたドレスを慌てて引き寄せ、イヤイヤと首を振る。そして小さく後退りながらもう一度暗くしてほしいと口にしようとして、美麗な顔がどす黒く陰った嗤いを零した。

「――ツェツィ？　ドレス、裂いてもいい？」

あのときのように、とうっそりと吐かれた言葉に私の口がムギュッと縫いつけられたわっ。

る、ルカスさんたら、何を言って……っ？　やだわ、ドレスは脱ぐモノ、です、よね……っ？

メーデー！　メーデー！　地雷注意！　鬼畜のお片付けスイッチ発動中ぅ――！　と脳内で分身らが警告してきて同意してしまう……そうね、彼ったらまた瞳孔開かせちゃってるもの……!!

「る、るき、さま」

「今日、初夜だからできるだけ優しくしたいんだけど」

是非優しくしてください！　とブンブン頷こうとして、聞き慣れないその単語に反応してしまった。

「……しょ……や、――ッ」

初夜!?　まさかそんな!!　あれやこれやしてるのに初夜だなんてむしろ猛烈に恥ずかしいー!!　と脳内で動揺して走り回る分身に助けも求められず、私は血の気の引いていた顔を真っ赤に染めふるふる震えてルカスを凝視する。

「そう、結婚したから初夜だろう？　だから離す気も逃す気もまして止まる気なんてないから、脱がないなら――」

手伝うよ？　と、暗く甘く微笑んだその彼の手に、銀色に光る例のブツを見つけてしまいブワッと瞳を涙で蕩《とろ》けさせてしまった。新婚初夜でドレスザクゥッを繰り返そうとする夫に怯《おび》えながらも、私を追い詰める恐ろしい姿にさえときめいてしまった自分を自覚して項垂れたわ……っ。

私、ホントに一般枠から出ちゃった……っでもドレスは嬉しかったから守りたいぃぃ……っ。

正直者すぎる乙女心と狂気的な愛を見せてくれるルカスの姿に勇気を貰って、女は度胸……！　と震える喉を叱咤した。

「……す、好き、です、ルキ様……っ」

「……ツェツィ？」

「愛して、ますッ……だから、あ、愛してるって言ってください……っ、そしたら」

頑張れるから――そう小さく叫んだ瞬間、ルカスに強く引き寄せられ鼻先を合わされる。

間近にある金色が怒りかと見間違う程に強い光を孕んでいて、コクリと喉を動かしてしまった。

「好きだよツェツィ……ツェツィーリア、あなただけを愛してる。この先も何度でも言う、死ぬまで言うから。……どうした？」

何が不安なんだと優しい声音で問われ、心が引き絞られるように痛んで自然と言葉が出た。

「っ、痩せ、ちゃったの」

「……うん」

「だか、らっ、きっと、抱き心地、良くないわ……」

「……そう」

「ルキ、様、い、いやに、ならない、で……？」

嗚咽を堪えて必死に口にした——のに、ルカスさんは何故か口を閉じました。

「……」

あれ、おかしいな……どうしてそこで無言になるの……？　そこは空気を読んで初夜の、つ、妻に優しく「そんなことあるわけないよ」って言うところでしょ……!?　やっぱり、イヤ、なの……っ？

私が不安になっていると、ルカスが目元をほんのり染めて口を開いた。

「……煽《あお》ってるの？」

「……え？」

「離す気ないってさっき言ったけど、本当、加減きかなくなるよ？　嫌だって、止めてほしいって泣き叫んでも、明日もずっと啼《な》かすよ？」

明日も。

明日……トゥモロー？　あれ……今夜だけじゃない感じです？

離れないのを強調してきているのも気になるけど、それ以上に泣き叫ぶの大前提だし泣かすの字面が変な気がしてならない……なんだかマズいことを言ってしまった気が……。

そんなことを頭半分で考えながら、もう半分の湧き上がる感情で喜びの吐息を零してしまう。

「……だ、抱くの、嫌じゃない……？」

「抱き潰すから安心して」

そのきっぱりした口調がやけに耳に、心に響いて。

どこに安心があるのかさっぱりわからないのに、私の心は安堵で満たされてしまい、もう本当にどうしようもないと心の中で自嘲する。

そしてその自嘲が口からふふと甘やかに零れると、彼も嬉しそうに笑ってキスを落としてくれた。

「もう不安はない？　俺もう我慢しないよ？　……まぁ、我慢できないって言った方が正しいんだろうけど」

気恥ずかしそうに苦笑するルカスの、私以外を映していない蕩けきった瞳が嬉しくて。

スルリとレースの袖から腕を抜いて、私はルカスに手を伸ばして想いを告げた。

「ルキ様大好き……我慢、しなくていいから……だから、沢山愛して――」

その私の言葉に、美しいケダモノが金の瞳を光らせて私を食べようと覆いかぶさってきた――。

五感がこんなにも鋭敏になることがあるのかと思う。

その存在全てを感じるために自分は在るのだと思えてしまうほどに、たった一人のヒトのもたらす感覚に全神経が真《ま》っ直《す》ぐ向かう。

その手を。肌を。瞳を。吐息を。唇を。呼ぶ声を。

私をグズグズに溶かす全てをこの身に刻み込もうとするかのように。

……離れている間も、決して忘れることのないように──。

足の指を舐められ、ふくらはぎをゆっくりとさすられ、内腿《うちもも》を舌で舐め上げられながらお尻と足の際を柔らかく揉《も》まれる。

「……ふ、ぅ、ぅう゛ー……っ！」

「ツェツィ……目を閉じないで、俺を見て」

「っ、る、るき、さま……ンぁ！　～ッ！」

同じことを反対の足にもされて、ルカスに触れられる部分全部がジンジンと熱を持って痛くなり、その痛みがお腹を痺れさせる。

溜まっていく快感を吐き出そうと必死で呼吸をする私をルカスは愛おしそうに見つめながら、けれど手は止まることなく容赦なくて。

お臍《へそ》を舐められ、脇腹を甘く食《は》まれ、しっとりと汗をかいた下乳に吸いつかれながら乳輪回りをざらついた指の腹で撫で回される刺激に、強請るように胸をルカスに押し出してしまって顔を染めて枕を握り締める。

時に柔らかく時に強く揉まれ、所有を主張するように胸元に朱を散らされる。

その合間合間に頂《いただき》のすぐ近くを掠《かす》めるように熱い吐息を吐かれると、私のそこは期待でツンと固く立ち上がってしまって。

そうして痛いくらい張り詰めているのに、ルカスは決して直接触れてこない。

「……ふっ、ん、るき、るき、さまぁ……ッ」

触れてほしくて、全部愛してほしくて羞恥に耐えて背を反らしながら声を上げた私に、彼は「……そんな仕草して、俺を喜ばせるのが上手だねツェツィ」と口端を上げて妖艶に微笑んだ。

そのゆるりと緩んだ美貌に浮かぶ、眇《すが》められた金色からこちらを殺す勢いで垂れ流される色気と、からかうように上げられた口端の相乗効果の凄《すさ》まじさに口元を震わすしかできなくて、心の中で涙を飲んだわ……駄目無理ちょっと太刀打ちできない感じです……っ。

悲しいかな、圧倒的な力の差《いろけ》に返す言葉など到底思いつかず、ただ小さく吐息を零すしかできず、染まる頬が恥ずかしくてぷいっと顔を背けてしまい、瞬時に後悔した。

ど、どうして顔を背けちゃったの、何してるの私ったら馬鹿っ、ルカスが驚いてたわ……っ！

せっかく、せっかく会えたのに……っようやく触れてもらえるのに、た、沢山愛してほしいって言ったそばからこんな態度良くないわ……良くないってわかってるのにぃ……!!

好きだからもっと触れてほしい。

けれど愛してるから酷く恥ずかしい。

だから背けた顔を戻すことが酷く困難で。

しでかしてしまった行為を盛大に後悔して目を潤ませると、頭上の影が小さく笑った音がした。

その音に視線を向ける間もなく、ルカスは背けて無防備になった首筋にチュ……とキスを一度落とすと、幸せそうに微笑んだ。

「そんな顔して……ホント堪んないんだけど。もっと素直に俺を欲しがってもらうにはどうしたらいいかな――ねえ、俺の可愛い奥さん？」

その彼の言葉に、私は驚愕にビシリと身体を固まらせてしまったわ……ちょっと待ってどうしてこのタイミングなのぉ……っ。

お……っ!? おく……っ奥さ……ッ!! あ……も、無理……と脳内で分身がバッタバッタと物凄い勢いで倒れ込んだ気がしたわ……。

いいなぁ、ちょっと私も意識飛ばしていいですか？ 駄目ですかそうですか……っぅぁあああ!!

ひど、酷いわどうしていつもそうやって私を翻弄するの、本当狡《ずる》いヒト……!!

心の中で勢いよく言葉を紡ぐ割に、私の口からは浅い呼吸が漏れるだけで。

早鐘を打つ心臓のせいで身体が震えているかのように感じる。

身動きもできず、声さえも出せず。渦巻く熱で全身を血色に染め上げてただひたすらトロリと甘く仄暗く歪む金色から視線を外せずにいると、ルカスはキシィと寝台を鳴らしながらゆっくりと私の身体に伸しかかり、自らの肌を私の胸の頂に擦りつけてきた。

「――ひぁんッ！」

固い筋肉に根元から乳頭を折られ、快感というには痛すぎる刺激に顎を仰《の》け反《ぞ》らせて高い声を上げてしまう。

するとルカスはわざとらしくゆっくりと身体をずらして乳房ごと押し込むように刺激しながら、私の喉元におもむろに強く吸いついた。

「あ、やァ……ッいっ――!?」

　一瞬何をされているのかわからなくて、無意識に痛さから逃れようと顔を逸らすと、今度は別の場所に強く吸いつかれ、ようやく痕をつけられていることに気づく。

「あ……！　ルキ様、痕ッ……ンぅぅッ」

　痕をつけない約束は⁉　と声に出そうとしたけれど、遮るようにルカスに深く口づけられて私の抗議は喉元に返っていってしまい、甘い喘《あえ》ぎが代わりに零れた。

「ン、っ、んぁ……るっ……ン、ふぁ……」

「――我慢しなくていいってツェツィが言ったんだ」

　カリ……と肩口に歯を立てられながら恥毛を梳《す》かれて、ギュッと太腿を合わせて濡れたそこを隠そうとするとルカスはまたも舌を絡めてきて、その気持ちよさに足から力が抜けてしまう。

「で、も……んぅっ！　……っ……ふぁ、あッ……！」

　そう言いながら開いてしまった足の間に手を差し込み、既にしとどに濡れているソコを数回撫でて蜜を指に絡ませると、ゆっくりと指を入れ込んでぬちゅぬちゅ鳴る音をわざとらしく聞かせてきた。

　そうしてお腹側の弱いところを優しく指で扱くように刺激され、私は腰を浮かして快感を享受した。

「ヒッ……ぁ、やッ、るきさまルキさまぁ……っ、あぁ――……ッ」

　私が零した言葉を振りかざし、追い込んで追い詰めて逃げ場をなくして――私の想《ねが》いを拾い上げるように言葉を重ねるルカスに縋る視線を向けると、同じ視線を返された。

「もう、欲しくて欲しくて気が狂いそうだよツェツィーリア……イヤも駄目も今日はきけない。だから、頼む……あなたも俺を欲しがって」

物騒な言葉の割に、絡めた指に光る指輪に口づけながら甘やかに微笑まれ、私は恥骨のあたりがきゅうと収縮する感覚に身を捩って枕に懇願を吸い込ませた。


そして今。

わたくしツェツィーリアは物凄く追い込まれております……！

素直になった身体のポテンシャルをナメておりました……っ感度が上がりすぎているのか、イクときが気持ちいいというより痛いに近くて既に息も絶え絶えです……っ。

「……ッぐ、あぶね……っ、大丈夫ツェツィーリア？」

「ン～ッ……っ、……だ、だい、じょ、──ひッ！　ぃッ……ゃあ──……っ」

「──ッ……ちょっと休む？」

気遣うように汗で頬に張りついた髪の毛をそっと梳いてくれるルカスに申し訳なさが募るわ……。

愛を伝えられながら愛撫され、時間をかけて指で解され割り開かれたソコは濡れに濡れてはいるものの、久しぶりのせいかルカスを受け入れるにはやっぱり狭いらしくて。

しかもイキすぎて常に内壁が狭まっている上に、ちょっと抽挿されるだけで私が悲鳴を上げてイッてしまい、その度にルカスが気を使って呼吸が落ち着くまで待ってくれて。

……つまりはなかなか、は、挿入《はい》らないという問題に直面しております……っ。

俺を欲しがってという言葉が嬉しくて、理性も羞恥もかなぐり捨ててルカスを求めた結果がコレ……っビフォーアフターが酷いっ！

感じすぎて痛くて挿入らないとか……っもう本当あり得ないわ、この我儘ボディ要らないポテンシャルばっかり発揮してぇ……!!　甲斐甲斐《かいがい》しく口移しで水分補給までルカスがしてくれて、私ダメ駄目の奥さんじゃない……っ？

その気持ちが瞳から零れそうになって我慢しようと口を引き結ぶと、自分も水差しで喉を潤して汗で濡れた前髪をかき上げていたルカスが私に気づいて苦笑した。

「……なんて顔してるのツェツィ、久しぶりなんだからゆっくりしようってさっきも言っただろ？」

「で、でも、るきさま、たいへん、そう、で」

ごめんなさい、と紡ごうとした言葉は塞がれ舌で搦め捕られてしまい、一切音にならなかった。

「んっ、んぅ……」

「ツェツィは気にしなくていいんだよ、……それに、これはこれで興奮するし」

口端についた雫を親指を使って舐め取りながら艶然と微笑むルカスに目を見開いてしまう。

「え……？」

「あなたの初々しさが初夜っぽくてホント最高。必死で俺を受け入れてくれて、初めてを何度も貰ってるみたいで堪んない……のに、奥に入り込む度にイキ惑う様が見られるなんて」

俺今、世界で一番幸せだよ？　と、うっとりと紡ぐ人外美形の羞恥を煽る言葉に、私は顔と言わず身体全部を染め上げて震えたわ……っ。

う、嘘《うそ》でしょそんな風に見えてるの……!?　イキ惑うとかそんなイヤらしいの私……!?

あまりの醜態に衝撃を受け、やっぱり一旦長めの休憩を……っと小さく首を振りながら懇願すると、ルカスは欲を孕んだ金色をさらに色濃く染め上げて獰猛に嗤った。

「溺れてほしいからそれは駄目。それに、全部入れたらもう我慢しなくていいのかと思うと——我慢、さえも、っ気持ちよく感じる」

「きゃっ……!?　アッ!?　あッ、ア゙ぁ……！」

言うやいなや足を抱え腰をぐちゅぐちゅ動かされて、強すぎる刺激に盛り上がった涙が頬を伝った。

「は……ッ、ホント、その声聞くだけでイキそう……、息、整ったよね？　もう少し、だから、頑張って？」

「ヒッ……やぁ……！　るっるき、るきさまぁッ……！　アッ、イヤっ、イ、まっ、とまっ……いやイッちゃ——〜ッ！」

絡め合った指は決して離さないと強くシーツに押しつけられて、喘ぐ表情も、痙攣《けいれん》する身体も、意識せずに動いてしまう腰も焼き尽くさんばかりの視線で見つめられる。

その狂気的な愛を孕んだ金色に、心を暴かれた気がした。

「や……あ、みな、い、でぇ……ッ」

——見て。

「ヤダ……っ、そんな、ふ、に、さわっ、ないで……っ」

——もっと触って。

「ア、あッ、とまっ……！　イ゙ックく、ひぁ……ッ！」

——もっと深く来て。

「——ハ、……る、るきさま……ルキ様ルキさまぁ……！」

——愛してるって、言って。

「――愛してるよ、ツェツィーリア……ッ」

「……ッ」

――ああ、あなたはどこまで私を掬い上げてくれるのだろう。

あなたがいなければ今の私はいなかった。

この身は全てあなたのモノ。あなただけのモノ。

「ア、あぁ……っるき、ルキ様好きぃ……！　すきっ愛して……ッあぁ……ッ!!」

ルカスの首に腕を回して愛しい彼を喘ぎながら呼ぶと、隙間がなくなる程強く抱き締められ耳元で囁かれた。

「――俺を欲しがってくれてありがとう、愛しい奥さん」

その言葉が、かけ値なしの言葉だと実感ができるくらい温かく喜びに溢れていたから、胸に広がる愛しさに私だってとルカスを引き寄せて、嗚咽を堪えながら囁き返した。

「――愛し、てるわ、わたしの、旦那様――」

伝えた言葉に堪らずといった熱い息を耳に吐かれ、そちらへ顔を向ける。

唇が、肌が合わさり、溶け合うような感覚を覚えて、そのまま白く幸せな世界に飛ばされた――。


顔に当たる光にゆっくりと覚醒する。

肌に触れる温もりにホワホワとした気持ちになりながらそっと目を開けると、硬い胸板が目に入りゆっくりと視線を上に移動させ。

そうして光り輝くようなご尊顔が小さく口を開けながらスヨスヨスピースピーとそれはもう可愛らしく眠っているのを見て。

口がモニョモニョしそうになるのをぐむっと必死で耐えたわ……可愛いぃぃ……‼

何コレ凄い……美形のスヨスヨ顔凄い……っスヨスヨでも美形とか凄い……！

しかもこれ凄い貴重じゃない……っ？　だっていつもこのヒトの方が早起きだから、寝顔を見ることなんてそうそうないし……これは見ないと損でしょうっ、といそいそと身を乗り出してルカスを眺めてしまったわ。

わぁ……っわぁわぁわぁあ……‼

肌綺麗！　睫《まつげ》毛ながぁーい！

目元が寝てても色っぽい……のに、ちょっとボサッとした髪が幼く見えて、少年ではないけれど青年というにはちょっとアンバランス。そしてそこがまた神秘的な雰囲気出しちゃってるわ……。

本当、美形っていう言葉じゃ足りないくらい綺麗――……なんか女子として完全敗北してる気がしてならないのだけれど。

私なんてお化粧落としてないし、今の自分の状態を客観視したくない気持ちでいっぱいになっちゃったわ……。でも悔しい気持ちになることすら烏滸《おこ》がましく感じるとかさ……と若干凹みながらふと視界に入ったモノに焦点を当てる。

そしてその首元に薄っすらある引っかき傷のようなモノの情報が目から脳に辿り着いて――ドカ――ンと頭が爆発したわ……っ‼

こ……っこれ……コレまさか……ッ嘘よ誰か嘘って言って違うって言って……！

心中で叫びながら、その傷の理由に思い至ってしまって両手で顔を覆って項垂れてしまったわ……。

頭から湯気出そう……誰か助けて羞恥で本気で死ねるわ……!!

首元とか他の人にもしも見えたりして、それでついた理由がバレたりしたら……っ本当私その時点で魂飛び出ると思うし、むしろ飛び出てもう二度と戻ってこなくていいって思うし!

どうしてそんなところに傷をつけちゃったのよって性悪美形がもう許してって何度もお願いしたのにヤメてくれなくて辛《つら》くて縋りついたせいだと思うのよ……っ。

だから私は悪くないはずなのに……っなのにどうして私がこんなに恥ずかしい思いをしなくちゃならないのぉぉお……!!

胸中で咽《むせ》び泣きながら、そっと指を開いて隙間からもう一度傷を盗み見る。

――イヤぁッやっぱりついてるぅ……どうしたらいいの、消えろ消えろって念じたら消えないかしら――ってそうよっ、治せばいいんじゃないっ?

やだ私ったら動揺しすぎてすっかり忘れてたけど、治すのは得意じゃないっ。

目の前が開けたような感覚にパァッと顔を明るくした私は、またもいそいそとルカスを覗《のぞ》き込み、陽光で輝く金色と視線がかち合ってガチコンと固まってしまった。

「おはようツェツィ。楽しそうだね?」

お……起きてるなんてっ、さては寝たフリしてたわね……!? 起きちゃったら説明した上で治癒させてもらわなくちゃいけなくなるじゃないっ、どうしてこれ以上恥ずかしい思いをしなくちゃいけないの……!!

動揺のあまり挨拶も忘れ、顔を真っ赤にして起き上がるルカスを睨んでしまう。

そんな私の視線をルカスは楽しそうに受け止めた。

「あ～なんかよく寝たな……それで？　寝てる俺に一体何しようとしてたの？」

エロいことならできれば起きてるときに――と朝から色気を垂れ流しながら碌でもないことを口走る彼に、枕を握って渾身の振りかぶりをしたわ……！

どうしていっつもそういうこと言うの！　その口に枕を突っ込んであげましょうか――‼

「そんなことっ、しようとしてません――‼」

ブンッとなかなかな音をさせて振り下ろしたのに、あっさりと掴まれ手から枕が離れる。

「なんだ違うのか。とりあえず襲ってもいい？」

「あっ！　枕返して――え？」

……何言ってるの？　私怒ってるじゃない……それなのにそれを置いといてとりあえず襲うってそんな襲い方ある？　と胸中で自分でも意味不明なツッコミを入れていると、つんつんと指で胸をつつかれて口元が戦慄《わなな》いた。

本当にもうさぁ……‼

「はい、枕どうぞ」

「あ、どうも……じゃないわよバカぁーッ‼　ルキ様の変態っ‼　変態スケベー‼」

ご丁寧にも返してくれた枕で急いで身体を隠しつつギンと睨んで叫ぶと、ルカスがあははと声を上げて笑ったから胸がきゅうっと痛み頬が染まってしまったわ。

変態なのに……意地悪なのに好きとか、恋愛脳が憎い……っ。

「ほ、ホントもう……っ」

悔し紛れの詰りとも言えない言葉で渋々終わらせようとしたのに、ルカスさんは通常運転でしたっ。

「変態スケべって……まぁツェツィ限定でそうかもしれないけど。でもその変態に縋りついたよね？」

口端を上げて意地悪な笑みを浮かべながらトントンと首元を指で指してきて、ヒ……ッと枕に当てた口から小さく悲鳴が零れたわ……！　酷い……ひどいヒドイぃぃいい――!!

「け、消します……今すぐ治癒します！　なかったことにしてやるんだから……っ!!」

怒りと羞恥で頭が沸騰したせいか、うっかり令嬢言葉が崩れたことにも気づかずに指先に陣を作る。けれどルカスが「それは駄目」と言いながらひょいっと手を振った瞬間、指先の陣がフッと消えたから、驚愕に目を見開いてルカスを凝視してしまった。

すると彼は肩を竦めて微笑んで、口元に指を当てた。わぁ格好いい……じゃないっ！

……な、ナニ今の、信じられない……っ。作った陣を手を振るだけで消せるとかチートもいいところじゃない、そんなの誰に言ったところで信じてもらえないわよ……！

衝撃に怒っていたことも忘れルカスを見つめていると、彼が困ったように微笑みながら口を開いた。

「せっかくツェツィがつけてくれたんだ。コレ消されたらやる気なくなるから消さないで」

「やる気……」

ってなんの……？　と呆然としつつ訊き返すと、「勿論《もちろん》、討伐の」とあっさり返され、枕に顔を押し当てて上がる熱を隠したわ……。

閨《ねや》で作った傷跡をモチベーションにして古代竜の討伐に行く英雄とかどうなの……もう本当、一般人にはネジが飛んだ人の脳内はよくわからないわ……いえ、そんな変態騎士のお言葉で頬を染めてる私も大概ですけども……っ。

そんなこんなで「とりあえず風呂だな……あ、結局ツェツィは何しようとしてたの？」と抱き上げられながら追及されて、痕を消そうとしていたことを抱き締めたままの枕にモニョモニョと吐き出すと「誰にも見せないから安心して」と言われてすごすご引き下がることになり。

湯殿の扉前でおもむろにポーンと枕を放られて声にならない叫びを上げながら真っ赤になって睨んだ私に、ルカスはとわざとらしく抱き上げる腕に力を込めながら囁いた。

「全部見てるのにまたそんな顔して……もう一度ベッドに戻りたい？」

「――ッお風呂にっ、入ります……っ」

身の安全を確保すべく声を絞り出した私に、ルカスは「だろう？」と言うように片眉だけで返事をしてきたわ……くぅぅ、悔しいぃぃ……！

そうしてルカスに抱えられたまま羞恥心の修行かと思うくらい隅々まで洗われて息も絶え絶えになった私を、彼はまたも抱え上げスタスタともう一つの扉に向かい、楽しそうに「ツェツィは喜ぶんじゃないかな」と言った。

「――わ、あ……!!」

眼前に開ける景色に感嘆の声を上げた私を抱えたまま、ゆっくりと湯の中に座るルカスをはしたないと思いつつも興奮で振り仰ぐ。

「凄い素敵ですね……！　でも、どうしてわざわざ外風呂を？」

湯船の少し先に小さい石段があるのが見えて、まるで外からここに入れるように設置されているそれに疑問を覚えてしまった。

外から入れるなんて、いくらなんでも第二王子なのだから物騒すぎて流石に許可されないと思うのだけれど、と思って私を後ろから抱き締めてご機嫌なルカスに首を傾げると、彼はニコニコしながら予想外の理由を教えてくれて、私をドン引きさせました……。

「ああこれはね、討伐帰りとかですぐにお風呂に入れるようにと思って。手っ取り早く纏めて斬り捨てたりすると、どうしても返り血で汚れるんだよね」

その状態で帰ってくると色んなところ汚しちゃうから、と視線は甘いままに困ったような表情を浮かべながら教えてくれたルカスに、頬を引き攣《つ》らせずに微笑みながら「……いつもお疲れ様です」と言えた私……凄く偉いわ、これこそ淑女教育の賜物《たまもの》よね……！

いえ、こんなことに淑女教育の成果を使うのはなんか納得いかないし、むしろお疲れ様って間違えてる気がするけれど！

でも正直どう答えればいいのかわからないんだもの……淑女教育にも返り血を浴びた人に対する答え方はなかったから仕方ないのよ……。

というか、ルカスが非常識を体現しているヒトなのを忘れていたわ。新施工《リノベーション》の理由がめっちゃ現実的で物騒極まりない！　第二王子の使うお風呂を外から入れるように作るなんて物騒だと思っていたけれど物騒の度合いが違ってた！

討伐帰りとかの「とか」ってなんでしょうか、第二王子本人が外で物騒なことして帰ってくるためにこうなってるとか、使う本人が一番物騒だからお風呂が大して物騒じゃない感じ……!!

……きっと王城の管理をしている人達、この工事の許可をしていいのかどうなのか凄い困っただろうなぁ……本当お疲れ様です……。

そんなことを考えながらルカスに身体を預けて開けた視界に顔を向ける。

晴れ渡った高い高い青空に鳥が数羽飛んでいるのが見える。

サワサワと聞こえる葉音や、火照った頬や肩を撫でていく風が心地良い。

熱すぎないお湯と、抱き締めるように抱えてくれるルカスの体温が怠《だる》い身体をじんわりと癒やしてくれて無意識に口からほぅ……と吐息が零れ落ちる。

心地良さに目を閉じると、ルカスが頬にキスを落としながら「疲れてる？」と訊いてきて、ちょっと憮然としながら答えてしまったのは仕方ないと思うのよ。だって疲れの原因あなたでしょうっ。

「ええ、とても疲れてますわっ。どなたかがずーっと離してくださら、な、かった――っ」

振り返りながら口を開き、思っていたよりも近くにある美麗な顔が殊の外愉《たの》しそうに弧を描いているのが目に入り、金色の奥に未《いま》だ燻る欲を見つけてしまって開けた口を震わせてしまった。

故意犯ねこの根性悪王子ぃぃ……!!

しかも何を答えちゃってるのよ私ったら……離してくれなかったとか明け透けすぎでしょう淑女教育仕事してぇえええッ!!

胸中で叫びながらも、睨もうとした瞳が羞恥で潤んでしまったのが自分でもわかる。

すると間近にある金色がトロリと色っぽく揺れ――やり込められました。

「ちゃんと初めに離れないって言っただろう？」

……ぁぁあああはぁ～らぁ～たぁ～つぅぅううう!!

言われましたけれど!!　でも本気の内容だなんて普通思わないじゃない……っ、だってしょ、初夜だもの……！　そういう甘い台詞なのかなって思ったのよ……あなたの非常識っぷりを知っていてなお、我慢しないでとか言った私が悪いのかもしれないけれど！

でも本当に一晩中、い、挿《い》れられ続けるなんて普通の貴族令嬢には考えも及ばないものなのよ……！　恋愛脳で駄目になっててもそれは私のせいじゃない……！　絶対にないっ!!

お、まだ常識人が辛《かろ》うじて……と驚きを浮かべる分身に黙らっしゃいコンチクショー！　と返しながら、せめてもの意思表示で真っ赤に染まった顔をぷいっと反対側に向ける勢いで逸らした私の耳に、ハハッとそれはそれは楽しそうに笑う声が聞こえ、悔しさと愛しさで眉間に皺が寄ってしまったわっ。

なんとなく負けたくなくて、その喧嘩買いましょう……！　と顔を戻し――釘付けになった。

「――……っ」

「疲れてるなら、いいことしてあげようか？」

悪戯《いたずら》っ子のような表情を浮かべ、明らかに返事を期待しているキラキラした瞳で私を窺い見るルカスに、心の中で上げた拳が怒りの向けどころを見失いしおしおと下りてしまう。

あぁ、私って本当ルカスに弱い……っ胸をモニョモニョ触られてるのに、臨戦態勢を取ってたはずの分身がぐにゃぐにゃになっていくのがわかるわ。人外美形の悪戯っ子笑顔は反則です……っ。

それに……このお風呂も喜ぶと思うよって言った通りだったしと思い返し、熱の上る頬を見られないように押さえながら渋々を装って返事を返した。

「じゃ、じゃあ、お願いします……」

「うん、じゃぁツェツィだったら……このくらい、かな？」

「……？」

どう？　と小首を傾げて私を見てきたルカスにハテナを浮かべた瞬間――。

「――きゃぁんっ⁉」

私の高い悲鳴が空に弾《はじ》けて、驚きで目を見開いたままバッと口元を覆い身体を震わせてしまう。

な……何今の……っいえ知ってる、知ってるんだけれど思ってた以上の刺激だったというか、むしろ私の身体のポテンシャルを侮ってた……ぁぁあもうイヤ助けて恥ずかし死にするぅっ！

ピリピリ…と未だ断続的に肌が痺れる感覚に、自分ではわからないけれど身体が震えているのだろう、ちゃぷん、ちゃぷんと水音が妙に耳に響く。

意図せず出てしまった声のはしたなさに浅くなる呼吸を手で押さえ、首筋まで真っ赤にして俯いていると、ルカスが突然何かの術をお湯を波立たせる勢いで出した。

「……――⁉」

な、何……っ？　何も変わったところはない、ような？

ちゃぷ……んと縁でお湯が跳ねるのを視界に入れながら小さく首を傾げるけれど、治癒魔法以外に詳しくない私では陣をすっ飛ばして施されるチート魔法は全くわからない。

……なのに、後ろの雰囲気が恐ろしく変わったのには気づいてしまう自分に悲しくなる……っ。

「……へぇ？」

「……ッ」

皮膚をジリジリと焼き尽くすような視線を感じてしまい、恐怖で全神経が背中に集中する。

もう嫌な予感しかしない……っどうしよう、こんなところで背筋が粟立つ「へぇ」が出たぁ……！

そんな私の叫びに、分身がポツリと呟き返してきた。

……残る手は三十六計の最上の策。逃げられるならそれが一番……。でもそれ一番取っちゃいけない戦法だからそれだけはやめようねっ!!　そう満場一致で示された回答に同意しかできなかったわ。

そうよね私もそう思います……でも、じゃあ……どうしたらいいのぉぉおお……!!

残された手も使えそうにない状況に無意識にイヤイヤと頭を振った瞬間、低く静かに呼ばれ、声音の恐ろしい程の甘さに恐怖からなのか、それとも期待なのか、下腹部がきゅうっと痺れた。

「……ツェツィ?」

「ッ、は、ぃ……っ」

身を強張らせ浅い呼吸の合間になんとか返事をした私にルカスはにっこりと微笑み、……逃さないと抱え込んできて。

「ふふ、ほらツェツィーリア、ちゃんと温まって。……疲れているんだろう?」

そう耳元で囁く多大な色気を含んだ意地悪な言葉に、ゾワゾワと皮膚の内側を何かが走る。

優しく肩にお湯をかけてきた掌がそのまま肩口をゆっくりと這《は》い回る度にピリピリする感触に思わず、いやぁ……っと逃げを打とうとすると、伸ばした腕に容赦なく見えない電気が走り、子犬みたいな悲鳴が押さえた口元から漏れて赤面してしまう。

「――きゃぅ……ッ」

「……ホント可愛いね、ツェツィーリア」

赤くなっているだろうこめかみにキスを落とされ、愛おしいと言うように抱きかかえられている今の状況は、はたから見れば離れるのも嫌だとイチャイチャしている恋人同士に映るのだろうけれど。

私の心中は、これから我が身に起こる辱めに慄きまくっています……。

泣ける……っまさか前世で知ってる技術がこんなところでこんな風にお披露目されるとは思わな

かった……と胸中で滂沱《ぼうだ》の涙を流したわ……。

　ぷるぷる震える私を慰めるように、ルカスは掌を微かに肌に当てながら説明し始めた。

「コレね、偶然父公爵が発見してね」

　発見て言うのかわかんないけど、とそれはもう愉しそうに金の瞳を細めて弱めの電流をお湯に流す。

「ヒッ……ルキ様待ってやっ……～っ！」

「風呂で酒が飲みたいとか我儘言って飲んだらしいんだけど、キンキンに冷やそうとして力加減間違えて酒ごと風呂場の床の一部凍らせちゃって、焦ってグラスを力業で床から引き剥がしたんだって」

「まっほ、んとヤメ、てぇ……きゃぁんッ！」

　ナニ普通に説明しながら電気流してきてるのよ……ヤダって言ってるじゃない人の話を聞いてー!!

　あと公爵閣下の行いがユーモアがすぎる！　その自由人なところルカスに物凄い受け継がれちゃってる気がします！　凄い迷惑……!!

　ぱちゃんぱちゃん上がる水しぶきに髪が濡れるのも構わず、必死にルカスの腕から逃れようと震える足に力を込めると、直接掌を当てられて肌の内側を痺れが走り、それ以上動けなくされた。

「んぁっ……！　あ、ンぅぅ～～……ッ」

「そしたらタイミング悪く母上が風呂で酒なんてって怒りに入ってきて、ヒビの入った床を見られて雷落とされたんだって。で、上がったらなんか肩こりとか治ってたらしくて、これいいぞって親父《おやじ》が勧めてきたんだ」

　まさかのリアル雷魔法で電気風呂発見しちゃったの!?　びっくりなんですけど……っ!!

　確かに前世知識でも電気マッサージが血行促進効果で疲労回復に一役買うのは知ってるけれど、大分命懸けの発見ですね……ってでもルカスに教えないでほしかったです公爵閣下!!

非常識すぎる説明に自分の惨状も合わさって涙が出そうになるわ……!

「～ぅ、る、るき、さま……っ」

「ん～？」

こっのぉ……！　楽しそうね根性悪のむっつり王子ぃ!!

涙目で睨みつけると、クスクス笑いながら出力を上げられて噛み締めた唇から懇願を吐き出した。

「ひッ～あ、も、いいっ、です……！　もう十分です、からぁ……ッ！」

「……そう？　疲れとれた？」

眇められた目元の怪しげな雰囲気とお尻に感じる硬い感触に、これ本当マズい……!!　と心臓がドクドクうるさくなる。

お風呂場は駄目っ……こういうのを一回でも許したら、このヒト絶対に何度でもしてくるものっ。

絶対に何度でもするわっ！　だから今止めるのよ、頑張ってわたしぃ……!!

そう思った私はルカスの問いかけに一も二もなく飛びついた――それが最大の失敗だとも思わずに。

「と、とれましたっ、疲れとれましたから――ひァッ～～……!?」

言葉と共に拒否を示そうと腰を上げた瞬間、パリパリパリパリッと強めに電気を流され、足が震えて感覚が薄っすらとなる。

膝立ちしている感覚さえなくなる程の痺れに奥歯を噛み締めながら、疲れとれたって言ったじゃないこんにゃろう……！　と文句を言おうとして、わざとらしく囁かれた言葉と閉じた陰唇を割り開き膣内《ナカ》の状態を確認する指の動きに、衝撃で目を見開いてしまった。

「ツェツィは気持ちいいことが好きだよね、……お湯の中でもわかるくらい濡らしてる」

――うそ。嘘、なんでうそぉ……っ。

「あ、や、ちがっ……っ」

そんな、そんなはず……っと動揺でまともに言葉が出ない私を宥めるように項にキスを落とすと、ルカスはそっと割れ目の上の敏感な粒をクリクリと撫で、固くなった彼の陰茎に私の陰唇を吸いつかせた。

「何が違うの？　ツェツィの可愛い穴は物欲しそうにひくついてるよ……欲しいだろ？」

「――ッや、ウソ違うぅ……っも、無理……無理です……っ」

誘惑するような声音で告げられる卑猥《ひわい》すぎる内容に、濡れた髪が頬に張りつくのも構わず首をふるふると振ると、ルカスが乱れた髪を直しながら頬にチュッとキスを落として言い聞かせてきた。

「でも、疲れとれたってツェツィ言ったよね」

「――ッ」

そ、それ誘導……！　無駄な方向に有能ですねっ!!　とうっかり感心したように胸中で叫びながら、再度の衝撃にあうあうと口を開け閉めするしかできなくなる。

そんな私を彼は甘やかに見つめると、クイッと顎を押さえて私の口を固定し舌を絡めてきた。

逃げなきゃと思うのにルカスのキスに弱い私は、痺れと相まって身体から力が抜けてしまい、押さえられているわけでもないのに徐々に腰が沈み込む。

くぷん、と入り込む熱棒に内壁が喜ぶように痙攣し始めて、それを止めたくて声を荒らげた。

「んっ、あッ……やっ、や、約束……！　ルキ様ッ約束が違います……っ！」

「約束？　あぁ、外ではしないってヤツ？」

「そ、そう……！」

それーっ!!　したよね、約束!!　破ったら口利かないからね!?

涙目になりながらこれでもかと睨んだ私に、彼はハハッと愉しそうに笑い、ニヤリと口端を上げた。

「——破ってないよ？　屋根もあるし宮の中だ、外じゃあない」

声も漏れないようにしてるしね、といけしゃあしゃあと宣《のたま》う人外美形に絶句してしまったわ……っ。

まさか……まさかこのお風呂、ソレも理由、とか、ないわよ、ね……っ？

腹立たしいのを通り越す程の衝撃に喉をこくりと動かして、そのにこやかな顔を凝視する。

するとルカスは金色をドロリと欲で染め上げ、赤い舌で唇をゆっくりと舐め上げると、もう一度パリパリッと電気を流してきた。

「——ッひぅっ！　……あ、あぁ……っ」

刺激に肌が粟立ちカクンと足から力が抜けるのがわかり、私は絡めてきた指にしがみついて必死で上半身をルカスにもたせかけた。

けれど、抵抗虚《むな》しく硬い胸板をずるずると背中が滑り、お尻が落ちて……ずぷんッと太い傘が体内に入り込む。

「んぁっ……！　や、やっヤぁっ……ルキさまぁ……！」

酷いヒドイぃい……と真っ赤な顔をぷるぷる振った私に、ルカスは仕方ないなぁと言うように口を開いた。……どうして私が我儘言ってるみたいになるのよ、この腹黒むっつり根性悪ぅ——!!

「疲れてないか確認したし無理強いはしてない、ツェツィが自分で腰を下げてきたんだ」

ねぇ？　と耳朶《じだ》を甘噛みしながら言われ、見開いていた目をこれ以上ない程開いた私に、彼は楽しそうに、嬉しそうに言葉を続けた。

「それに、俺は今日も啼かすって言っただろ？　あなたはそれに我慢しなくていいって言ったよね、ツェツィーリア？」

だからこれは合意の下、と言わんばかりににっこりと微笑まれ、私は今度こそ奥歯をギリギリ噛み締めて傍《そば》にある意地悪く嗤う綺麗な顔を睨みつけたわ……!!

きたな……っこのヒトこんな美麗なのに本当お腹の中真っ黒すぎる……!!　驚くほど真っ黒でもういっそピュアブラック!!　どす黒いとかそんなんじゃなくて純粋に黒くてびっくりよ本当に……!!

逃げ道を完全に塞がれ、果ては昨夜の自分の言質を持ち出され悔しくて腹が立って仕方ないのに。痺れる身体はなんの役にも立たないばかりか、ゆっくりゆっくりとルカスを受け入れる始末で。

「アッ、あっ、やぁだぁ……ッ」

「……ッ可愛い……昨日より馴染《なじ》むね」

「～ッい……意地悪スケベッ馬鹿ばかぁ！　あっんッ……はっ腹黒むっつり王子ぃ……！」

口でしか抵抗できず零れる嬌声《きょうせい》の合間に必死でルカスを詰る私に、彼は私の身体をもう一度抱き直しながら苦笑した。

「酷い言い草だねツェツィーリア。じゃあ可愛い奥さんのご期待に応えるべく、もうちょっと意地悪しようかな？　……防音してるから、可愛く啼いて」

「やッ、ンっ、は、離してよ変態根性悪っ……へ？」

フニフニと胸を揉む手を精一杯の力を込めて引き剥がそうとしていた私の耳にその不穏な言葉が届

くと同時に、秘唇の上部、膨らんで充血し始めた花芯に指を当てられ、パリ……と刺激された。

「——きゃぁ——……ッ！」

目の前が白みどこかで高い音を聞く。

それが、甘さを含んだ自らの悲鳴だと気づいたときには打ち上げられた魚のように背を弓形《ゆみなり》にして打ち震えていて。

「イッちゃった？　……あぁ、泥濘《ぬかる》んで入りやすくなった、ッ」

「——あ、あ……っる、き様……っルキさ、あ、あぁ……ッ」

がくがく震える身体を支えることもできずに、落ちる腰に小さく首を振りながら固い怒張を自ら受け入れてしまう。

身体を切り開かれるような感覚はするのに、大した抵抗もなく入ってしまいペタリとルカスの腰元にへたり込むと、お腹の奥に溜まりきって弾けるのを待っていた快感がねっとりと切っ先を押し当てられた刺激で爆発して、喉を反らしてまたも悲鳴を上げる。

「〜ヒッ、や、や、ちが、駄目……ッぁぁあ——ッ！」

絶頂の衝撃に身体が喘ぐように勝手に揺れ、その揺れが小さく内壁を擦り上げ目の前が何度もチカチカと瞬く。

熱くて頭が沸騰しそうでヒンヒン泣きながらルカスを呼ぶと、彼はゆっくりと乳輪をなぞりながら耳元で私をグズグズにしようと毒を吐いた。

「ねぇツェツィーリア、気持ちいい？」

「ぅ、ん、ヤッ、やぁっ……るき、さ、っ」

「俺は最高に気持ちいい……でも俺ばっかりだと悪いし、ツェツィにも気持ちよくなってほしいんだけど」

そこで言葉を切ったルカスは、尖《とが》りきった乳頭を指で優しく潰して私から欲しい言葉を強請った。

「きゃぁうッ……！　やっも、気持ち、い、気持ちいいっからぁ……っ」

甘美な痛みに身悶えたせいで内壁がきゅうとルカスを締め上げ、反応した肉棒の震えを感じて湧き起こった幸福感により彼を締めつけると「ッは、たまんね……っ」と耳元で零され、茹だった頭が喜びで占められ始めて拒否の言葉が喉元で霧散する。

下腹部にぎゅうっと力が入り、離さないで、もっとと強請り始める身体を自覚しながら、羞恥故に口を開けない私をルカスは愛おしそうに抱き締めてキスをした。

「……ハッ、あ、んぅ、ン……っ」

「愛してるよ、俺のツェツィ」

「ッ、あ、るき、さまっ……んぅぅ……！」

気持ちを通わせるように深く舌を絡められ、私は降参するように内壁を顫動《せんどう》させた。

「一緒に気持ちよくなろう？」

「ん、ぅあ……っるきさ、ルキさまぁ……！」

与えられる行為に堪えきれず恋しい彼の名を呼んで助けを乞うと、金色が喜色を浮かべて甘やかに緩み、「もう少し意地悪しないと素直にならないのかな？」と私が理性を手放す手助けをしてきたから、潤んだ瞳で強請るように睨むと彼は嬉しそうに破顔した。

「い、意地悪のこんじょ、わるっ……！」

「本当、あなたは世界一可愛いよツェツィーリア。じゃあご期待に応えようか、俺の愛しい奥さん」

私の懇願にこれ以上ないくらいの愛情を顔一面に浮かばせたルカスは、私の震える足を抱え上げて嬌声を閉じ込めるように深く口づけを落とした――。


抱き合って、キスをして、愛を囁き合って。笑い合って、一緒に眠って。

そうして甘やかで濃密な一日が明けて、晴天の下、私の騎士は跪きながら私の手に口づけて誓いを口にする。

「――我が国と最愛の女神に、必ずや竜を献上しましょう」

その言葉にドォおぉぉおッと周囲が沸き立つけれど、私は、要らないわよ竜なんて！　と驚きで首を振りそうになるのを必死で堪えて優雅に微笑んだ。

そして彼の額に無事を祈りながら口づけて、妻のみに許された言葉を紡ぐ。

「ご武運を、……魂はいつも傍に」

私の言葉に軽く目を見張ったルカスを見て、ふふと微笑みながら小さく口を動かして愛を伝えると、ルカスがゆるりと瞳を細めて「俺も」と零したから、苦しく窄まる喉を自覚して口角を上げた。

――微笑《わら》うのよツェツィーリア。

離れない視線に身体の熱が目頭に集まりそうになるのを必死に耐えて、私は自分を叱咤する。

愛をくれた。

約束をくれた。

指輪を、心の置き所をくれた。

だから私はあなたがくれた全てを胸に、あなたが誇れるツェツィーリアとして立ち続けてみせる。

——微笑うのツェツィーリア、世界で一番愛する人に、一等の笑顔を——

私を見て甘やかに細まる金色に胸中で安堵しながら、なお微笑み続ける。

「いってらっしゃいませ、お戻りを、心よりお待ちしております」

伝えながら繋いだ手を一度だけキュッと握り、そっと離すと彼は立ち上がり、マントを翻しながら気負いなく応えてくれた。

「——いってくる」

その前を見据える視線を、恐れのない一歩を今は何よりも憎らしく思いながら、私はそっと生涯を共にする人に最上級の礼をした——我慢できずに零れてしまった涙が見えないように。

神様、どうか、お願いです。

他の誰でもない、たった一人のヒトなんです。

この先、何を失ってもいい……物語として必要なら、悪役として舞台から消えてもいい。

だから、どうかお願いです……！

私の唯一無二を、どうか……どうか守って——。

どれだけ涙を流しても、日々は当たり前に移ろう。

色を失った毎日に背筋を伸ばして立ち続けるのは酷《ひど》く大変だけれど、左手に光る金色がいつも心を慰めてくれた。

だから私はお茶会や夜会で微笑《ほほえ》みながら情報を取得して、自らの立ち位置を守り、より強固にするべく日々を過ごす。

誰にも割り込まれないように……帰ってきてくれたときに、あの腕に迷いなく飛び込めるように。

そうやってあのヒトだけがいない、代わり映えのない毎日をこなしている中での王妃殿下からのお呼び出しに、溜息《ためいき》をつきたくなったのは仕方ないと思う。

手袋をしていても気づく人は気づく。

左手の薬指に嵌《は》めていい指輪は一つしかないし、貴族は目敏《めざと》くなければやっていけない。

まして根回し済みなのだから、上から下へ水が流れるように情報は徐々に周知されていく。

私とルカスが事実上の婚姻を結んだとの噂《うわさ》が王城に広がり始めた頃、同時に王妃様が離宮に通っているとの噂も聞こえ始めて、そのタイミングでのお茶会の招待にとうとう来たかと手元の手紙に目を落とした。

「……大人しくしているとか、信じられないのだけれど」

ポツリと零《こぼ》れた私の言葉に、エルサさんが反応する。

「あのク……あの馬鹿、浅はかにも何か企んでるんじゃないですかッ」

……今クズって言いかけた？　でも言い直したのが馬鹿だと言い直した意味ないわよね？　それとも多少なりとも軽めになったのかしら？　どうなの……？　と思ったけれど、フェリクス様が馬鹿なのは同意できるから潔くスルーしたわっ。

「王妃様はやっぱり諦めてないのかしら」

「そうですね、流石《さすが》に指輪がある今無理強いはできませんので……今回のお茶会は指輪の確認とツェツィーリア様の情に訴えかける作戦でくるのではないでしょうか」

「六年一緒にいたのだからツェツィーリア様だって満更でもないでしょうとか、いけしゃあしゃあと言いそうな方ではありますね」

「そう……そうね、確かに言いそうだわ」

王妃殿下を脳裏に描いて、溜息が出る。

隣国から嫁してきた彼《か》の方は、王族特有の傲慢さと純真さを併せ持っている。

権威の使い方が微妙に稚拙な上、自分の常識に当てはめて物事を考えるから人の心を慮《おもんぱか》らない発言をよくする。

自分の息子が私を捨てたときは声を掛けさえもしなかったのに、今更もう一度その息子とのことを考えてくれないかなどと、普通に考えればあり得ない申し出だ。

流石にそれはないと思いたい……と手紙を握る指に力が籠もってしまった。

手元にあるディルク様からの手紙には、フェリクス様は私のことが好きらしいと書かれていた。

開けて、読んで。

一度ぐしゃぐしゃにして放り投げてしまったのは、もう仕方ないと思うのよっ。侍女ズだって私が放り投げた手紙にもう一度視線をやるまで、一切その手紙を拾い上げなかったもの！

好きって。ナニソレ。まさか記憶喪失じゃないわよね？

六年間どれだけ私のことを貶《おとし》めてきたか自覚症状がないなんて、頭大丈夫かしら。

フェリクス様が私のことを婚約者としてまともに扱ったことがなかったのを思い出して目が据わった気がしたけれど、仕方ないと思う。

定例のお茶会ではエスコートもされず、席すらも勧められず立ちっぱなしのときが何度あったかわからない。

お茶会の誘いやご機嫌伺いの手紙の返事も本人からは一度もなく、夜会出席時の送迎も、エスコートすら入場して即解散となることもしばしばだった。

王家主催の夜会では必ず婚約者から贈られるはずのドレスや宝飾品も一度も贈られたことがない――。

……あれ？　思い出したらちょっと怒りで目の前が赤くなりそう。

王子妃候補へ下ろされてた予算、どこに行ってたのかしらね……？　やっぱり取っ替え引っ替えしてた女性陣に貢いでたのかしら。ドヤ顔凄《すご》かったものね、彼女達。

「婚約者なのに、全然愛されてないのね……ホント可哀想《かわいそう》」と何度耳元で呟《つぶや》かれたか……あぁ、そういえばミア様にも言われたわねその言葉《セリフ》。

思い出して手紙を握る指先に力が入った。

フェリクス様に愛されたいと思ったことは一度もないけれど、私の努力を知りもしない人間に馬鹿にされたのは腹立たしかった――ので、当然淑女らしくやり返しましたけれどもっ。

とにかく、普通そんな風に接されて自分のことが好きだと思う人間はいないと思うのよね。私に被虐趣味はございませ――……る、ルカスに意地悪されるのはちょっとアレだけれど、ない、はず……っ。

自分に言い聞かせている段階でなんだかマズい気がしてしまい、顔を隠すように俯《うつむ》けて熱を持ちそうになる頬を手の甲で押さえていると、エルサさんが「思い出し照れぇえええ――グハ……」と言いながらゴロンゴロン転がっていき、今度こそ頬が染まってしまったわ。

もう少し早い対応をお願いしたかった……っ。

「……あぁ女神降臨っ」とか意味不明なこと言ってるけれど、まさかタイミングずらしてやってるなんてことないわよね……っ？　わざと羞恥を誘ってるなんてこと、まさかないわよね……!?

信じてるわよケイトさん……！

そんなことを思いながら、もう一度手紙に目を落とす。

……ディルク様の手紙の書き方もなんだか腹立たしいのだけれども。

ルカスを選んだから敢《あ》えて教えるねって書いてあるけれど、腹黒さ全開じゃない……心変わりするんじゃねーぞって言いたいわけでしょうっ。

しませんー残念でしたーあなたの大切な弟さんはもう私の旦那様ですぅーって嫌な感じで言いたい気持ちになったわ。はしたないし倍返しされそうだから言わないけれどっ。

手紙を折りたたみながら憤りを吐き出し、顔を上げる。

「……では、王妃殿下にわかっていただかないといけないわね」

微笑みながら告げると、彼女達も好戦的な視線で力強く頷《うなず》いてくれたから笑いが零れてしまったわ。

「おまかせくださいませ、準備は既にできております」

「指輪が見えるようにレースの手袋にいたしました」

「いつでも行けます！」

　頼もしいわ、……ただね？　そのエルサさんの手にある暗器は必要ないの……！

　何しに行く気なのかしら、ただのお茶会だからねっ。だからソレしまって！　と笑顔を引き攣《つ》らせてしまったのは仕方のないことです。


　茶会当日。

　どことなく閑散とした王城のお茶会の場に向かう道すがら、唐突にケイトさんが「失礼いたします」と言って消えたかと思うとまたも唐突に現れ、怒りを含んだ声で「お話があります」と発した。

　そうしてもたらされた情報に、持っていた扇の房を引きちぎりそうになってしまったわ。

「――冗談でしょう？」

「いいえ、間違いございません。マイアー伯爵令嬢もご同席されるようで、既に会場におりました」

「……王妃様は何を考えていらっしゃるの」

　頭を押さえたくなる情報に、廊下だということも忘れて溜息をついてしまう。

　どうしてお茶会に息子の元婚約者と現婚約者を同席させるのか。しかも婚約を撤回することになった元凶だ……あり得なさすぎて、取っ組み合いでも見たいのかと勘繰ってしまう。

　フェリクス様を奪い合ってほしいなんて……流石に冗談がすぎる。要りません、あんなヒト。

六年一緒にいようと、申し訳ないけれど心の中に一欠片《かけら》だってフェリクス様への想《おも》いはない。一切ないと言い切れる——だってもう全てルカスに捧《ささ》げてしまった。

だからどれ程王妃様がフェリクス様とのことを仄《ほの》めかしても、マイアー伯爵令嬢を連れて私を動揺させようとしても、……たとえフェリクス様本人に想いを告げられたとしても、私の心は揺らがない。

私の心を占めるのはいつだって唯一人——扇を持つ左手をチラと見て、レースから透けて見える愛《いと》しい金色に瞳を緩める。

同時に昨夜のルカスの声が蘇《よみがえ》って、頭のてっぺんがジュンと熱くなった気がしたわ……っだって遠隔通信中でエルサさんが近くにいるのに「ツェツィ、おやすみのキスしたいから口開けて？」って言ってきたのよ……あのヒトも本当におかしいです……‼

しかも「舌を絡めたい」とか「深いキスがしたい」とかまで言ってきて……ッ、音声だけであんなイヤらしい雰囲気出せるとかどういう技なの……っ。

「——別の場所にもキスしたい」って言われた瞬間、エルサさんと真っ赤な顔を突き合わせて高速で首振りをしてしまったわっ。

——い、イヤ聞かないで……っていうか切って、通信切って……！　お願い……っ！

——できませんゴメンナサイ本当申し訳ありませんでもルカス様が恐いので切れませぇん……っ‼

そんな感じでお互いに枕とクッションを抱き締めて項垂《うなだ》れました……。

アナさんとケイトさんは壁におでこをくっつけ、直角三角形を作りながら魂を飛ばしておりました。

ルカスの卑猥《ひわい》通信が切れたあとも、頭から湯気が出るんじゃないかってくらい真っ赤になって項垂れて一切動けなくなってしまって、声が出せるようになってから枕に悪口を叫びましたっ。

侍女ズだって真っ赤になったまま白目剥いて死んでたし、あのヒト自身が凶器の塊だと思うわ!!

心の全部も占めるわよ、色んな意味で……っ。

思い出し身悶《みもだ》えを脳内でしていると怒りを含んだ声音で問われ、ハッとしてそちらへ視線をやる。

「体調を崩したことにして、欠席されますか？」

「あまりにも常識がない行為ですので、出席されなくても問題ないと思います」

「ディルク様にチぐっ！」

「お黙んなさい、王城よ」

いい仕事するわねケイトさん、と小さく頷いてしまったわ。

王城内で口にしては駄目な言葉とかあるから、エルサさんはお口閉じましょうね。

「……いいえ、このまま出席するわ」

「ですが」

「欠席すれば噂を否定したと取られるかもしれないわ。せっかくあちらから確認しようと呼んでくださったのよ、ご理解いただいて今後いい関係を築くべきだと思わない？」

それに、と続ける。

「私、ミア様ときちんとお話したことがないのよ。彼女はルキ様の幼馴染《おさななじみ》なのでしょう？　是非お話を伺いたいと思っていたの」

「いやん素敵ですツェツィーリア様っ」

「その好戦的な表情、惚《ほ》れ直しますっ」

「ツぶふぅッ!?」

「だからお黙んなさい」

「ナイスよケイト」

喋《しゃべ》ろうとしたエルサさんの口をビタンッと引っ叩《ぱた》いたケイトさんを見ながら苦笑しつつ、頬に指先を当てて小首を傾《かし》げる。

私ったら好戦的な表情を浮かべているかしら？　……浮かべているかも。

別に今更婚約破棄騒動についてどうこう言おうとは考えていないし、フェリクス様と添い遂げるなら放っとくつもりだけれど……彼女、ルカスに言い寄ったのよね。

それは流石に許容できないので、もしもまだヒロイン気分なら私だって今回は頑張っちゃうわよ？

――そう思ってたときもありましたっ!!

そっとソーサーにカップを戻しながら、何このお茶会しんどい……と胸中で嘆いてしまう。

お花畑をナメてた……やってくれたわねミア様、まさか懐妊しちゃうなんて……っ。というかこのゲーム十八禁だったかしら……あ、ルカスの鬼畜属性のせいで十八禁なのかも？　……泣ける。

フェリクス様が去勢魔術を施されているのを知らないにしても、不貞の結果を義母になる王妃《ヒト》様の前で叫ばれて、頭を抱えたくなった。

「――ですからっ、そのおん、……ツェツィーリア様とルカス様の婚約は必要ないと思うのです！　次代の王族は私のお腹《なか》におりますからっ!!　王妃様もそう思われませんかっ？　それに――」

ルカスだって自分のことを大切な存在として守ってくれている、今回の討伐だってきっと自分を想って行ってくれたのだ、と喚《わめ》くミア様から視線を外す。

本当、貴族としての礼節も教養もなさすぎてちょっと引くわ。

百歩、いえ千歩……むしろ譲るの凄いイヤだけどっ、そうだったとしても英雄は王国の至宝だ。

そんな存在を一個人のモノのように人目も憚《はばか》らずに大声で発言するなど、頭の中がお花畑すぎる。

しかも準王族《フェリクス様》の婚約者でありながら英雄《ルカス》を軽んじる発言をしたせいで騎士の方々からブリザードが吹き荒れているし……。

そういえば、離宮に軟禁されているのに一体誰の子かしら。取り巻きの誰かなら騎士団長の家に宰相家、枢機卿《すうききょう》……は流石に聖職だからないと思いたい。

まぁどう転んでも馬鹿息子達のせいで没落、いえ最悪お家断絶の危機……うわぁご愁傷様です……。

あら？　宰相閣下が大変な目に遭うってことは、宰相補佐のお父様も大変なんじゃ――やだ、迷惑かけられっぱなしじゃない！　と思いながら王妃殿下をそっと見つめる。

すると彼女は冷めた瞳で後ろの騎士に手で合図を出した。

「――もういいわ、地下牢《ろう》へ連れて行って」

「え……!?　な、何故《なぜ》私が地下牢などに行くことになるのですかっ!?　私のお腹にはフェリクス様の――ふぐッ!?　む――ッ!?」

王妃様に食ってかかろうとしたせいで、貴族令嬢であるにも拘《かかわ》らず騎士二人に拘束され抵抗もできずに連れて行かれるミア様に目を伏せてしまう。

彼女のしたことは許せないと思う。

もしルカスが守ってくれていなければ、私の尊厳は多大に傷つけられていた……努力を、矜持《きょうじ》を、人生を粉々にされていたかもしれないのだ。

生きることを諦めようとは思っていなかったけれど、正直、耐えられたかはわからない。

――でもこんな終わりを望んだわけではない。

こんな、目の前で罪人として引っ立てられていく身重の女性を見て喜べるわけがない……っ。

なのにミア様を庇《かば》うこともせずに座ったままでいる自分に酷い嫌悪感を抱いてしまう。

庇えないのは仕方ないと自分でもわかっている。

彼女は継承権を失ったとはいえ、正当な王族であるフェリクス様を騙《だま》して姦淫《かんいん》していた。

あまつさえお腹の子をフェリクス様の子だと偽った……フェリクス様との子を授かれないのだと知らなかったとしても、反逆罪に近しいのだから罪人扱いは当然なのだ。

でも。それでも、こんな風に私を説得するために利用されるなんて――ッ。

罪悪感が酷くて、気持ち悪くて吐きそうになるのを必死で堪える。

ミア様のしたことは許容できないけれど、お腹の子に罪はないと思ってしまって、胸が針で何度も刺されているかのように痛む。

王妃様は、ミア様がフェリクス様を裏切ったことを私に見せて同情を買おうとしているのだろう。

彼女を離宮から連れ出せたということはフェリクス様も容認しているのでしょうし……正直、ここまで自分勝手で傲慢な方だとは思わなかったわ。

目を伏せたまま静かに深呼吸をして、そして薬指にそっと触れて気持ちを立て直す。

あなたもあなたの息子も酷く可哀想なヒト……愛し方を間違えていることには同情するわ。

けれど、と微《かす》かにも感情を映さないよう細心の注意を払いながら作った表情を王妃様に向けた。

そして私を窺《うかが》っていた彼女の表情が崩れたのを見て、ゆっくりと口を開いた。

「王妃様、騎士に手荒な真似《まね》はしないよう仰《おっしゃ》っていただけませんか？　流石に身重の貴族令嬢が地下牢などと……あまりにも可哀想です」

そうできるだけ穏やかな声で小首を傾げると、王妃様は眉間に皺《しわ》を寄せて私を見てきた。

だから私は困ったように眉尻を下げて微笑んで、一切の動揺もしていないことを見せつけるためにカップを持ち上げる。

──あなたの思惑には乗らないわ。

それに偽善と言われればそれまでだけれど、地下牢は本当にないと思う……それこそ酷い状態になるのがわかりきっている。私の娼館《しょうかん》送りなんて可愛い部類だ、想像するのも恐ろしい……。

王城でも王妃付きのエキスパート女官が入れた絶品紅茶のはずなのに、あんまりな場面を見せられたせいか味がしなくて、胸中でげんなりしながら表情を保つ。

「──あの女を、可哀想、と、そう思うの？」

「ええ、こんなことになってしまって残念です……。フェリクス様を愛していたでしょうにどこで間違われたのか」

あなたの息子にも原因があったのではないの？　見つめながら伝える。

思うにフェリクス様もミア様の浮気を敢えて見て見ぬフリをしていたのではないかしら。

だってミア様はフェリクス様のお子だと言いきっているから、しっかり関係は持っていたわけだろうし……フェリクス様ご自身も去勢魔術についてご存知ではないらしいけれど、子ができようができまいがそのうちミア様を捨てる予定だったのではないかしら？

自ら望んだ女性にしていい仕打ちではないと思うのだけれど、と王妃様を見つめる。

「あの女はフェリクスを愛していたわけではないからよ、そう思わない？」

「まぁ、フェリクス様もミア様もお互いに真実の愛だと仰っていましたわ。学園に通っていた者なら誰しも知っています。王妃様もご存知だと思っておりましたが……」

あなただって息子が真実の愛を見つけたと言ったから私を見捨てたのでしょう？　と暗に含めると、王妃様はとうとう声を荒らげた。

「――ツェツィーリアッ、あなたったら六年も一緒にいたのにフェリクスがそんな目に遭っても可哀想だとは思わないのッ？」

「イヤですわ王妃様、六年も一緒にいたからこそフェリクス様の真実の愛を応援しているのです。そのためにも、何卒《なにとぞ》あの可哀想なマイアー伯爵令嬢にお慈悲を、と思っております」

にっこり微笑みながら、口元に当てた扇の陰で溜息をついてしまったわ。

どうしてもフェリクス様を可哀想と思ってほしいのね……。

そちらから持ちかけた六年間もの婚約を一方的に破棄され、ありもしない罪で引き倒されて罪人のように押さえつけられ、惨めに馬車に放り込まれた私ではなく。

いくら他の男性とも関係を持っていたとはいえ、身体《からだ》を繋《つな》いでおきながら私同様あっさりと切り捨てられるミア様でもなく。

自ら引き起こした騒動の責任を取っているだけのフェリクス様を可哀想だなどと、どうやって思えばいいの？　申し訳ないけれど、私はそこまで寛容な心は持ち合わせていない。

許せと言われれば許すけれど、でもそれはルカスが掬《すく》い上げてくれたからそう言えるだけで、感情を向けることはもう無理だわ。

気持ちを伝えるように瞳を細めると、王妃様はわざとらしく殊勝な表情を浮かべた。

「そう……あのね、フェリクスもあなたに酷いことをしたと後悔しているの。謝りたいって言っていたのよ、根はいい子なの。だからねツェツィーリア、わたくし思うのだけれど、あんなミアとかいう性根の悪い女性にフェリクスが捕まったのは、こう言ってはなんだけれど、あなたの努力が足りなかったのではないかと思うの」

——は？　と口に出さずに心の中に留めた私を褒めてあげたいです。

なんか言い出した……未知との遭遇してるんじゃない、私。

軽く動揺しながらも、叩《たた》き込まれた淑女教育が私の口を動かす。

「……精一杯努力いたしましたが、至らず未熟な身で申し訳ありません」

「そうね、もっとフェリクスの喜ぶことをしてあげていれば、あなたが捨てられるなんてこともなかったのではなくて？」

「……喜ぶこと、ですか」

それはまさかと思いますが、身体方面でとか言わないですよね、王妃殿下……？

結婚するまで乙女であれと王子妃教育で徹底して叩き込まれましたよ。当然王妃様におかれましては勿論《もちろん》ご存知だと思いますけれどもっ。

「確かにあなたは王子妃として素晴らしい教養を身につけたと思うし、フェリクスのために頑張ってくれていたと聞いているけれど、フェリクスがそれを喜ばなくては意味がないでしょう？　あの女みたいになれとは言わないけれど、もう少し魅力なり愛嬌《あいきょう》なりあればフェリクスだってもっとあなたに優しくしたと思うわ」

……わぁ、殴りたい。

信じられない暴論をかざされ、上げていた口角が流石に下がってしまい扇を広げて表情を隠す。

ついで王妃様の後ろに立つ近衛騎士が剣に手をかけたのが視界に入り血の気が引いたわ……っ。

ちょっとまさか……ッ待って待って後ろの子達は一応侍女ですんで……っ!!　だからお願い斬りかからないでってお願いするのが私の侍女の方なのがなんだか悲しいっ!!

「でも今のあなたならフェリクスはきちんとすると思うのっ。だってフェリクスはあなたのこと――」

「王妃様」

焦る私を一切慮らず王妃様が話を続けようとしたので、不敬とわかりつつもパチリッと音をさせて扇を閉じて言葉を遮り、無理矢理口角を上げて微笑んだ。

頑張って私……！　侍女を侍女のまま王城を後にするためには私が踏ん張るのよ……!!

「私の努力が至らず、フェリクス様には申し訳ないことをいたしました。けれどルカス様はそんな私でいいと仰ってくださったのです。こんなことを王妃様にお伝えするのはとても恥ずかしいのですけれど、実は討伐に向かうからと、ルカス様と誓いをさせていただいたのです」

そう言って幸せを前面に押し出す微笑みを作りながら左手で恥ずかしさを隠すように口元を覆うと、王妃様がその薬指に目を見開いた。

「……っ、ツェツィーリア、あなた」

「……万一、が、あってもと」

言いたくない単語をなんとか絞り出し、なお微笑む。

私はルカスの隣以外に立つ気はない。

だからあなたからフェリクス様の気持ちを聞く気はない。

フェリクス様の気持ちを否定する気はないけれど、もう今更なのだとわかってほしい。

むしろ六年も傍《そば》にいて、どうして今そんなことが言えるのか。……何度傷つければ気が済むのか。

物事には必ず区切りなり終わりなりがあり、私とフェリクス様の関係はあの断罪日に終わったのだ。

好きでもなんでもなかったけれど、きっと情は多少なりともあったと思う……だから願わくば、フェリクス様が今更な感情に囚《とら》われずに前を向いて歩けるように。

いっそ残酷と言える方法でここで終わらせる、と意思を込めて王妃様を見つめる。

「――そうっ、そうなの……っ。では万一がないことを祈っているわっ」

「ありがとうございます。……時間のようですね」

では本日は失礼させていただきます、と静かに立ち上がり、カーテシーをして退席する。

「……まさか、なんてこと――ッ」と憤る声が聞こえたけれど、振り向かずに歩を進めた。

そうして馬車に乗り、ようやく安堵《あんど》の吐息を零して目の前の侍女達に微笑みかけた。

「こういう攻撃方法もあるのよ」

「――一生ついていきますツェツィーリア様ッ!!」

握り拳を翳《かざ》して叫ばれて、吹き出してしまったわ。


王妃様とのお茶会を無事に終えると、噂も広まりきったのか私の進退に関する話題が出なくなり、相変わらず遠隔通信でルカスから辱めを受けながら日々を過ごす。

そんな中、もうすぐ深淵《しんえん》だと告げられた翌日届いた手紙に、眉間に皺を寄せてしまった。

「──今度はミヒャエル・ハーゼ様？」

ミア様の取り巻きで私を断罪する側だった彼が私に突然手紙を送るなど、碌《ろく》なことではない。

「燃やして手紙など届かなかったことにいたしましょう」

「本人共々塵芥《ちりあくた》にしてやりますわ」

「私ちょっと行ってきまーす」

あ、はい、いってらっしゃ──待ってぇっ!!　両手に凶器をつけてどこに行く気なの!?

侍女服に不似合いすぎる刃がついたナックルを手に嵌めたエルサさんに慌てて声を上げる。

「だ、駄目よ待って落ち着きなさいっ、どうしてミヒャエル様が面会を申し込んできたのか気になるから手紙も燃やさないで……！」

私の言葉に、侍女ズはえ～っと残念そうな声を出した。

え～って……どうして三人共美人なのにそんな残念な感じになっちゃったの……護衛も側仕えもプロフェッショナルな仕事っぷりなのに、どこかずれてるっ。まぁ公爵家がアレだからなぁ……仕方ないかしらね、と自分の中で結論づけて、渋々開封してくれたケイトさんから受け取り開いた。

「……」

そして無言でアナさんに渡し、彼女が読み終わるのを待って声を掛けた。

「……落ち着いて？」

「落ち着いておりますわ、ではツェツィーリア様、今すぐ殺《や》りに行く許可をくださいまし」

「そんな許可は出せません……っ」

落ち着いてるのが逆に恐い……って、ヒィ！　アナさん《ボス》まで凶器を持ち出したぁっ！

情報共有として必要だから渡したのだけれど、やっぱり口頭にすれば良かったかしらってケイトさんとエルサさんまでぇ……っ!!

「お願い、落ち着いて……っ、ね、ミヒャエル様の頭もちょっとアレなだけよ！　おかしいの、腐ってるのよ！　だからそんなヒトの言葉をいちいち真に受けて怒る必要ないから、ねっ？」

酷いことを言ってしまった気がしたけれど、気にする余裕がないわっ。

だってアナさんの持ち出した武器が細い針……っあれガチなヤツ駄目なヤツぅ……ッ!!

前回のお茶会で物理だけが攻撃方法じゃないと伝えたのに、と心の隅でがっくりしつつ、必死に三人を宥《なだ》めた。

「ぐう可愛……ッ！　ですがあり得ませんっ、こんな申し出」

「そうね……流石にコレはね」

ぐう……何？　とりあえず手紙返してくれたし、留まってくれそうだわ、良かった。

「では殺《け》す許可をっ」

「出しませんっ」

そんなぁ……っと可愛らしく上目遣いをしてくる侍女から手紙に視線を戻す。

そして問いかけていないフリをして問いかけてしまった。

「ミア様について、か……、結局地下牢には連れて行かれていないのよね……」

「……存じ上げません」

返された冷たい言葉に胸がツキツキと痛んで、手紙を握る指に力が籠もる。

王妃様とのお茶会後、すぐにディルク様、そしてレオン殿下にもそれとなく手紙で伺った。

けれどお二人共王妃様の行いを当然承知していたようで、やんわりとこれ以上の関わりを拒絶されてしまった。

慈悲は願えても、助けることはできない。

私にそんな権限はないし、まして私は王家に嫁ぐ身だ。

彼女の懐妊は王家を侮辱する行為であり、彼女もお腹の子も、到底赦《ゆる》される存在ではない。

仕方ない、どうにもできなかった――そう割りきれなくても、後悔も、罪悪感も、全て受け止めて飲み込むしかないのだ。

私にできるのはそれだけで、そしてそうでなければ下の者が困るのだから。

冷たい瞳とは裏腹にお腹の前で握る手に力が籠もっているのがわかって、気遣う気持ちが見え隠れしていて申し訳なさを募らせてしまう。するとエルサさんが口を開いた。

「……っ、ぁの、一応、生きでぶゥッ！」

「……だから、あんたはもう……」

「今日のおやつ一個減らすからね、エルサ」

小さな声で教えてくれたエルサさんがケイトさんにいつもよりも優しく頭を引っ叩かれ、アナさんが苦笑する。

その一連の流れに、ここは本当に優しい場所だと実感する。

そして、清濁併せ呑《の》んでこその三人の主人と言えるのだ、と背筋を伸ばし直し口を開いた。

「では、ミヒャエル様にはミア様のことは存じ上げませんと伝えなくてはね。ついでに常識のなさも指摘しようかしら？」

手紙の準備を、と伝えながら微笑むと、有能侍女ズはすぐに対応してくれた。

――けれど、ハーゼ家にミヒャエル様はいらっしゃらなかった。

ではこれは誰が出した手紙なのか、となったところで、お父上であるハーゼ枢機卿が顔を青くして公爵家を来訪し、平謝りしながらもミヒャエル様が離宮に行ったきり戻らない、何度問い合わせても知らぬ存ぜぬで返されるからフェリクス様に伺ってほしいと言ってきた。

恐らくは準王族に格下げされたフェリクス様に近づきたくないと他の貴族家に断られたのだろうけれど、いくらなんでもそれで元婚約者《わたし》にお願いをするのは無礼がすぎると即座にディルク様が対応され、この話は終わるかと思ったのに。

「――おかしいね、ハーゼの息子はここ最近離宮で確認されていない。例のご令嬢が外に出されて以降、見ていないと報告されているんだよね……これは、フェリクスが何かやったかな？　ねぇクライン嬢、気になるよね？」

……完全に同意を求めてるじゃありませんか、ディルク様……っ。そういう風に言うってことは、私に確認してこいってことですよね……居候は断りにくくて辛《つら》いっ。

そんなディルク様の腹黒さ全開なお言葉のせいで、結局私はまたも王城へ向かう羽目になった――。


「……今日はお天気が悪いわね」

公爵家の馬車から降りながら、空を見上げて呟く。

どんよりとした雲が王都を覆っていて、境の森に向かうにつれてどんどん黒くなっていて喉を震わせてしまった。

嫌な動悸《どうき》がずっと続いている胸を押さえて、小さく深呼吸をする。

……昨夜の通信で、深淵に到着したとルカスから伝えられてから、ずっと心臓がうるさくて眠れていない。恐怖が胸の中に巣食ってしまい、昨夜から何も手につかない状態だから正直今日のミヒャエル様とのお茶会も欠席したい気持ちでいっぱいだった。

ルカスが討伐をする日は一日中神殿で祈ろうと思っていたのに、何故か私は私を侮辱して蔑んだミヒャエル様を捜《さが》しに王城に来ている不思議さ加減……と冗談を思い浮かべてすぐに泣きそうな気持ちになり、昨夜のルカスの声を脳内で幾度も繰り返して自分を叱咤《しった》する。

「――おやすみツェツィ、また明日」と言われた言葉を信じてる。

だから神殿に行かなくたって大丈夫。

だってルカスだもの。昨夜だって通常運転の卑猥騎士モードだったものっ。

だから、今夜だって……きっと、声が聞けるはずだもの……っ。

指輪を触りながら口の中で何度も大丈夫と音にせずに呟く。

気遣う瞳を向ける侍女達だって、昨夜はどこか雰囲気がおかしかった。

皆同じ、心配で、そしてルカスの無事を祈ってる。

だから私は、私の役割をきちんとこなすのよ。背筋を伸ばして、侯爵令嬢らしく。

大丈夫、信じてる。だから大丈夫――。

「……では、行きましょうか」

前を歩く近衛騎士の臙脂《えんじ》色を見つめながら、足を前に出した。

雷雲はないのにどこかで雷鳴が聞こえてハッとなり、けれど空を見上げる勇気は出なくて離宮から視線を逸《そ》らして赤褐色の紅茶の水色《すいしょく》を見つめる。

――離宮近くの庭園か……。これはどう考えてもディルク様が仰った通りフェリクス様が何か関係していると見るべき、よね……？

もう一度視線を上げて、今度は離宮周辺の蒼《あお》騎士団員を視界の端におさめながら、扇を口元に当てて吐息を零す。

近衛騎士も数人ついているし、公爵家の護衛も見えないがかなりの人数が配備されているらしい。

そして極めつきは、侍女ズが侍女を辞めて今日は武器携えちゃってます……っ。

え……？　その可憐《かれん》な侍女服にそんな物騒なモノついてましたっけ……？

というかそれで今日行くの……？　王城よ？　大丈夫なの、王城よっ？

何からツッコめばいいのかわからず衝撃で口を開けながら無言になってしまった私に、彼女達は微笑んで「お守りいたしますのでご安心くださいませ」と言ってくれたのだけれど。

ありがとうでも違います!!　と心の中で高速でツッコんでしまったのは仕方ないと思うのです……。

守ってくれるのは本当にありがたいのだけれどっ、でも聞きたかったのはそのことじゃないの……!!

「え……と、きょ、許可は」

「問題ございません、ディルク様が調整してくださいましたので」

どもった私に、使い込まれてそうな大剣を慣れた様子で背中に背負うケイトさんがサラッと答えてくれて、「……そう」としか返せなかったわ。王家の盾こわっ……!!

そして顔を強張《こわば》らせてもう一度ケイトさんやアナさんを観察して、今度は身を強張らせてしまった。

彼女達が身につけている武具に浮かぶ、斜めに剣が入った盾の紋章はレーベンクリンゲと呼ばれ、王家の盾《ヘアプスト》が有事に出す戦闘集団――生きた剣のみが身につけることを許されているものだ。

盾はヘアプスト家の紋章、剣は絶対の忠誠を示していると聞いた。

だからこそソレを身につけている者はたとえ王族護衛の近衛騎士であっても関係なく、英雄、元帥閣下を除く全騎士を指揮下に置くことができる。……そして王族以外の人間の殺害許可さえも有しているらしい。

――ねぇ、お茶会にどうしてそんな紋章が必要なの……ッ？

知ってたけれど、そして間違いなくそうなんだろうなとは思ってたけれど……っまさか自分の護衛兼任侍女が、その紋章を身につけて護衛する日がくるとか思わないじゃない……！

大体ソレつけていいのは王家が許可を出す有事だけって習ったわよ!?　だからこそヘアプストは生きた剣を持ち続けることを許されているって……!!

お茶会は有事じゃないわよね!?　私の常識がおかしいの!?

調整程度で出張っちゃうとかホントおかし……、イヤだ、調整ってそういう……っ？

瞬時にデロンした王太子殿下を思い浮かべてしまって申し訳なさでいっぱいになったわ……！

ディルク様ナニ考えてるのそんなに危ないお茶会なのっ!?

じゃあ取りやめたらいいんじゃないかしら、囮《おとり》みたいに使ったのルカスには言わないでねって言ってたけれど、こんな大事にしてるんだから絶対バレるでしょう……!!

確かに私だって納得の上で来たわけだけれど、でもまさかまた私に地獄門閉じるの頼むつもりじゃないですよね……っ頼む気っぽいぃ……。

心中で諦めの溜息を小さくつき、もう一度侍女ズもとい生きた剣達《レーベンクリンゲ》を見る。

「あらエルサ、エプロンは外さないと。血糊《ちのり》がついたら落とすの大変よ？」と猛烈に物騒な会話をしていて耳を塞ぎたくなりました……。だから侍女服黒いんですかね……っ。

なんだかなぁ……盾？　って、ナニ？

攻撃は最大の防御なりってことで盾なら、むしろモットーは殺られる前に殺れよねあらヤダ貴族同士の戦いに通じるわ、だったら剣なり矛なりでいいと思うのだけれど……でも盾の方が優しい印象ねだから盾かぁ納得納得……っとちょっと涙目になってしまったわ……。

そんな護衛とはもう言えない戦闘モードな侍女に防御壁を施されながらミヒャエル様を待っていると、離宮の方から叫び声が聞こえてビクリと肩を震わせる。

「ツェツィーリア様、確認が取れるまで動かれませんよう」

いつの間にか武器を手にした三人が私を囲み、ケイトさんが緻密な防御陣をさらに上乗せで描いてきてちょっと目を見開いちゃったわ……。

え、二重でかけられるのっ？　あと一個上乗せできたら王族と一緒じゃないっと現実逃避気味に脳内ツッコミを入れて精神の安定を図る。

そんな緊張感の中、唐突にアナさんがメモのようなものを開いた。

「……ハーゼ枢機卿の息子が怪我《けが》をして離宮から出てきたと。会いに行かれますか？」

剣を下ろさないまま訊《き》かれて、私も少し考えて問いかける。

「……いいかしら？」

「周囲の確認は取れております。危険はないとのことですので、問題ありません」

頷きながらそう答えてくれたから、「ありがとう。──行くわ」と返して席を立った。

アナさん達についていくと、離宮からほど近い場所でミヒャエル様を見つけて息を呑んでしまった。

想像以上に酷い怪我で、血に塗《まみ》れた姿にドレスの中の足を震わせながら声を掛ける。

「……ミヒャエル様、声が聞こえますか？　今治癒をしますから、どうか頑張ってください」

「あ……み、あ？　……ッ」

私をミア様だと思ったのか、微かに声を出した彼に少し安堵して傍にしゃがみ、治癒魔法を発動しようと陣を描いた瞬間──黒い雲を光が照らし周囲が一瞬明るくなった。

閃光《せんこう》に驚いて顔を上げ空を見つめると、ほんの少しのあと……境の森の上空に鳥が群れをなして飛び立っていて、湧き上がった不安を飲み込むように喉をごくりと動かしてしまった。

真っ黒な雲の合間を幾筋かの雷光が走り、そして唐突に終息するのを呆然《ぼうぜん》と眺めていると、ミヒャエル様が身動《みじろ》いだ。

「に……に、……て……」

「……ッ、ミヒャエル様」

苦しそうな声が耳に入り、慌てて向き直り──その微かに上がった手が私に伸びてきて、ピクリと身体が逃げるような反応をしてしまった。

フェリクス様に婚約を破棄されたとき、私を力業で押さえつけたのはミア様の取り巻きで騎士であるマクシミリアン様だったけれど、その前に私をフェリクス様の前に立たせたのはミヒャエル様だったから。

――大丈夫、大丈夫よ、フェリクス様は離宮に軟禁されているからもうあのときみたいなことは起きないし、ミヒャエル様は怪我人なのだから。

婚約破棄事件に思いの外傷つけられていたのだと実感しながら、それでも今は過去に怯《おび》えている場合ではないと治癒魔法を発動し直す。

ミヒャエル様に治癒を施しホッと息を吐いたところで、突然声が割って入ってきた。

「ツェツィーリア様、このようなところでお会いできるとは」

声の主は前の夜会で知り合った蒼騎士団所属のロルフ・クーミッツ様で、彼は周囲の騎士の引き止める声を無視して私に近づいてきた。

わぁ、面倒くさい相手に会っちゃった……。

「……お久しぶりです、ロルフ様」

表情に出さずに淡々と返しミヒャエル様に視線を戻そうとすると、ロルフ様が無遠慮に手を差し出してきたから、その挨拶を求める手を横目で見て心の中で溜息をつく。

普通だったらこんな状況下で挨拶をしようなど思わないし、勤務中の騎士が第二王子の婚約者に馴《な》れ馴れしすぎです……。

それに多分……というか高い確率で誓紋が弾《はじ》いてしまうと思うのよね。そうなるとロルフ様の面目丸つぶれになるだろうなぁ……でももう私はルカスの指輪を嵌めているし、誓紋自体が長々と隠しておけるモノでもないし。

何よりこの人、ルカスが討伐に出向いているから多分私に近づいてきてる……ルカスが頑張っている中で相変わらず警備の仕事をしてなくて腹立つ！　と私情もいいところなことを思ってしまい、つい上げた親指をクイッと下に向ける侍女ズの行為に背中を押され、その手へ指先を伸ばしてしまった。

「――……え？」

てっきり弾かれると思っていた手が触れ合った事実に、驚愕《きょうがく》で掠《かす》れた声が零れた。

「……あれ以来何度となく花を贈らせていただいておりますが、お気に召していただけましたか？」

「は……え……、その……」

花なんて貰《もら》ってません……と心の中で答えながら、ザァッと血の気が引くのを自覚する。

熱に浮かされた瞳で私を見つめてくるロルフ様から助けを乞うようにアナさん達に視線を向けると、彼女達までも顔色を悪くして私とロルフ様の重なった手を凝視していた。

三人の様子にこの状況が間違いのないことだと実感してしまい、じわじわと身体中に恐怖が広がるのを必死で耐える。

違う、きっと気のせいよ……だってロルフ様は騎士だもの……！　感情を向けなければ、誓紋に弾かれずに済むとレオン殿下だって証明してくださったわ……っだからきっとロルフ様だって……ッ。

噛《か》み締めた唇を隠すように手を当てた私を、ロルフ様は恥ずかしがっているとでも勘違いしたのか。

そっと近づき、レースの手袋で覆われた薬指を見つめながら悪魔のように私に囁《ささや》きかけた。

「指輪をされているという噂は真実のようですが、こうしてあなたに触れられるということは……誓紋の噂は、嘘《うそ》だったのですね」

「――ッ」

そのロルフ様の言葉に、今度こそ身体が凍りついた。

心臓が飛び出そうな程うるさく鳴り立て胸が燃えるように熱いのに、それ以外は酷く冷たい。

自分の出す音以外が全く聞こえない世界に突然連れてこられたみたいに周囲の何もかもが聞こえなくなって、目の前で私を見つめる男性にゆっくりと視線を向ける。

そこにいるのは大好きな色を纏《まと》ったヒトではなくて。

肌の感触を伝える指先が自分の身体の一部だと信じられなくて、口の中で小さく小さく「ウソ、じゃ、ない」と呟く。

同時に低い怒りの声が重なり、ロルフ様が目の前から消えた。

「――無礼者が……!!」

黒い侍女服が目の前の現実を見なくていいと遮ってきて、その背中をただただ呆然と眺めてしまう。

剣先を立て、明らかな怒りを示すアナさんの視線の先には、エルサさんに首を掴《つか》まれ地に押さえつけられたロルフ様がいた。

「二度とその口を開くな……もう一度でも我らの主《あるじ》を侮辱したら、殺す……！」

「ぐ……ッ!?　な、何故侍女程度にそんなことを言われなくてはっ」

「黙れクーミッツ騎士ッ！　生きた剣《レーベンクリンゲ》だぞ、指示に従え……！」

エルサさんの言葉にロルフ様が噛みつくと、その言葉を遮って近衛騎士が声を荒らげた。

叫ばれた言葉と、恐らくは疾《はや》すぎるエルサさんの動きに、ざわめいていた周囲の騎士が静まり返り背筋を正す。

納得のいっていないロルフ様が悔しげにエルサさんを睨《にら》みつけ、口を開こうとしたのを見て――私は、これ以上現実を突きつけられたくなくて情けなくも耳を覆ってしまった。

「――ち、ちがう、嘘じゃ、ない……あるもの……彼が、刻んで……っ」

耳の奥が痛い。鼻の奥が痛い。喉の奥が苦しい。息がうまく、できない。

そんなはずがない……これはきっと気のせいで。だって、また明日って――だからきっとこれは、嘘……泣くようなことは、起きてない。そんなことは起こってないのよ。これは、これは、不安、の、せいで。だから。だから絶対に、チガウ――。

へたり込んだ私にアナさん達が何か声を掛けているのはわかるのに、切り離されたような妙な感覚のせいかそれに応えるという考えすら浮かばない。

ひたすら目の前の現実を拒否していると、ミヒャエル様がまたも血を吐き、ドレスに付着した鮮やかすぎる赤に一気に引き戻された。

「――ッ、ミヒャエル様ッ!?　ど、どうして治癒した部分がまた、――!?」

切り裂かれた部分から見える彼の肌に浮かぶ紋様に、目を見開いた。

魔獣を使役しようとする人間は基本的にいない。

知性のある魔獣でなければ意思疎通が図れず従属させても意味がないからだ。

そして知性があるということはそれだけ強いという意味を持ち、当然従属させられるほどの技量――殺さずに捕らえる――がなければいけないから、使役する術はあるけれど実際には不可能と言われている。

それ故使役目的で編み出された魔獣を誘《おび》き寄せる術式も、非人道的だからと禁術扱いされて久しい。

人にその術式を施し、その傷だらけの身体を贄《にえ》とするから――。

「な、なん……っ」

そっと服をどけて見直しても、自分が見ているモノが信じられず言葉が出せない。

何故ミヒャエル様が血塗れなのか。

何故ミヒャエル様が逃げてと言うのか。

何故ミヒャエル様に魔獣を誘き寄せる術式が刻まれているのか――。

何故、どうしてと動揺してしまい、呼吸が浅くなり視界がぐらりと揺れた。

……これは夢だ。違う逃げてって言ってた。嘘よきっと気のせい、信じない。だって約束したもの……でも、じゃあ、この手を濡《ぬ》らす赤は――？

掌《てのひら》のこっくりとした赤に、赤に濡れてなお輝く金色に胸が引き絞られ頭がガンガンと痛んで……。

歯を、唇を食いしばった。

その痛みに、そして指に在り続ける鈍く輝く金色に前を向く力を貰う。

何をしているのツェツィーリア……っ。

しっかりしなさい、英雄の隣に立つのにこれくらいで動揺してどうするの⁉

信じて待つなら、泣くなど今することではない……っ‼

息を吸い込んで立ち上がり叫ぶ。

「アナッ、ケイトッ、エルサッ！」

「――ハッ！」

「魔獣が来るわっ！　黒白騎士団を呼んで！　レオン殿下に連絡を――」

言い終える間際、震える空気と響く地鳴りに足を取られてしゃがみ込み、ミヒャエル様の血塗れの手に触れてゾワリと背中に震えが走り目を逸らしてしまう。

……そして逸らした先にある滴り落ちる赤に、釘《くぎ》付けになった。

「――馬鹿な……ッ!!　フェンリル――!?」

「防御壁展開ッ!!　拘束しろ!!　攻撃部隊、足を狙え!!」

「エルサッ!!」

「わかってる!!」

フェンリルという叫びにアナさんの声が重なり、高密度の防御壁が巨大な狼《おおかみ》を囲う。

そしてケイトさんの呼びかけにエルサさんが応えて――目の前の赤が、銀色に変わった。

「――こ、今度は魔猫《シャバリュ》……っ!?」

「嘘だろ!?　西国の神獣じゃないか……!!」

髪が伸びたような錯覚と共に細い手足が銀色の毛皮に覆われ侍女服が地面に落ちる。

大きくなった頭には三角の耳が生え、広い背中は威嚇で毛を逆立てているせいでより大きく見える。

フェンリル同様、討伐難易度がＳランク指定されているベルン王国にいるはずのない神獣が、私をその狼から守るように立ちはだかった。

わけがわからないままエルサさんだったはずのどんどん大きくなる身体を見ていると、突然浮遊感と共に誰かに抱えられた。

「御前失礼いたします!!　エルサが時間を稼ぎます!!　ツェツィーリア様は、――ッ!!」

叫ぶケイトさんの声を轟音《ごうおん》が遮り、急激な方向転換に身体に負荷がかかって無意識に歯を食いしばった。

焦ったように大丈夫かと聞いてきたケイトさんに小さく頷きながら、爪で大きく抉《えぐ》り取られた庭園の一部を視界におさめて口元を慄《おのの》かせる。

キラキラ散る防御壁の破片に「――もう一度っ!!」とアナさんの叫び声が跳ね返ると、空気を揺らす恐ろしい声が鼓膜を震わせた。

「――そちらが喚《よ》んでおきながら、随分な仕打ちではないか」

その言葉にやはり、と唇を噛む。

「喚んだ!?」「どういうことだっ!?」と広がる動揺を抑えようと口を開きかけると、唸《うな》り声と共にエルサさんが飛びかかった。

「何言ってんのか意味不明！　つーか喚ばれたからってあっさり来てんなし！」

「なんだ貴様……ほお？　珍しいな、こんなところで化け猫に会えるとは」

「化け猫じゃありませんー！　そっちこそ既に傷だらけでどうしたのかなっ――ぐうッ！」

「……ふん、だからここに来たのよ。わざわざ餌を用意してくれておるし、随分美味《うま》そうな魔力持ちもおるようだしの――」

そう言うと狼は血塗れの口をニタリと大きく開けて嗤《わら》いだし、魔力を撒《ま》き散らした。

その恐ろしいまでの圧力に防御壁を作れない騎士達がバタバタと倒れていく。

今の今まで防御壁を難なく維持しながら動いていたケイトさんが、大剣を地面に突き刺して防御に徹しだしたのを見て冷や汗をかいてしまう。

エルサさんやアナさんの攻撃も通じてはいるけれど効いているわけではなくて、フェンリルは怒声を上げて吹き飛ばすと、ミヒャエル様へおもむろに牙を向けた――。

あまりの様相に数瞬場が静まり返り誰も身動きが取れずにいると、狼が血塗れの口から憎悪が籠もった声を吐き出した。

「まったく、気色悪い竜が所構わず迅雷を落とすから寝床がぐしゃぐしゃになったわ、吾《あ》をこんな傷だらけにしおって……。流石にここにいる人間全て喰《く》うたところであの黒竜に勝てるはずもないが、まぁ傷の治りは早くなろう――まずは、守られておるお前からだ」

女――と呼ばれながらその血の滴る爪をピタリと向けられ、身体が凍りついた。

「お前の魔力はなんとも綺麗《きれい》で美味そうだ。身体も柔らかそうだし、丸ごと食べてやろうな」

「――ッ変態狼が……ッグぅ――っ!?」

信じられない程の速さで爪をたてられ、ケイトさんが防御しきれず吹き飛ぶ。

木に叩きつけられ血を吐く彼女にハッとして、急いで治癒の陣を指先に作ろうとして――防御壁ごと引き倒されて悲鳴を上げてしまった。

「――キャアッ!?」

「イイ声で啼《な》くのぉ。吾はついている」

二重に施された防御壁さえも鋭利な爪で穴を開けられ、胸元に爪を引っ掛けられ動けなくなると、巨大な口を開かれて恐怖で歯がガチガチ鳴りそうになる。

それでも必死に藻掻《もが》くと、わざとらしくドレスの胸元を爪で裂かれ、肌を細く血が浮き上がって震えが走ってしまった。

それがわかったのだろう、フェンリルはさも愉快そうに嗤った。

「そうだ、恐怖しろ女。お前はなんの力もない、吾に喰われるために存在するただの餌だ」

言いながら脅すように血塗れの口から血を滴り落とされ、そして何度も防御壁を施し続けてくれるアナさん達の叫び声が耳に入って、……苦しくて悔しくて悲しくて目の前が歪《ゆが》んだ。

どうして私には力がないの。

どうして私は守られてばかりなの。

戦うこともできず、逃げることもできず……捕まって、戦ってくれる人達に迷惑をかけている。

私に今できるたった一つのことは、あのヒトとの約束を破ることになりそうなことだけ。

彼は帰ると言ってくれたのだから……っ、だから私も待ってなくちゃ……待っていたい……っ。

――でも、あのヒトが守ろうとしているものを、隣に立つ私だって守りたい、から……！

強い魔獣程獰猛《どうもう》で残虐に獲物を嬲《なぶ》ろうとする。

なら、討伐部隊が来るまで時間を稼げれば、アナさんや騎士たちが立て直す時間を稼げれば……！

恐怖で呼吸がままならないまま、奥歯を噛み締めて眼前の狼を睨みつけた。

「――ッ、喚ばれた、と言ったわね……ッ」

「なんだ、存外気丈だの。愉《たの》しみが増えて良い」

私の問いかけにわざとらしく表情を変える仕草が妙に人間染みていて、ゾッとする。

震えを止めることはできないけれど、指輪に口づけて心を奮い立たせた。

「え、餌をっ、用意されたから、来たと……っ」

「そうよ、あまりに久しぶりの術だったのと、術者が下手くそなのか術式が欠けていて半信半疑だったのだがな」

術式が欠けていた――？

疑問が顔に出たのか、狼はグルグルと喉を鳴らし嗤いながら答えてくれた。

「喚び出した相手は恐らく下位種族の魔狼だったのだろうが、つまらん描き間違いをしておった。あれでは魔狼程度では気づけなかろう。……吾だから気づけたのだぞ？」

ありがたく思え、と言われもう一度歯を食いしばる。

そんなミスでまさかフェンリルが来るなんて、とあまりの不運に嘆きたくなるけれど、このフェンリルは恐怖を煽《あお》るためのお喋りを随分楽しんでいるようだからこのまま、と必死で息を吸い直す。

「で、でも、あなたはエグリッヒ帝国側の森に住んでるはずでしょう……っ？」

いくら傷つけられてタイミング良く術で引き寄せられたとは言っても、わざわざベルン王国まで来るなんてにわかには信じがたい。

喰うか喰われるかの生存競争をしているのだから、大抵傷を癒やそうとすぐに行動するはずだ。ならばベルンではなく、エグリッヒに行っていてもおかしくないはずなのに――そう思って疑問を呈した私に、フェンリルは怒気を口から吐き出した。

「――あちら側になど行くものか、攻撃も防御も何もかもが下手くそすぎる！　使役術など間違いが多すぎて反吐《へど》が出たわ……！」

最近の人間はたるんどる!!　と人間味を溢《あふ》れさせてがなる狼に、そんなことでこんな目に遭ってる身としては泣きたくなります、と言いたくなったわ……っ。

こっちに来た理由が酷い……っ！　でも、帝国は神獣を使役しようとしているという情報はきっとベルンの役に立つ――そう思っていると、突然バキリという音と共に胸を圧迫され、目の前がチラチラと赤くなった。

「――ぁあぁッ!?」

「……さて、そろそろお前との会話も終わりにしよう。そこの女が誰ぞ呼びにやったのだろう？　ちゃあんと待ってやったのだ、感謝せよ」

「――っ、――ぁ……」

「ツェツィーリア様……ッ!!」

「ほお。なかなか緻密な制御をするの……壊れた防御壁をかき集めてもう一度作り直すとは。だが動くことはならんぞ、この女の時間稼ぎが無駄になっても良いのか？」

このクソ狼が……!!　と激昂《げきこう》するエルサさんをアナさんとケイトさんが止める声が聞こえる。

一気に体重をかけられたせいか肺が燃えるように痛み、酸素が足りないのか頭痛も酷い。

再度作られた防御壁のお蔭《かげ》で息ができないわけではないけれど、徐々に増える圧力に喉奥に血の味がして奥歯を噛み締めた。

――諦めない……っ討伐部隊が来るまで！　ケイトさんが必死で防御してくれているのだから、今は最善を尽くすの……っ。

「～ッ、だ、から……！　ここまでっ、わざわざ来た、のね……！」

ヒューヒュー鳴る喉から無理矢理声を出してフェンリルの気を引く。

「竜に傷つけられた、からッ、……そして誘き寄せられた、から……！」

どちらにしろ喰う気ならば、もう言葉を選んだところで大した差はない。時間稼ぎもバレている。

けれど会話が続く限り、死はすぐには近づいてこないのだから――っ。

「……健気《けなげ》よの、そこの女共が恐らく一番強い。シャパリュもそれなりだがまだ子猫だしの……故に、どれだけ待っても吾を倒せる人間が来るとは思えんが」

イヤだ恐い逃げたいと叫ぶ心を無視して、ひたすら金の指輪を眼前に掲げて口を開く。

「ツ、く、来ると言えば、待ってくれるわけじゃないでしょう……！」

どちらにしろ食べる気のくせに、と叫べば、フェンリルは空気を震わすように大声で嗤って本当にお前は面白い、と囁き――首を傾げながら血の混じった涎《よだれ》を垂らして問いかけてきた。

「……つまり、嬲られて死にたいということで良いか？」

「――っ……ぁぐッ――」

告げられた言葉の残虐さに息を呑んだ瞬間――キラキラと欠片が散って、身体に強く力を込められて目の前が白んだ。

「気に入ったぞ、その綺麗な顔だけ残して愛《め》でてやろう。まずは四肢から少しずつだ。……よくよく絶望してイイ声で啼いてくれよ？」

「――ぁ」

その言葉と同時に空へ放られて、かふ……という音を口から零しながら晴れ間の見え始めた黄昏《たそがれ》に向かう空を見て、もうすぐあのヒトの色の時間だと思い至り、涙が零れた。

会いたい。今すぐあなたの声が聞きたい。

一緒に生きたかった。一緒に行きたかった。そしたら、一緒に逝けたかもしれないのに――。

涙に歪む空に大好きな夜明け色が見えた気がして、手を伸ばして愛しい名を呼ぶと肺が痛んで身体に激痛が走った。

そして落ちる意識の中そっと緋色《ひいろ》に包まれて、そこで世界が閉じた――。

◇◇◇

他の人間に微笑む彼女しか見ることを許されなかった前とは違う。

身体を繋いで、心を通わせて。

幾度となく告げた愛がようやく結晶となって彼女の指を飾るのを見て、顔が緩むのが止められなかったけれど、それも仕方ないと思う。

ツェツィーリアを知る度に彼女を鎖で繋ぐことはできないと思い知る。

繋げば己の心が満たされるわけではないとわかっているし、繋いだせいで未《いま》だ見れていない彼女を知る機会が永遠に失われるなんて、例えそれが自身の行いであっても許せることじゃない。

もしも俺が知らなくて、他の誰かが知っているとしたら――そう考えるだけで胸の内がどす黒い感情で満ち満ちてしまう。

不安だったと涙を流しながら感情を吐露してくれた彼女が堪《たま》らなく愛しかった。

王城の第二王子の応接室という誰かが入ってくる可能性のある場所で、淑女の鑑《かがみ》とまで言われるツェツィーリアが泣くなど考えられないことだったから。

こんなにも心を揺さぶられる涙がこの世にあるだろうかと本気で思った。

……ただ正直なところめちゃくちゃ動揺してしまって凄い恥ずかしかったし、泣くのはありでキスは駄目とかちょっと酷い……と思ったけど。

押し倒したときの狼狽《うろた》え方が初心《うぶ》で可愛くて、机の上でするっていうのもいいなと思いながら、匂い立つような色気を放つ白い首元を晒《さら》してここまで来たのかと思い、彼女を俺より先に見た人間に殺意を覚えてしまった。

粘ってもツェツィはいいと言ってくれなかったけれど、それ以上の言葉をくれて嬉《うれ》しいやら苦しいやらだった。

「――ひ、久しぶりなのです！　ここではなくて、ちゃんと、ゆっくり……ッあの、ですから、お部屋で、お帰りをお待ちしておりますから……っ」

思ったことが口から出てしまったと驚いて恥ずかしがる姿がホントに堪りませんでした。

このヒト俺がどれだけ好きかホントちゃんとわかってんのかな……泣いてくれて、でもキスは駄目で、だけど俺としたいと思ってると恥ずかしそうに伝えてきて……ナニこの生殺し。

煽った分は責任を取ってもらうから本当に覚悟してほしい。

そうして見れると思っていなかった涙を、聞けると思っていなかった気持ちを俺への感情故に零してくれたのは、あるがままの彼女だからこそと思えて。

鎖は繋げない。

ならば別のモノで俺に繋げばいい。

死ぬまで離さない……死んでも離したくない。全部を俺のモノに。

どれ程の労力と時間をかけようと、ツェツィーリアの全てを手の内に――そう願って、一つ叶《かな》えた。

ツェツィーリアは真面目だ。

とても努力家で忍耐強く、情け深く優しい。

普通のご令嬢では一年と保《も》たないだろうフェリクスの隣に六年もいたのがいい証拠だ。

彼女の立場的に辞めることが難しかったとしても、恐らく彼女が本当にこれ以上は無理だと言えばクライン侯爵はフェリクスの婚約者から彼女を下ろすために奔走しただろう。

……けれど彼女は言わなかった。

隣に立つと決めたら、決して弱音を吐かないし見捨てたりもしない。

本当に…… 腸《はらわた》が煮《に》えくり返る程に、ツェツィーリアは真面目で優しい。

だからこそ彼女が求婚を、事実上の結婚さえも受け入れてくれるかどうかは賭けだった。

王子妃教育のせいか、生来の気質故か……その行動で周囲にもたらされる被害を想像してしまうのだろう、規則を外れた行為に彼女は酷く敏感だ。

だから侯爵との約束で全て整えていてなんの瑕疵《かし》もつくことはないのだと説明してはいけないことになっていたから、不安だらけだった。

ただ俺自身のみで選ばれること。

そうでなければ結婚はおろか指輪を嵌めることさえも許さない、ツェツィーリアを侯爵家に戻す、と言われ、一瞬殺意が芽生えてしまったことを思い出す。

「……ルカス殿下、確かにあなたの仰る通り、我がクライン家では王妃殿下が暴挙に出た場合、万一があり得ます。それは否定できない。我々は王家に忠誠を誓っておりますからな」

「では」

「けれどあの子は恐らくフェリクス様とやり直すことは選びません」

「……それもわかっています」

「ほお？　ではあの子が万一の場合には、クラインの名を捨てる覚悟だと気づいておられたと？」

その侯爵の言葉に、やはり、と拳を爪が食い込むほど握り締めた。

「……きっと、彼女ならそうするだろうと」

絞り出した言葉に、侯爵は目を細めて俺を見据えた。

「ルカス殿下、不敬を承知で言わせていただきましょう。——そこまでわかっているなら、ツェツィーリア自身に選択肢を与えんか!!　私から娘を掻《か》っ攫《さら》っておきながら正式な求婚もせずに指輪だけ嵌めようなどと、はっ倒すぞ小僧……!!　私の娘をそんな軽々しく扱う男に手塩にかけた娘はやれん……今すぐ私の手元に返してもらおうか……！」

言いきられ、身の内から歓喜故の殺気がゆらりと漏れ出るのを自覚する。

「——では、全てを整え彼女に選んでもらえれば、結婚を許可してくださるのですね？」

「ふん、凄むだけならそこらのガキにだってできる。己を制御せんか小童《こわっぱ》が！」

けれど欲しい言葉の前に叱られてしまい、笑いそうになった。

流石は魑魅魍魎《ちみもうりょう》が跋扈《ばっこ》する王城でその地位を不動のものにしているツェツィーリアの父上殿。

あなたとクライン夫人がそうだから、ツェツィーリアはあんな素晴らしい女性になったのだと、心の中で感謝する。

……まぁ、じゃあさっさと結婚の許可をくれ、と思って用意した書類をクライン侯爵に無言で渡してしまったのだが。

「なんだこれは……——っ」

「整っています」

「……っ」

「整っているので、今すぐ許可をください」

「……小僧……っ」

「侯爵、許可を」

そんな鬼の形相で俺を睨んでも絶対に引き下がらねーぞ。

こっちには時間がないんだよ、半月は間違いなくツェツィーリアと離れなくちゃいけないんだ。

出陣ぎりぎりまでツェツィーリアを補充しないとやる気が出ない……途中で帰りたくなったらどうしてくれるんだ。

そんなことを思いながらギリギリ歯軋《はぎし》りのうるさい侯爵が口を開くのを大人しく待つ。

「～泣かしたら承知せんぞ……!!」

……それはちょっと……ツェツィーリアの泣き顔堪んないんで。

「返事っ!!」

……ツェツィは結構涙脆《もろ》いところあるし、それでなくてもシテるときは大抵泣くまでヤッてるし……バレたら絶対結婚許可してくれないだろうな、これは墓まで持っていこう。

「……善処いたします」

「おい小僧、今ツェツィーリアのことで何か考えただろう、なんだ善処するって」

なんでバレた。

「いえ、別に。……泣かせてしまうことについての確約はできませんが、彼女を置いて逝くことは絶対にしないと誓います」

「……当たり前だ、討伐が完了したらすぐにでも婚約式を執り行うよう日程も組み直し始めている」

帰ってこないなどと考える人間は一人もおらん、と優しい声が紡ぎ、知らず口角が緩んでしまった。

少し前まで彼女以外どうでもいいと思っていた。

けれど今は、彼女の優しさを形作るモノも守る対象に入り始めていることに自分でも驚く。

……まぁ、彼女が俺以外のことで泣くのがイヤっていうのが一番なんだが。

そんなことを考えていると、侯爵がハァと溜息をつき視線を強めた。

「では幸せにすると誓え」

「生涯唯一人、ツェツィーリアだけを見つめ、愛し、全力で幸せにします」

むしろツェツィーリア以外要りません、と言いきると、何故か侯爵はげんなりした。

なんでだ。

「……殿下、あなたのソレは人より大分重いのを理解しておられますか？　ツェツィーリアの負担になるようなことは――」

「それでは失礼いたします」

話が長引きそうだと瞬時に判断し、サッとサインされた書類諸々《もろもろ》を奪うように受け取ると、おいコラ待て！　との声を後ろに聞きながら窓から飛び出て王城へ舞い戻ったのは記憶に新しい。

そうして事実上の婚姻の許可を整え、ツェツィーリアに手紙を出し――ふと思った。

柔らかな心を持つ彼女は、本来なら王家ではなく普通の貴族家に嫁いだ方が幸せになれるのだろう。

高位貴族故に、彼女だって立ち振る舞いは身につけている。

けれど頂点に位置する王家など汚いモノに塗れすぎているから……些細《ささい》な物事に心を揺らす彼女は、日々が生き辛《づら》いものになってしまうかもしれない。

その点普通の貴族家ならば、ツェツィーリアがツェツィーリアらしく生きることができると思う。

……思いはする。

けれど他の男のモノになるなど、もう想像ですら許すことはできなかった。

――だから、頼むツェツィーリア、俺を選んで。

あなた以外何も要らない。生涯守り愛することを誓うから。

こんな形で婚姻を結ぶなんてイヤだと思うかもしれないけれど、でも約束だけでは恐ろしくて離れることができないんだ。

情けなくても、みっともなくても、あなたの瞳に映るのは一生俺でありたいから。

だから、頼む、決して切れない二人だけの鎖を繋がせて――。

そう希《こいねが》った俺に彼女は躊躇《ためら》うことなく近づいて選んでくれ、俺と生涯を共にすると彼女の中で誓いが根付いたのを見て……指輪を嵌めた。

これから彼女の生涯を縛る金色の鎖《ゆびわ》を、愛おしそうに見つめるツェツィーリアに頬が緩む。

俺の鎖を喜んでくれるなんて、こんな幸福があるだろうか。

でもそんな指輪ばかり見られるのもなんだか癪《しゃく》な気持ちになるんだ。それはただの鎖だから、お願い今は俺を見て――と回した腕に力を込めると、ツェツィーリアがそっと口を震わせて誘うように俺を見つめてきたから、……マジたまらん……と思ってしまった。

いつシても彼女の中は熱くてキツくて最高に気持ちがいいけれど、その日のツェツィーリアはいつも以上に乱れてイヤらしく俺を締めつけた。

やめてと言いながら素直に上り詰める様を見せられてやめる男はいないんだよツェツィーリア。

それに蕩《とろ》けきったときのツェツィの『やめて』はもっとやってと解釈してますので手は抜きません。

その証拠に俺が奥に入り込むと揺すりやすいようにお尻上げてきてるし、イッてるって泣きながら俺の名前呼んでくれるのが本当に堪りませんので、もっと頑張らせていただきますっ。

だから枕に縋《すが》りついてないでそろそろ俺の方を向いて？　じゃないとその枕切り裂きたくなる……。

髪を梳《す》きつつ呼んでみたかった言葉で彼女を呼ぶと、ツェツィは恥ずかしいのか小さく首を振りながら顔を向けてきた。

呼ばれるのを嫌がる素振りはするのに、潤んだ瞳で見つめながら盛大に俺を締めつけてきたら俺だって気づく。……奥さん呼び、嬉しいんだねツェツィさん……。

もう本当、俺の奥さんが可愛すぎてどうしてくれようか……むしろ彼女は俺をこんなに喜ばせて駄目にしてどうしたいんだろうか。

力の入らない身体を震わせて恥ずかしそうに俺に手を伸ばしてこられて、愛しくて可愛くてギュウッと抱き締めると胸が潰れた刺激だけで軽くイキながらキスを強請《ねだ》られ、口内を噛み締めつつ胸中でも敗北を噛み締めました……。

クッソ気持ちよくて俺もまたイッちゃいそうだよ……っ我慢利かなくてごめんねコンチクショウッ。

でも負けっぱなしは性に合わない。

挑戦権はツェツィが何度でもくれるから喜んで使わせていただいた。

ツェツィーリアは結構負けず嫌いだと思う。

俺を欲しがってほしいのと、恥ずかしい内容を言わせたいのとで意地悪な質問をすると大抵悔しそうに睨んできたりするから。

あの表情凄い好きなんだよね、頬染めながら蕩けて潤んだ瞳で睨まれるとかどんなご褒美かと思う。

……本人そんなつもりないんだろうけど。

だから今回もと思って、膨らんで充血した可愛らしい粒を捏《こ》ねつつ「ツェツィ、ここ好きだろう？」と囁くと、彼女は内壁を震わせながら恥ずかしそうに返事をして顔を背けた。

その仕草に胸を撃ち抜かれ、調子づいて選択肢を提示し揺らぐ瞳に期待の眼差《まなざ》しを向けて待つ。

「こっちを弄《いじ》るのと……中、どっちでイキたい？」

そして、……理性が吹っ飛んだツェツィーリアの素直さの破壊力たるやなかった。

「……ッ、りょう、ほ、して？　るきさま、も、もっと、さわって……」

羞恥に耐えながら一生懸命に答える声に歯を食いしばったよ……耐えろ俺出すな俺頑張れ俺……！

「……～ッ、ゔ、うん、ちょっと、待って、……」

グァーっと上がる熱に項垂れ茹《ゆ》だった顔を隠した俺に、ツェツィは容赦なかった……っ。

身動いだかと思うと肌に彼女の指先がそっと触れてきて、驚いて身体がビクついてしまい余計に恥ずかしくて動けなくなる。

物凄い情けない状態だから今はやめてほしい……でも、彼女から触れてきてくれることが堪らなく嬉しいと思う気持ちもあって。

こんな感情を同時に抱えたことがないからどうしていいかわからない。

彼女の言葉一つ、挙動一つに心が搦《から》め捕《と》られてどうすることもできなくなる。

ツェツィーリア以外に感情の向かない俺にとって助けを乞う相手も彼女一人だけで……クソ恥ずか

しくてイヤなのに、当のツェツィーリアはそれはそれは嬉しそうに、幸せそうに俺を見て微笑んだ。

そして誘うように指についた汗を口元に運ばれて、胸が熱くて痛くなり少し声を荒らげてしまった。

「どこで覚えたんだ、そんな仕草……！」

ああクソッ好きすぎてちょっと腹立ってきた！　と思って口づけると、舌を絡める度に腰を小さく動かしながら締めつけられ、挙げ句首に回る腕が離れたくないというように俺を引き寄せるから、彼女に狂ってる俺はキスを止めることもできずひたすらツェツィの望むものを捧げ続けるしかない。

……もう本当最高にイイんだけど、でもちょっと俺にも手加減してくれませんか……今日初夜だから俺にも張りたい意地があるんです……っ。

マジイキたいもうイキたいすげぇイキたい……ッけど、ツェツィはキスが好きだから今頑張るところだし俺的にはイカせてからイキたいから我慢だ俺……!!

でもホント手加減求むってああ締めつけないでいただけますかマジたまらん……ッ！

多分、人生で一番我慢した。

そして人生でこんな無防備な状態になったことはないと思った。今ツェツィに寝首をかかれたら間違いなく殺られる自信がある。凄いよツェツィ、俺を無条件で殺せるこの世で唯一の人間だね。

痙攣《けいれん》する華奢《きゃしゃ》な身体を抱き起こして、彼女の弱い部分に当たるように腰を抱えて親指を粒に当てた。

「――ッ……！　あ、んッ……る、るきさま……っ？　ま、待って今イッたばかり……っ」

「欲しがっただろ？　今更拒否なんて、まさかしないよな……？」

……煽ったのはツェツィだし、あなたにももっと俺に溺れてもらおう。

「あっ、まっ……るき、るきさ、あ――……！　……あ、るきさま、好きぃッ……あぁ……！」

焦がれるように俺を呼ぶ彼女の甘すぎる悲鳴に、ギリギリ繋いでいた理性がプツン……と切れた音がした。

――ツェツィーリアを繋ぐ鎖は俺自身。

あなたが俺に囚われ続けてくれるのなら、あなたを置いて行かなくてはいけない、行きたくない討伐にだってちゃんと行く。

ツェツィは決して行かないでとは言わない。

きっとそれは彼女の矜持で、だから俺の腕の中でだけは沢山泣いてほしい。

謝ることはできない。訊かれても説明することができない。

だから万感の思いを込めて彼女に感謝を伝え、そして返された愛に不覚にも涙が浮かんでしまった。

俺の唯一。俺の命。

絶対に手放さない。逃がす気はもうない。

……だから、その指輪に込めた想いに気づいて俺をもう一度欲しがって。

あなたはこの先もずっと、俺と生涯を共にすると誓ったのだから――。

……冷たい地面が火照った身体に気持ちがいい。

ここ数年は力をセーブする戦い方ばかりしていたからか、いまいち力の出し方がわからないままだけれど、気を使わずに済む相手と戦うのが楽しいと感じている己に自嘲気味な笑いが零れてしまった。

……暢気《のんき》に寝っ転がってる場合じゃないんだがな……。

エッケザックスを握り締め直し、厚い雲に覆われた空に今度は溜息をつく。

――討伐が決定してからすぐ、アンドレアスから英雄しか見られないという禁書を見せてもらった。

エッケザックスを鍵として開くことができるその本には、真実英雄となる方法が書かれていた。

「……記憶を失う？」

「そうだ、命よりも大切な存在の全てを忘れることと引き換えにエッケザックスの中の力が身に宿り、英雄《テオドリクス》の名が魂に刻まれる」

その存在の全てを捨てた場所に英雄《テオドリクス》の力が入り込むのかもな。

淡々と零すアンドレアスが瞳を細めて俺を見つめた。

「代償の払い方が困難を極める点と、それからこれは恐らく性質の問題で、今のところただ一人しか真の英雄になった者はいない。ディルクから聞いていないか？　ヘアプストに古代竜の使役に成功した人間がいるだろう？」

「あぁ、聞いたことはある。……つまり、俺のようにおかしい人間でないとなれないってことか」

そう返すと、師は肩を竦《すく》めて肯定を示した。

「じゃあ記憶を失くしても、性格や性質は変わらないってことだな。どうやってなるんだ？」

「……お前は大概だな。普通の人間はそんなあっさり受け止めないぞ」

「普通の人間がよくわからないし、正直その他大勢はどうでもいい」

「……」

何故か可哀想な感じで見られてしまった。

「で？　どうやってなるんだ？」

「守るための力が欲しいとひたすら願えばいいらしいぞ」

「なんだそれ、大雑把すぎないか？」

「……いや、お前の場合は簡単になりそうだけどな」

だからなんで可哀想な感じで見てくるんだ。

「あとコレ英雄以外の人間に漏らすとエッケザックスが機嫌を損ねて家出……じゃなくてベルンからいなくなるかもしれないらしいから誰にも言うなよ」と結構重要な情報を師はサラッと伝えて俺に本を差し出してきた。

アンドレアスから本を受け取り読み進めても、確かに願えとしか書いていない。

ただ気になるのは、ひたすらそれ以外を望むなと記載されている点か。

「……何か一つでも」

「どうした？」

「――いや、なんでもない」

代償は俺の中にあるツェツィーリアの全て。

全てか……彼女自身が代償じゃないなら、なんら問題はない。

王国が境の森に隣接している以上、竜を討伐しない限り魔獣が絶え間なく現れて危険なままだ。

それはつまり彼女が危険に晒されるということだから、是非とも脅威は取り除きたい。

恐らく竜二体を相手取るには英雄になるのが手っ取り早いし、なること自体は別に忌避感はないんだが――ただ一つ、多分ソレをなんとかしないと力を手に入れることはできない――。

……そんなことを考えてあのときも溜息が出てしまったんだよな、と胸中で項垂れる。

自分が変わるのは怖くない。

元々の、彼女を知らなかった色のない少し憂鬱な頃に戻るだけだから。

あの頃は戦いに特化した身体を戦いの中以外に置いておくと、何かを追い求めて探すような、早く捕まえないと命よりも大切なモノを失うような妙な焦燥感に苛《さいな》まれていた。

その大切なモノが彼女だったのだと、今はもう知っている。

あのキラキラと光る若草色の瞳に、意思を語る薄紅色の唇に、強く真《ま》っ直《す》ぐな感情を放つ心に目が、心が釘付けにならないなんてことは、絶対に起こらない。

あの鮮烈な色を超えるモノは俺の世界に一つだってないと断言できる。

だから俺は間違いなくもう一度彼女に恋をするだろう。

ツェツィの全てを忘れても、俺の根幹が変わらないなら俺は俺のままということだから。

……むしろ彼女が変わってしまった俺に戸惑って怖がるかもしれないことの方が不安だし、クライン侯爵が激怒して、彼女との婚約式の日程調整を取りやめたりするかもしれないことの方が恐い……。

泣かせたなとか言って、会わせてくれなくなったら家に押し入って掻っ攫いそうだな俺……それは流石にマズいからヤメような俺……。やらかしたらその分彼女と打ち解ける時間がかかるだろうし。

……でもまぁ、そうであっても何度でも彼女と始めればいい――そう思えるだけの想いを彼女がくれた。

左耳の金属の感触に胸の中に温かいものが広がる。

だから、彼女で構成されている自分を一切合切失うことになっても……それがどれ程彼女を傷つけるかわかっていても、俺はツェツィーリアを守るためなら俺を捨てるのを厭《いと》わない。

そんなモノは誓ってくれた彼女ともう一度やり直せばすぐ元通りになるのだから。

そして指輪さえしていれば彼女は俺の妻のままで……たとえ周囲が引き離そうと画策しようとも決して俺から離すことはできないし、ツェツィーリア自身も俺を心から追い出すことなど不可能になる。

それに、今のツェツィなら俺の指輪を見て俺の執着《おもい》に気づくと思うんだよな。

気づいて……ツェツィ怒りそう、というか多分間違いなく怒るだろうなぁ……。

本気で怒られるのはかなり動揺するからちょっとアレだけど、でも怒るツェツィーリアは感情で瞳がキラキラ鮮やかになって凄く綺麗だから見たい気もする……。

こういう考えがいけないんだっけ？　でもツェツィがそんな風に俺を惹《ひ》きつけて離さないのもいけないと思うんだけど……いや、この考え方も怒る気がする。

くだらないことを考えて、ふと応接室での涙を思い出して考え直した。

怒るっていうより、泣く、かな……ツェツィーリアの本気泣き――？

想像して堪らない気持ちになってしまい、口元を押さえた手の中で口角が緩むのがわかる。

俺という存在に心を砕いて傷つく彼女を想像して悦《よろこ》びを覚えてしまうのだから、俺は大概壊れてる。

大切にしたいと思う気持ちに偽りはない……何よりも、自分自身の命よりも大事な存在であるのは間違いないのに、嗜虐《しぎゃく》心が湧き上がるのも止められないから手に負えない。

そしてそれさえもツェツィーリアに受け入れるよう望んでしまう。

俺で苦しんで。

俺だけを見つめ、俺のためだけに泣いて。

その心の中には俺だけがいればいい、俺だけしか存在してはならない……それ以外は赦さない――。

「……ごめん、ツェツィーリア」

無意識に謝罪の言葉が零れたけれど、自嘲するようでいて愉悦を含んでいるのがわかって小さく嗤ってしまう。

彼女の存在故に、俺は俺でしかない。ひたすらにツェツィを追い求める存在でしかいられない。

そしてそれこそが俺の生きる理由《いみ》。

だから変わることへの覚悟はとうにできている。

……なのに、最強の黒竜に情けなく地に沈められてなお只人《ただびと》のままでいるのは、彼女の身体に刻んだ己の名が消え、そして誰も彼もが彼女に触れることができるようになることが——彼女を、己と同じ手段で奪われる可能性ができてしまうことが、ただひたすら……ひたすらに恐ろしいからだ。

「……ねぇ、アンタちょっと頑丈すぎじゃあなぁい？」

柔らかな身体を今すぐに掻き抱きたい。

彼女につけてもらった傷も今はすっかりなくなってしまったからもう一度つけてほしいのに、すぐには戻れない距離が恨めしくなる。

苛立《いらだ》って拳を地面に叩きつけるとドォオンッという音と共に地面が陥没し、後悔した。

……汚れた。

かかった土を払い除《の》けながら立ち上がると、困惑げな声で黒い巨体が影を作って覗《のぞ》き込んできた。

「いやいや、ちょっと聞こうよコッチの話……ぇぇえ？　ちょっとホントにおかしいでしょ、アタシ結構真面目にやってるのにまだそんな元気とかさぁ。ヤダわぁ、あんまりぐちゃぐちゃにしちゃったらこのあとの愉しみが減っちゃうじゃない。特にその美しい顔には傷つけたくないのよね、その顔が快楽で歪むのをアタシは見たいのよっ」

絶対滾《たぎ》るわぁ～あんイヤだもう滾ってきちゃって前が苦しいっと、意味のわからないことを言いながらクネクネしている竜を無視して、もう一度パンパンと服についた土を払い、重みのある剣を握り直しながらハァ……と溜息をついてしまった。

「……アンドレアスの奴、お前なら簡単だろとか言ってたけどそういやクソ師匠もなったことねーじゃねぇか」

恐らく本当の本気を出せば、相打ちくらいには持ち込めるだろう。

たとえ相手が最強種である黒竜であっても、こっちも全属性使えるから魔法じゃ負けることはまずない。そして俺は治癒が使えるから、まぁ三日……いや五日くらい頑張ればなんとかなる、はず。

あとは生存率がどの程度になるかなんだが――……百パーセントでない限り、この手は使えないんだよな……と、約束した瞬間のツェツィーリアを思い出して頬が緩みそうになった。

戻る約束への喜びようから、その後の求婚の勝率が爆上がりして天にも昇る心地でした、ホントありがとう。

だから間違いなく生きて戻るためには英雄になる必要があるし――是非ともコイツ欲しいんだよな、と竜を見つめる。

フィンには全て終えたらすぐにベルンへ戻るよう俺に言えと伝えてある。

ツェツィに会いたいし待っててくれる彼女を安心させたいから即行帰りたい。

ましてやり直す必要があるから、まず彼女に会って謝罪しないといけないしな……。

関係の再構築にどれくらい時間がかかるか不明だから、いつでもどこでもどこへでも行ける便利な足が是非とも欲しい。それさえあればどこに遠征しようとも、速攻で行って帰ってこられる。

つまり彼女と離れる時間が格段に減る。素晴らしい。

雌型で性格が良さそうだったらツェツィの護衛にでもと考えていたが、雄型だったので却下だ。

……先に伸した雌型の竜は白っぽくて小さめで外見は良かったんだが、プライドが無駄に高い割に弱すぎて話にならなかったし……。

とにかく、足にするためには竜を従属させる必要があるんだが――従属させるために必要な英雄化がうまくいかない……。

――ヤバい、俺すげぇダサい……と竜を前にうっかり項垂れてしまった。

早くしないと王都にも被害が出てしまう。

師がついているとはいえ、エッケザックスは俺が使っているからAやSランクレベルが出たら手こずるだろうし、カールとアルフォンスにだって他の魔獣討伐の負担がかかるだろう。

ツェツィーリアの周囲は警護を固めているから万一もないと思うが、万一を考えること自体がモヤモヤするからさっさと終わらせて本当に即行帰りたい。

それに、もし万一があったら……彼女を守るために培った力を、自分を含めた尽《ことごと》くを殺し尽くすのに使うことになるだろうから、本当にさっさと終わらせたい。

終わらせたい気持ちはあるのに、このままならツェツィーリアの誓紋は消えないと心のどこかで思ってるんだろう――いや、正直言うと心のど真ん中で思ってる。

消したくない、から、英雄になれない――……。

「しっかりしろよ……」

なんのために奔走して指輪を嵌めたんだ。

誓紋が消えたときに備える意味合いもあっただろうが、と自分を叱咤していると上から——ではなく、随分と近くから声を掛けられ顔を向けた。

「ね～え？　ちょっとマジでこっちを無視しすぎだからっ！　会話のキャッチボール大事って親から習わなかったのっ？」

「習ったが」

「……習ってソレなわけ？」

「習ってるから今会話できているだろう」

何言ってんだコイツ、と思ったのが顔に出たのだろうか。

いや、ツェツィーリア以外には基本感情で表情は動かないはずだから顔には出てないはず。

じゃあなんでコイツはこんなに嫌そうな顔をしてるんだ？　と首を傾げると、竜がより顔を顰《しか》めた。

「ちょっと聞くけどさぁ」

「なんだ」

「どうしてアタシが人型になってるのに驚かないわけ!?　そこビックリポイントでしょっ!?　この美形具合を見て少しは驚きなさいよ!!」

「興味ない」

「キィイイイ!!　そうだと思ったわよっ、アンタ本当お綺麗な顔だものね!!　自分の顔に見慣れてるんでしょ嫌な感じィっ！」

「自分の顔にも興味ない」

「そしてその尽くに興味のない感じ!!　アンタどっかおかしいでしょ！　絶対おかしいね間違いないねっ!!　普通最強の黒竜前にしてそんな自然体で立てるわけないからっ!!」

もっと竜敬いなさいよォォオ！　と雄叫《おたけ》びを上げる竜だった男に、面倒だなと思いつつ口を開く。

「悪いがおかしいのは昔からだ。治せるものでもないから諦めてくれ」

「ハァ？　……ナニよそれ、どういう意味？」

訝《いぶか》しげに細められた竜眼が窺うように俺を見る。

その理知的な光に、言動こそおかしいが見てくれのままではないのが窺える。

「俺の家にはたまに俺みたいなのが生まれるらしくてな。こういった戦闘《こと》に特化してる分、感情面に問題があるらしい」

「……よくそれで今までやってこられたわね」

「他の人間は子供の頃に処理されてたらしい。俺は周囲に恵まれていたお蔭で処理されずに済んだ」

ありのまま伝えると、何故か竜が衝撃を受けたように叫んだ。

「――いやぁあああちょっと重たいからっ!!　いきなり重たい内容をそんな無表情でぶっ込まれたアタシの身になって!!」

「お前が聞いたんだろ」

コイツ本当面倒くさいなと思いながら視線を下げる。

そして「あぁ重い……可哀想……イヤだ重いわぁ……」と膝をついて大袈裟《おおげさ》に嘆き始めた竜の後頭部にとりあえずエッケザックスを振り下ろすと、案の定爪で弾かれた。

「……いや、空気読もうよ……本当アンタおかしい……可哀想なくらいおかしいわよ……」

……竜に同情されてしまった。

別段俺は困っていないし急所を晒す方が悪くないだろうか、と思ったが口には出さずにいると、恐る恐るという体《てい》で竜が顔を上げて問いかけてきた。

「……待って、アンタ、もしかしてキゾクとかいうヤツ？」

よく知ってるなと思いながら頷く。

「え……じゃあもしかして、なんちゃらコウシャクとかいう家、じゃ、ない、わよね？」

「なんちゃらコウシャクは知らないが、ヘアプスト公爵家の者だ」

「ベルンの？」

「……凄いな。そうだ、ベルン王国のヘアプスト公爵家の」

「ジークリンデちゃん!?」

「……いや、ルカスだ」

誰だ、ジークリンデって。

「ヒ……何この巡り合わせッ、爺《じじい》が言ってた家の人間来ちゃったじゃん……！　イヤだ怖いなんなのアタシが何したって言うのよぉ……！」

――じじい？　マジで誰だ？

大仰に泣くフリをする竜に首を傾げつつ静かに待つと、またも同情的な視線を向けられた。

「……アンタ、本当おかしいのね。さっき教えてもらったけどさぁ、でもこんなにアタシ嘆いてるじゃん、だからここは慰めるなり疑問を呈すなりの言葉を掛ける場面よ？　わかる？」

空気読もう？　と言われ、イラッとしてエッケザックスを握り直すことで返事をする。

「ほらぁッだからそういうところよ！　そういえばジークリンデちゃんも全然ヒトの話聞かないところあったって爺言ってたわ！　なんちゃらさんところのおかしい子は皆そんななの!?」

「多分？」

「ですよね！　もういないんだもんねごめんね訊いてっ！　ねぇもう一個訊いていい!?」

薙《な》いだ剣の力のままに回転しながら回し蹴りすると、ガードしつつ竜が飛んだからエッケザックスを槍《やり》のように投げて同時に地を蹴り追いかける。

「どわッ――!?　蹴るわ剣投げるわ……！　アンタ騎士じゃないの!?」

「一応騎士だ」

「一応なんだ！　……ハァ!?　ナニ一応って!?」

「この間王子になったからな。本職は王子だと思う」

「本職王子って何ソレ――!?」と叫びながら両手に火炎を作ろうとしているのを見て、手を振って片手の火炎を消し、驚いている隙に投げた剣を喚び戻して斬りかかる。

「どわッち！　ちょ……ッなんでアタシの火炎消せんの……!?」

「お前質問多くないか？」

「イヤいやアンタのせい！　アタシは悪くないわよッ摩訶不思議《まかふしぎ》生物と遭遇してるせいよォぉお!!」

蹴りに風魔法を纏わせると避《よ》けられない体勢であるにも拘らず最小限の力で急所を避けるのを見て、さらには爪で斬撃も飛ばしてきたからコイツうるさいけど凄いな、と感心してしまった。

そうしてお互いに一度距離を取ると、竜が盛大に溜息をついた。

「……悪いんだけど、ちょっと待ってくれる？」

「どうした？」

「……おかしいくせに素直とかすんげぇギャップ……竜トキメかせてどうする気なのよ。そしてなんで火炎を消せたのよ？　黒竜よ？　自分で言っちゃあなんだけど、最強よっ？　それを只の人間が！　本職王子の一応騎士程度の人間がっ、手を振るだけで陣ごと消せるとかおかしいを通り越してるでしょッ！」

　なんか怒りだしたけど理由がわからん……と思いつつ、質問に答える。

「片手しか消せてないが、まぁ一応神器《エッケザックス》に触れさせてもらえる程度には英雄だからな。それに言っただろ、俺はちょっと特殊なんだ。そっちも、変だけど凄いな」

「……変て。だから黒竜なんだって、敬えよ人間如きが」

　突如変わった雰囲気に周囲の空気まで重たくなる中、肩を竦めて言葉を返す。

「もう質問は終わりでいいのか？」

「……英雄、ね。そんな軽装でアタシに会いに来るなんてとは思ったけど、神器《ソイツ》に選ばれた英雄ならまぁ納得かしら。最初はシャツに革の胸当てだけとかアタシを誘ってるのかと思ったんだけど、残念、違うのね」

「鎧《よろい》は動きにくいし暑いから嫌いなんだ。それに、竜相手に武具で防げるとは思えないしな」

　せめて胸当てくらいはしろって頼み込まれてな、と返すと、相手はケタケタと笑い声を上げてから獰猛な笑みを浮かべた。

「――いいわぁ、アンタ。顔も身体も最高にイイ上に、頑丈で嬲り甲斐《がい》がありそうで本当たまんないわ惚れちゃいそう……！　さっきからアタシの誘い言葉ぜーんぶスルーしてくれちゃって、大切なヒトでもいるのかしら？」

　そう言って闘気を撒き散らして両の腕だけを竜の形態に変えると、地面を陥没させて消えた。

　ざわりとする感触を信じて防御壁を足に纏わせ、上へ蹴り上げる。

「チッ――防御だけじゃなく攻撃も剣以外でこなすとかアンタ本当騎士じゃないのね！　あとなんだっけ⁉」

「王子と英雄」

「兼任しすぎでしょッ！　今日からアタシの恋人だけで十分よ！」

「……は？」

　言われた意味がわからないまま、ただ瞬時に胸に広がった感情を拳に乗せた。

「――っ⁉　なん……ちょっと、アタシの闘気を引き裂いた……ッ？」

　驚愕の表情を浮かべる竜を凝視しながら、静かに問いかける。

「……お前、今なんて言った？」

「え、だからアタシの恋人……いやイヤいや、ナニそれアンタ本当に人間……っ？　そんなどす黒い殺気出せる人間とか見たことも聞いたこともないわよ……？」

　コイビト。恋人だと？

　俺を、ツェツィーリアから引き離すつもりか……？

「あらぁ、ルカス君はキレやすいところがあるのかなぁ？　それだけ顔が綺麗だとかなり迫力あるわね」

「……白い竜がお前の恋人じゃないのか」

「あれは下僕よぉ。あんなうるさくて弱いヤツが恋人だなんて冗談じゃないわ。アタシの番《ツガイ》はまだ見つかってないのよっ。だから番が見つかるまではアンタは大切に大切に愛でてあげるわ！」

楽しげに叫ばれた言葉に、エッケザックスが掌に吸いつく感触がした。

同時に身体が重くなり、動きも鈍くなる。

殴りかかってきた腕を剣で防ぐと爪から斬撃を飛ばされ、避けられず肩を裂かれたが、肥大する感情で痛みを感じなかった。

恋人。ツガイ。愛でる——つまり、俺を彼女から……ツェツィから引き離す気——……引き離す？

引き離されたら、二度と、会えない——。

「どうしたのぉっ⁉　防御で手一杯になっちゃって！　置いてきたヒトに心残りでもあるなら安心しなさい！　アンタを伸したあとにベルンまで行って全部灰にしてきてあげるわよ‼」

——灰。

言葉が耳から脳に届き、描いたツェツィーリアが燃やされて目の前が真っ赤になった。

握っているはずの剣の感触がなくなり身の内をどろりどろりと何かが侵食していくにつれ、俺を形作る想いがソレに囚われ奪われていくのがわかる。

……奪われたらツェツィの誓紋が消えてしまう。

だが、それ以上に赦せないことを言われた。

灰、に、する。

俺の、ツェツィーリアを……？

俺の……俺が、ここにいる、のは、守るため、で。彼女が、灰に……？

――……嫌だ、イヤだいやだ嫌だいやだ嫌だイヤだいやだ嫌だいやだ赦さない決してユルサナイ。

俺からツェツィーリアを奪うヤツは、たとえ俺であっても、赦してはならない――。

落とされる迅雷に身体を焼かれるけれど、ツェツィーリアを失うという恐怖が痛みを上回る。

「ア、あアアア……ッぁアあああぁあアあ――ッ‼」

「――ッ⁉　何、まさか――……ッ」

要らない。

余計なモノは要らない。

彼女さえいれば何も要らない。

彼女さえ守れれば、何も要らない――。

願うと同時に心の中のツェツィーリアが黒く塗り潰され、代わりに懐かしい焦燥感が身体を苛む。

立ち上がろうとすると焦ったように蹴り飛ばされ、吹き飛ぶ寸前に身体を反転させて足でブレーキをかけながら口から滲《にじ》んだ血を親指で拭い、チラリと見る。

……血が赤くない……世界から色が消えた？

ゆっくりと視線を上げて、膜がかかったような薄い色合いの世界にほんの少し目を見開いてしまう。

あれ程綺麗だったのに――……あれ程？

なんだ今の……元からこうだったはずだ。懐かしいと思うことがおかしいはず。

そう思いながら、騒ぐ胸が鬱陶しくてげんなりする。

早く見つけたい、そして取り戻すんだ――……取り戻すってなんだ。この焦燥を消え去れるほどのモノなんて手に入れたことなどないはずだ。

だから、俺は。

「……お前を、隷属させないとな」

「──なんちゃらさん家のおかしい子は、頭イカレてるって本当ね……ッ」

冷や汗をかき始めた竜を静かに見据え、逃げられないように全方位にエッケザックスを顕現させる。

そうして足を前に出すと、竜が焦ったように声を上げた。

「ちょ、ちょっと聞きたいんだけどっ、今アンタ、ナニちゃら君かなぁ……ッ？」

「──ルカスだ」

「え……あら？」

「ルカス・テオドリクス・ヘアプスト」

「──や、やっぱりィぃイ!!　くっそガチの英雄様ってか!!　爺のヤツそんな簡単にはならないって言ってたくせに嘘つきやがったな!!」

感じたままに変わった名を答え、近くの剣を手に取り叫ぶ竜に投げつける。

避けた先へ刹那で回り込み頭に踵《かかと》を落とすと、思った以上に効いたのか初めて竜が膝をついて俺へ口を開けたから防御壁で防ぐと、顔色悪く叫んできた。

「──っオイオイオイ……!!　ほぼゼロ距離からの咆哮《ほうこう》だぞッ!?　なんでそんな薄っぺらい防御魔法で防げんだよ！　冗談じゃないぞ……ッさっきとは桁違いの魔力じゃねぇか……!!」

後退《あとずさ》りながら作り出した複合魔法に感心を抱きながら消し去り、両手に同じ魔法を作り出して竜へ投げた。

「やるよ」

「──ガァッ……!!　──ぐ、ウ、お、前っ、今、手も振らずに俺の消しやがった!?　って待てまて待て……!!　ちょ、なんだその陣のでかさ……ッしかも隷属じゃねーかふざけんなよ……！」

片手に出した隷属の陣に顔を青くして逃げようと羽を出したから、エッケザックスで地面に縫い止めて防御壁で囲んでやる。

「──グァ……ッ！　う、そだろ……ッ待て！　ホント待て!!」

そうしてうるさく叫ぶ竜にふと疑問を覚えて、首を傾げてしまった。

「お前、口調変わってないか？」

「俺はバイなんだよ！　あれは長い竜生を面白おかしく生きる上での工夫だってのってんなこと今どうでもいいだろ!?　マジ勘弁しろよ……ッなんで竜なんて使役したいんだよっ!?」

なんでって。

「移動に便利そうだから」

「──そんな理由!?　俺竜よ!?　もっと凄くて格好いいこと……せめてどっかの国の征服とかに使ってくんないかなー!!　俺の存在意義がくだらなすぎてびっくりなんだけど……!!」

「いや、高速で飛べるから時間短縮に、なると……？」

驚愕で口を開ける竜に答えながら再度首を傾げてしまった。

なんで時間短縮したかったんだ？　でも移動時間が短縮できればもっと会えると──会う？　誰に？

渦巻く疑問のせいで掲げた陣への魔力をうっかり込めすぎてしまい、巻き起こる風が薄暗い雲を吹き飛ばし始める。

「首傾げながら陣をでかくしてんじゃねぇよぉ……!!　そんな意味不明な理由で俺が人間に隷属だと……!?　末代までの恥だ！」

「お前、よくそんな言葉知ってるな」

「お前んとこのジークリンデちゃんに従属してたのは爺なんだよ！　戻ってきたときには別人だったんだぞ!?　ナニしたの!?」

「それはすまないがこれからよろしく頼む」

「礼儀正しくしたってよろしくは絶対しねぇっ!!　マジふざけんな黒竜だぞ!?　その俺が人間に頭を垂れるなんて――」

あまりにもギャアギャアうるさい竜に、かけた防御壁を一旦解除して溜息をついてしまう。

「……わかった」

「……!?　なんで解除した……ヒッ」

苛立ちを込めて魔力をじわりと外に出すと、竜は唇を震わせて息を呑んだ。

「――俺の方が強いんだよ、わかるだろ？」

「――っ、――……ッ！」

呟きながら前に出した掌で魔力を操り、竜の核に圧をかけて握り締めると竜は身体をガクガク震わせて地面に手をついた。

それを見てそっと手を開くと、止まっていた息で咽《むせ》ながら諦めたように涙目で睨まれ、ちょっとやりすぎたかと魔力を身に戻す。

すると竜が悔しそうに叫んできた。

「プライドずたぼろにした上で隷属とかさぁ……っ俺の主人がこんな瞳孔開ききったイケメンド鬼畜とか顔が好みなのに力業で襲えねぇのがマジついてねぇっ!!」

ギャンギャンうるさく吐いてきた言葉に、よし、納得したなと掲げた陣を竜に落とし、浮き出た名を呼ぶ。

「バルナバーシュズヴォネク、ルカス・テオドリクス・ヘアプストに従え」

「——クソが!!　短い人生に付き合えばいいんだ……ぁアああアいだだだだぁあ——……ッ」

……ちょっとでかく作りすぎたか。

圧力で潰れた竜を見て、いまいち力の入れ方がわからないなと掌を見つめる。

まぁ、前と同じようにセーブする練習をすればいいか、と思い直し、竜と自分に治癒を施してエッケザックスを身の内に収め、もう一度竜へ目をやる。

「おい、寝たフリしてないで起きろ」

「……今傷心なんだよ、ちょっと待っててくんない……俺だってもう少し下僕には優しくしてたぞ……」

「治癒してやっただろ」

「……いや全部お前がやった傷……ナンデモアリマセン」

性格変わったって馬鹿にしてごめんな爺……と呟く竜——バルナバーシュに今すぐベルンに戻る、と伝えてフィンを呼ぶと、案の定フィンはすぐ近くまで来ていたようで、安堵の表情で走ってきた。

「——ルカス様っ！　ご無事でっ——…………どなたですか？」

俺の足元で項垂れているバルナバーシュを見て眉間に皺を寄せるフィンに竜だと答えて、マントを受け取り羽織る。

「りゅ……⁉　主、アンタ使役、を――⁉」

「説明はあとだ、王城の結界が破れた。……バル、早くしろ」

「はいはーい……」

竜使い荒そうだわねこのご主人様……と呟きながら竜に戻るバルナバーシュを見て目を剥くフィンに乗るように促すと、フィンが焦ったように口を開いた。

「お、王城には今ツェツィーリア様がおります……！　今すぐ――ぅおッ⁉」

数瞬のうちに空に舞い上がり高速で飛ぶバルナバーシュの背から、微かに見える尖塔《せんとう》へ向かえと告げて、騒ぐ胸のままフィンに問いかける。

「……フィン、ツェツィーリアって？」

「――は？」

「お前が今言っただろ、誰だ？」

俺の知ってる女性にそんな名前はいないはずだ、と記憶を掘り起こしつつ再度訊くと、フィンが驚愕の表情で俺を凝視してきて首を傾げてしまった。

「な……？　なん……ルカス、様？」

「どうした、――バル、右だ」

「はーいよ、……あらぁ？　あれ、フェンリルのヤツじゃない？」

うわ、女の子嬲っちゃって趣味悪い、という言葉と同時に背から飛び降りた自分を不思議に思いながら、エッケザックスをフェンリルへ降らせた――。

〈幕間〉アンドレアス

──英雄になる可能性は高い、とは思っていたが……流石《さすが》に討伐当日に戻ってくるとは思っていなかったなぁ。

漂う空気に苛立《いらだ》ったのか、……それとも、記憶にないはずのツェツィーリア様が傷つけられてわけもなく怒り狂っているのか。

破れない防御壁と焼かれ出なくなった声に憤激し自らを傷つけながら術を出すフェンリルに、ルカスは自滅なんてさせてたまるかというように口を開いた。

「……無駄に暴れるな、お前程度じゃそれは破れない」

「──！　──!?」

「随分傷ついてるな。まぁそれくらいじゃ死なないだろうが……」

そう言いながら突然フェンリルに治癒を施すと、周囲の動揺の声を聞き流して防御壁内にフェンリルを囲うようにエッケザックスを顕現させ、急所を外すように刺し貫いた。

「──ッ!?　～……っ」

「苦しそうだな。安心しろ、まだ殺さない……もう一度だ」

そう言いながら再度治癒を施し、今度は風魔法でめった斬りにして、また治癒をする。

グチャグチャにして、治癒をして。グチャグチャにして、治癒をする。

延々と繰り返される地獄の責め苦にフェンリルは赦《ゆる》しの声を上げることもできず、けれど死を選ぼうと陣を描いても尽《ことごと》くルカスに消され。

為す術《すべ》もなく徐々に核を削られていくフェンリルの恐怖と絶望に凍りついた表情に、規格外の愛弟《まなで》子《し》の今後に空恐ろしいものを感じてしまった——。

預かったのは齢《よわい》十のとき。

ルカスは、その美しい顔に一切の感情を浮かべない子供だった。

生きているけれどどこか生きていることを申し訳なく思っているような、常に人を窺《うかが》い観察するような生気の薄い目をしていた。

そして時折何かを探すようにどこかに視線を向けていた。

頭がいい。性格も素直で悪くない。

負けず嫌いなところも騎士に向いている。

そして話に聞いていた通り——ポンと放り込んだ騎士団の訓練で恐ろしいまでの上達っぷりを見せ、十三才の頃には技量だけを見れば近衛騎士とほぼ対等に渡り合っていた。

ただ一つ問題があった。

騎士には芯がなければいけない……何かを守りたいという気持ちがなければ騎士とは言えない。

ルカスにはそれがなかった。

求められれば返そうと努力して返すが、何も求めない。

何かを探している風なのに何も欲しがらない。

守りたいものも、心から大切だと思えるものもない……ただ、ヘアプストだから、と。

それを拠《よ》り所にして鍛錬をこなし続ける、どの王族よりも美しい光を浮かべない金色に胸が痛んだ。

普通の人間よりも沢山のモノを持っている。恵まれていると言えるのかもしれない。

けれど大切なものが一つもなければ、たとえどれだけ持っていても幸せには直結しないのだと、ルカスを見ていて考えてしまった。

そうして騎士団の色合いを教えても、よくわからない、そんな色に見えない、とポツリと零《こぼ》したルカスの何も映さなかった金色がキラキラと光を宿した瞬間を思い出す。

フェリクス様があまりに酷《ひど》いからと、数年後の万一を想定して第二王子妃候補であるツェツィーリア様を引き合わせることになった。

王家ってのは傲慢だなと思ったのを、今でも覚えている。

ツェツィーリア様には選択肢を与えず、フェリクス様でもルカスでもどちらでも血を残せるようにとかなぁ……まぁ俺もルカスに守るべき対象ができれば万々歳だと思って気軽にいいんじゃねとか言っちゃったんだが、失敗したかもなぁ。

これでルカスがツェツィーリア様に一目惚《ひとめぼ》れとかしちゃったら、でも予定通りフェリクス様と結婚なんてなったら俺の弟子が気の毒すぎる……なーんて、ルキにそんなこと起こるわけないか、と思っていたら、いつも淡々と礼儀正しくするルカスが何故《なぜ》かちゃんとしない。

オイオイ、まさかな……？　まさか、お前、目の色うっかりチラチラ出ちゃってるぞ……っ？

おじさん、愛弟子の恋に落ちる瞬間を見ちゃって息を呑《の》んだよ……。

あの瞬間を見た他の騎士達なんて、いつも冷静で小憎たらしい弟弟子がツェツィーリア様を前にしてまごまごしている可愛《かわい》さに心を撃ち抜かれてたからな。

いい年した騎士が「恋に障害はつきものだ！」とか言って邪魔して、ルキがどことなくしょんぼりして、それから不機嫌になるのを見てニヤニヤ喜んでる姿なんて、気持ち悪いだけだなって正直おじさんは思いましたっ。しかもソイツの恋は障害だらけだからさぁ……ホントやめてあげて。当然ルキにそのあとぶちのめされて、今じゃその馬鹿共によるルキ中心の絶対王政が騎士団内で敷かれてるしなぁ……。

窘《たしな》めても、戒めても。

ルカスはツェツィーリア様と交わした約束を守ろうと今まで以上に鍛錬に精を出した。

ひたすらツェツィーリア様を追い求める姿に、こりゃあもしかしてヘアプストにいたっていう英雄になるか？　と思い、鍛錬内容をより厳しいものに変えてしまったんだが。

——結果は予想通りだったが、しっかし実力は予想以上になったな……。まさか俺も出現した竜が最強種の黒竜とは考えてなかった。しかもそれを使役できる程強くなるとは。

フェンリルが入った血みどろの箱が出来上がったところで、見たこともない男が突然木から飛び降りてきて、そして膨大な魔力を垂れ流して庭園は騒然とした。

……フェンリル以上にヤバい魔力なのはすぐにわかった。

圧だけで冷や汗が吹き出て、咄嗟《とっさ》に作った防御壁を維持するだけで精一杯だ。

けれどルカスはそれ程の魔力にも顔色を変えず淡々と答えていた。

「——ねぇ、そこの猫、誰の？」

「まず魔力をしまえ。それからエルサは俺の契約下にいる、喰《く》うなよ」

「契約下……？　アンタのなの？」

「エルサは俺が森で拾った。だからヘアプストの保護下にある」

　バリバリと帯電しながら重い魔力を撒《ま》き散らす恐らくは竜――しかも紫電を撒き散らしているということは黒竜――に、レオン殿下とディルクが防御壁を築いて後退《あとずさ》りしながら「な、んだアイツ……ッ」「――ルキ、まさか、ッ、いや、やりそう、とは思ってたけど……ッ」と恐々と呟《つぶや》き、少し離れたところにいた当のエルサ殿は、仲間の侍女を盾に泣き叫んでいた。

「ちょっ爪！　爪出てるイタタタッ！　ちょっと盾にするとか酷いわよエルサッ、あんた今日のご飯抜きにするからね……ッ」

「ナニあれルカス様ったら今度は何を拾って帰ってきたの……ッ」

「ひぃぃいいやぁアあア怖い無理怖いぃぃいいい……！　口調もヤバいし目つきもヤバいしアレに捕まったらヤバいことだらけな気がするお願い助けてぇ……!!」

　エルサ殿があの反応ってことは、こりゃあ……多分使役に成功してるんだろうが、早いところ魔力しまってもらわないと気絶している蒼《あお》騎士レベルじゃあの魔力に触れたら死ぬな……っ。

　焦り慌ててルカスに声を掛けようとしたところで、ルカスが溜息《ためいき》をつきながら言葉を続けた。

「落ち着け、……アナ、ケイト、エルサを戻して着替えさせろ。バル、エルサがどうしたんだ」

「――見つけたのよ、アタシの番《ツガイ》……！」

「……は？」

「ヤダ可愛いマジかよ嘘《うそ》でしょ猫とか!!　しかも大分若いし大丈夫かな壊しそう……っでも魔猫なら一応成長したらそれなりになるはずだからまぁなんとか壊さずに済むかしらっ。ヤダ今日は最悪の日から最高の日になったわぁッ!!」

　キャッキャはしゃぎ魔力をさらに垂れ流し始めた竜殿に、ルカスは「頼むから大人しくしろ、……

お前もあそこ入るか？」と血塗《ちまみ》れの箱を示しただけで顔を青褪《あおざ》めさせ直立不動にさせていた。

黒竜が「ゴメンナサイアタシ大人シイイイ竜デス」なんて片言で謝るところ、きっと生涯で二度と見られないだろうと考えて、いやむしろこれから何度も見る羽目に……と考え直し頭を抱えたくなった。

竜はプライドが物凄《ものすご》く高い生き物だってのに、ありゃあずたぼろの粉っごなにされちゃったな……いやぁ俺の弟子ホント常識外れ。黒竜殿にそれは俺の弟子じゃないですってちょっと言いたい……。

その後、普通は壊すこと自体が困難な核さえもさらっさらの粉にしてさらっと燃やしフェンリルの痕跡の一切を消して全員の顔色を真っ白にしたルカスは、深淵《しんえん》に置いてきた数名の騎士を迎えにバルナバーシュ殿と共に消えた。

……助け出し、ずっと抱き抱えていたツェツィーリア様を近くにいた近衛騎士に渡して。

ほんの少し逡巡《しゅんじゅん》するも相変わらずの無表情で他の人間に、しかも男にツェツィーリア様を手渡したルカスの様子に、フィンとツェツィーリア様付きの侍女達が血の気の引いた顔を強張《こわば》らせてルカスを凝視し、レオン殿下も、ディルクさえも息を呑《の》んで顔色を変えていた。

記憶なんて失くしたって会えば大丈夫だ、と言いきっていたが……これはどう転んだんだろうな、と溜息をつきたくなった。

普通だったらもう一度同じ人間に一目惚れするかどうかなんてわからない。

根幹が変わらなくたって、別の人間を選び別の人生を歩もうとしたっておかしくないし、相手方にしたって、交わした言葉も、愛さえも忘れてしまった相手とやり直そうと思えるほど強い心を持っているかわからない。

よしんばやり直そうと思えても、一切の記憶がないのだから同じように気持ちを受け取ってくれるかもわからない……嫌がられ、他の人間に笑いかけるのを見ることになるかもしれない、愛し合っていた記憶がある故に酷く辛《つら》い道を歩くことになる。

それを想像するのが普通だ。

そしてそれほど大切な存在なら、その想像故に決して英雄になることはできない。

守りたいと、それ以外を願ってはいけないのだから――。

まるで、英雄になったのだから今までの己を捨てて別の人生を歩めと命令するかのような代償――けれど、恐らくは違うはずだ。なりかけたがなれなかったと英雄候補が記述した文もいくつかあった……心の内側を見られた気がした、と。

つまり、エッケザックスは真実変わらない者、唯一以外を求めない者しか英雄にはしないのだろう。

だからツェツィーリア様がルカスにとっての唯一無二なのは間違いない。

そして記憶を失くしても変わらないのなら、きっかけさえあればもう一度ツェツィーリア様を好きになるはず――と言いたいところなんだが。

フィンの話じゃ抱き抱えて即行で誰の目にも触れさせないように自分のマントに包んで治癒をしていたらしい。

バルナバーシュ殿を使うこともせず瞳孔開きっぱなしでフェンリルを酷い目に遭わせまくっていた。

生きていることを確認するように、安堵《あんど》するようにマントの上からツェツィーリア様の額にそっと頬を寄せていたのも見たし、基本他人に興味のないルカスが、騒ぎを聞きつけ蒼白《そうはく》になってきたクライン侯爵にわざわざ「侯爵のご息女ですか？」と確認していた。

……あんときの空気ヤバかったな……鳥肌立った。

そして、ツェツィーリア様を抱えて去る近衛騎士の背中を恐ろしく暗い瞳で見ていた、が。

――きっかけ、あったか？

あわや、というところだったはずだ。

ツェツィーリア様がフェンリルに喰われる本当にギリギリに、ルカスが間に合っただけ。

もしも十三のときのような出会いがきっかけになるのなら、言葉も交わしてない、視線も合わせていないから、まだルカスはツェツィーリア様をただの貴族令嬢としか思っていない可能性もある。

ただそうすると、さっきの行動理由の説明がつかなくなる……うぅ～んぜんっぜんわからんなっ。

表情が動き始めたのもつい最近だったし、元々が無表情で無言が基本の弟子だ。

記憶を失くして元の状態に戻ったせいでまた無表情の性能が上がってるしなぁ……と盛大に溜息をつきたくなった。

ルカスとツェツィーリア様の犠牲でもって、古代竜の問題は解決した。

ここからは大人の出番、と言いたいところなんだが……俺はこういうの苦手なんだよ。

「――どういうことですか」

……怒ってらっしゃる。まぁそりゃ当然か。

泣く泣く嫁に出したってのに、当の義息子《むすこ》が討伐から戻ってきたら娘を覚えてないときた。

でもなぁ……説明ができないからクライン侯爵を納得させられるかわからない。

いや、理解はしてくれそうだが納得は……こりゃ拗《こじ》れそうだな、と頭を抱えたくなった。

「――戻りました」

置いてきた騎士を迎えに深淵まで戻っているルカスに早く帰ってこいと念を送っていると、フィンとバルナバーシュ殿を連れてルカスが部屋に入ってきたから安堵しつつ、手招きをして呼び寄せた。

「ルカス、防音防聴諸々《もろもろ》のヤツをこの部屋全体にかけろ」

「……たまには自分でやれよ」

「お前の方が性能いいだろ。……よし、かけたな。じゃあ今度は名を名乗ってみせろ」

「……ルカス・テオドリクス・ヘアプスト、です」

おいこらクライン侯爵を見るんじゃない。どういう意味合いの自己紹介だソレっ。

ぜんっぜん顔色変わんないのが本当わかりにくいな……。

「レオン殿下、ディルク、そしてクライン侯爵、名でおわかりになったかと思いますが、ルカスは真実英雄となり竜の討伐……そして使役を成し遂げて帰還しました。英雄紋の継承云々《うんぬん》以前に、ルカス以外に英雄《テオドリクス》を名乗ることが許される人間はいなくなった。そうでなければ神器《エッケザックス》が何をするかわかりません、まずそこを周知徹底させてください」

今後俺を英雄なんて呼ぶ人間をまずなくさなければならない。

まぁその辺はレオン殿下にディルク、そしてクライン侯爵もお手のものだろう。ルカスの実績もケチのつけようがないものだしな。

頷《うなず》く二人に視線をやり、今度はクライン侯爵に目を移す。

「……あぁ～眉間のシワが凄いなオイ……まさか今のでなんとなく話を理解したとかですか、侯爵。

「……英雄になる過程での事故により、ルカスは一部記憶の欠落が見られる」

「事故」

おい、皮肉げに口端歪《ゆが》めて笑うんじゃねぇよディルク。お前、ちゃんとルカスに確認してなかった自分に実は怒りまくってるだろ。

そしてクライン侯爵の拳が白くなってておじさんすげぇ怖い……。

「あの場にいた騎士の大半は近衛だったが、それでもルカスの記憶喪失は隠せるものではないだろう。……その点についてご協力いただきたい」

「構いませんよ、ただ一つだけ確認したいんですが、元帥閣下」

「なんだ、ディルク」

返事をしながらルカスを見るディルクの視線を辿《たど》る。

「あなたは、こうなることをご存知でしたね、閣下？」

「……」

この質問には無言が一番！

これだけでこの三人にはこの事故がどれほど重要な情報かわかってもらえるだろう。

頭のいい人間を相手にするのはこういうとき楽でいいんだが、精神的には全然楽にならないな……。

ルキに負担を押しつけた身としては、この役割は甘んじて受けて当たり前だとは思っているが、でも辛いなコレッ。

痛ましい表情をルカスに見せるディルクを見ていると、レオン殿下が盛大に溜息をついた。

「――ルカス、そうなる前後の記憶はお前あるのか？」

「一応ある」

「それ以外は？　第二王子位に就いたのとか、幼い頃の記憶は？」

「ある」

「……お前、正直全然変わってないのな」

一言しか返さねぇとか、いっそ変わってなさすぎて感心するわ……と肩を落とすレオン殿下に心中で同意したところで、とうとうクライン侯爵が口を開いた。

「では殿下、私の娘についての記憶は？」

ド直球――！　クライン侯爵すげぇッ！　そして眼光がやべぇッ！

「……ありません」

「娘の名は？」

「ツェツィーリア、嬢と……助ける際に耳に挟みました」

「娘が結婚していることは？」

「……それも助ける際に指輪を」

「誰と婚姻を結んでいるかは？」

「……存じ上げません」

グイグイ行くなぁ、侯爵……ルカスが気の毒になってきた。

「――では、娘の婚約者が元はフェリクス様だったことは？」

「フェリクス、の、婚約者――ッ？」

そのクライン侯爵の質問に唐突にルカスが頭を押さえ――急いで防御壁を作りルカスに声を掛けた。

「落ち着けルカス！　部屋が壊れる！」

「――おいおい……ッ」

「私の弟はとうとう人間をやめたかぁ……ッ」

溢《あふ》れる魔力の質が今までの比じゃない……！　しかも殺気を上乗せしてるとかさっきの黒竜殿にもこんな恐怖覚えてねぇってのに……！

三人で施した防御壁さえも魔力の圧だけで触れた場所から粉々にされ、揺れる窓ガラスやら壁やらにヒビが入りあわや――というところで、クライン侯爵が落ち着いた声を出した。

「制御しろ、と言ったはずだ。全く、力が増したくらいでそれではあなたに娘を嫁がせたのは早計だったかと後悔し始めましたよ」

「――は？」

は？　って。ルカス、その人一応義父だぞっていうかとりあえず足元の魔力霧散させてくれないか、おじさん冷や汗が止まんねーから！

そして侯爵が娘溺愛故の結婚バラすの早いし、むしろ冷静すぎて逆に怖いっ！

冷や汗をかきながら三人で息を呑んでルカスと侯爵を凝視する。

「ルカス殿下、あなたの左耳に耳環《じかん》があるでしょう。あなたは既にツェツィーリアと事実上の婚姻を結んでいます。……殿下、聞いていますか？」

「……連理の耳環。結婚、している？」

「正式ではありませんので、名は変えていませんがね。ですがツェツィーリアには会わせません」

「……」

お、ほんと少しだけ目を眇《すが》めたっ。無表情だけどちょっとわかりやすくなったな。

「クライン侯爵こわ……っ」「あの会わせないはなんか私情を感じるなぁ……」とレオン殿下とディルクが言っているのを耳に入れつつ、未《いま》だ淡々としたルカスの様子を窺う。

「……俺に、彼女の記憶がないからですか」

「そうです、まず娘にあなたの状態を説明する必要がある。……いいですか、あなたは竜の使役に成功して帰還した。明日以降王城だけでなく王国全体が騒がしくなります。第二王子が竜を使役する英雄などと、正直前代未聞だ。公的には婚約式もあげていないため、恐らく各国から問い合わせが来るでしょう。その全てをあなたに起こった事故を表に出さずに対処する必要がある」

是非とも殿下の尽力が必要なのですよ、と鈍く光る瞳でルカスを睨《にら》みながら侯爵は告げた。

……怒ってるんですね、やっぱり。

ルカスが悪いわけではないと侯爵もわかってはいるのだろうが、どう考えてもツェツィーリア様が傷つくもんなぁ……。

既に国内では二人の婚約は確定しているし、事実上の婚姻もしている。

なのにその相手の全ての記憶がない――それが第二王子で英雄となれば、隙間に入り込みたい人間は山程現れるだろう。たとえ正妻になれなくても、お手つきにでもなれば御の字だからな。

何を考えているかわからない無表情のままクライン侯爵を見つめる弟子の横顔を見て、心を重くする感情を吐き出したくなった。

静まり返る室内に、バルナバーシュ殿のつまらなさそうな欠伸《あくび》が響く。

ルカスは、少し視線を落とすと感情の籠もらない声でただ一言「――わかりました」と言った。

「よろしくお願いいたします。ディルク殿、魔獣の問題はそちらで処理していただけますか？」

「勿論《もちろん》へアプストで請け負いますよ。気になる情報もありますし」

「なんだ？」

「……レオンへの説明はあとでね」

あ〜これルキに記憶なくて良かったのか悪かったのか……と小さく零したディルクにレオン殿下が「なんだソレ……すげぇ聞くの怖いんだが」と顔を引き攣《つ》らせていた。

そんなディルクにクライン侯爵はさらに声を掛ける。

「あぁそうだ、なんとも言えない終わり方ではありますが……一応危険はなくなりましたし、殿下の記憶の問題もありますので娘は侯爵家に戻させていただきます」

「……そうですね、想定外ではありますが一応片付きましたし。護衛だけつけさせていただければ問題ないです」

「ディルクお前……それハーゼ枢機卿《すうききょう》の前で絶対に言うなよ……」

「流石に言わないよ」

彼らの言葉に、そういえばツェツィーリア様は御身の保護を理由に公爵家にいたことを思い出した。

婚約破棄騒動を引き起こしたフェリクス様やその他が処分を不満に思ってツェツィーリア様を逆恨みしそうだという理由と、婚約者となるルカスが第二王子で次代の英雄だからってことだったかな。

……公爵家からも引き上げるとか、どんどんツェツィーリア様が可哀想《かわいそう》になってくるな。

ツェツィーリア様にも心の整理をする時間が必要になる。

それには確かに公爵家の、ルカスのところにいない方がいいだろう。魔獣騒動の療養を理由に引き籠もらせるつもりなんだろうが……。

何も言葉を発さないルカスに不安になる。

今、お前の世界はどんな色をしている？　と訊《き》きたくなった――。

【4】


いつだって夢は自分に正直だ。

だから目の前に立つ人がここにいるはずのないヒトだとわかっていても、これが、都合のいい夢想だとわかっていても、手を伸ばして得ようとしてしまう。

決して口には出さなかった望みを、無様にも希《こいねが》ってしまう。

自分をどれ程の人間が支えてくれていたか、彼の役割とその誇りがどれ程大切か理解していても、その唯一無二と共にいることができるなら全てを擲《なげう》ってもいいと思ってしまうのだ。

私の視線の先には、血塗《ちまみ》れの剣を携えた人。

剣先から滴る血以上にその人自身が血に塗れていて、足元は赤黒い池のようだった。

けれど彼は……ルカスはピクリとも揺らがず、倒れる無数の屍《しかばね》に微《かす》かな視線も向けず、何かを斬り払うように血を払い、剣を握り直した。

斬り伏せるべきものを見逃すことこそが最大の後悔を生むと知っている……だから決して下を向かず、血に塗れることを厭《いと》わない真《ま》っ直《す》ぐな立ち姿に強い意志が見てとれ、喉が、身体《からだ》が、心が震えた。

「……イヤな人ね、夢の中でまで、そんなに格好良くなくていいのに……」

ポツリと吐いてしまった言葉に、ふっと自嘲を含む笑いが零《こぼ》れてしまう。

「――わかってる。あなたに会えたから、あなたが守り続けてくれたから、今の私がいる」

胸元をぎゅうっと握り締めると、前を見据えていた横顔がふと私へ向いた。

誰よりも美しい金の瞳が煌《きら》めきながら弧を描き、深い愛を伝えられて感情が吹き荒れる。夢だからだろうか、止めることのできない激情に、言葉が荒くなってしまった。

「わかってるわ……そこに立ち続けることはあなた自身の意志で、守ることがあなたの誇りなのはわかってる。だから決して引き止めなかった……私だって諦めなかったし、約束を、努力を投げ捨てたりしなかった……っねぇ、頑張ったのよ……!!」

なのに何故《なぜ》、と窄《すぼ》まる喉から嗚咽《おえつ》のように吐き出す。

「も、どって、こない、の……ッ」

自分自身の言葉に胸が軋《きし》んで、堪《たま》らず蹲《うずくま》ってしまう。

覚悟なんてできていなかった。

どれ程取り繕おうとも結局私はただの女でしかなくて、醜く黒い感情が口をつく。

「……ま、もって、くれ、っ、なくてい……っ」

言ってはいけない。これは、あの人を侮辱するに等しい言葉だと理解しながら、止めることができなかった。

「守ってくれなくて、いいから……ッ!! だからっ、だから、どうか……どうか、生きて……ッ」

伸ばした手は払われることなく、そっと、ギュッと、手放さないと伝えてくれるように握られた。

その力の強さと、薬指に押し当てられた唇のまるで夢とは思えない温《ぬく》もりに急速に意識が浮上する。

「……ッい、いやッ……! イヤ、やめて……まだ、あと少しでいいから……！」

現実は厳しくてとても恐ろしいから起きたくないと駄々をこねるように首を振ると、ルカスは苦しそうに微笑《ほほえ》んだ。

「……ごめん、それでも愛してる」

「ツいやぁ――……ッ!!」

何かを堪《こら》えるような掠《かす》れた声と離れる温もりに縋《すが》りつこうとして、悲鳴のような声を上げた。

――その自分の声でハッと目を覚まし、歪《ゆが》んだ視界に伸ばした自分自身の震える手が映り込む。

とめどなく流れる涙で耳が濡《ぬ》れた感触で、身体の隅々にまで震えが移り生を実感した。

私、生きてる……？　手も、足もある……っ無事、だったなんて……っ。

助かった喜びよりも先に、これからの生を一人で生きなくてはいけない恐怖が湧き上がってしまい、上げた手で顔を覆おうとして――仄《ほの》かに光る金の指輪に視線が釘《くぎ》付けになった。

「――え……？」

夢、だったはずだ。私の願いが作り出した、幻のはず。

だって彼は深淵《しんえん》にいるはずなのだから……だからこれはきっと、王宮侍医の治癒魔法の名残のはず。

そう自分に言い聞かせるけれど、温かで静謐《せいひつ》な魔力が身体に吸い込まれると、心臓が勝手に早鐘を打ちだした。

……知ってる。この魔力は、知ってる……っ。

でも、どうして……違うっ、駄目よ、希望を持っちゃ駄目……！

もしもその希望が間違っていたら、きっと私は、待つ約束を投げ捨て追いかけてしまう――。

「――ツェツィーリア様!!　あぁっお目覚めに……っどこか、どこか痛むところはございますか……!?」

暴れ回るように鼓動を刻む心臓に身体を支配され凍りついていると、突然声を掛けられ、軋む首を動かしてそちらへ顔を向ける。

　見てわかる程に顔に涙の跡をつけたアナさんが駆け込んできて、ベッド脇に膝をついたから、無意識に彼女へ手を伸ばしてしまった。するとギュッと握り締めながら謝罪され、そのどこにも怪我《けが》の見当たらない彼女に呆然《ぼうぜん》としてしまう。

「お守りすると言ったにも拘《かか》わらずこのようなことになってしまい、申し訳ございません……!!」

「あ……いえ、いいの、大丈夫よ……」

「大丈夫などとッ……本当に、申し訳ありません……っ」

「いいの、あなたも私も、無事だったのだから……皆、無事、なのでしょう……?」

　謝罪してくれているのに、と申し訳なく思いながらも我慢ができず問いかけてしまった。

　そんなこと気にしなくていい、と小さく首を振りながら、握られた手をぎゅうっと握り返してアナさんを凝視する。

　だって私が、そして彼女も無事ということは、『誰か』が助けてくれたということだ。

　フェンリルをなんとかできる程の『誰か』があの場に現れたはずで。でも、どう考えてもあの状況では私は喰《く》われておかしくなかった……きっと、ヴェーバー元帥閣下でも間に合わなかったはず――。

　ねぇ、『誰か』は、誰……？　『皆』の中に、私の、あのヒトは、入ってる……っ？

　緊張でか細く震えて冷や汗をかく私に答えてくれたのは、躊躇《ためら》いがちに口を開いたアナさんではなく、入室してきたお父様だった。

「――落ち着きなさいツェツィーリア、全員無事だ。お前が時間を稼いだお蔭《かげ》で、誰一人として犠牲になっていない」

「……ぜんいん」

言葉を脳に染み込ませようと乾く口を動かして言葉を繰り返すと、父侯爵は安心させるように、けれど何かを含むように視線を下げながら頷《うなず》いてくれた。禁術故に、ミヒャエル様のことは口にできないからだろう、と片隅で思いつつ、逸《はや》る気持ちで問いかけ続ける。

「……では、フェンリル、は、っ……」

誰が、……『彼』が、討伐したの——？

恐怖で声にすることができなかった質問に、お父様は私に近づきながら静かに答えてくれた。

「……お前をフェンリルから助け出してくださったのはルカス様だ。古代竜討伐も無事に終えられており、怪我も一切ない。現在陛下や元帥閣下に討伐諸々《もろもろ》の報告を申し上げているところだ」

「……………っ!!」

聞きたかった言葉が、聞きたかった名前が部屋に、耳に響いて、心に歓喜が吹き荒れた。

くずおれかけた身体を支えようとベッドについた手の甲に、熱湯のような雫《しずく》がポタポタと落ちる。

感極まって喉奥で彼の名を何度も呼んでいると、父がそっと頭を撫《な》でながら、何故かもう一度「ツェツィーリア、落ち着いて聞きなさい」と言ってきたから、涙でぐしゃぐしゃの顔を上げて首を傾《かし》げてしまった。

視線の先の父とアナさんの悲痛な表情に消えたはずの恐怖が湧いて、ぎこちない笑みを浮かべる。

何……？　何故、そんな顔を、するの……？　だって、ルカスは無事だったのでしょう……？　無事に戻ってきてくれて、これ以上ない、のに、どうしてそんな風に、私から視線を外すの……っ？

「お、おとう、様……っ？」

頬が引き攣《つ》れたのを感じながら辿々《たどたど》しく呼びかけると、父侯爵は深く息を吐いた。

「……ルカス殿下は、討伐中の事故によりお前の、お前だけの記憶がない」

「……き、おく、が、ない……？」

告げられた内容に理解が追いつかず、繰り返す。

そうして言葉にして明確になった意味に今度は心が追いつかず、またも問いかけてしまった。

「お父様……？　何、を……？」

まるで自己防衛が働いたように身体と心がどこかずれたような感覚を覚えながら、コマ送りのように動く父の口元を見つめる。

そして望まなかった口の動きに、涙さえも止まった。

「黒竜を隷属させて真実英雄となられたが、お前に関する全ての記憶を失っている。勿論《もちろん》、婚約式の調整はしていいてこの婚約がなくなることはない……だが、殿下の状態に関して箝口令《かんこうれい》が敷かれるだろうが、恐らくかなり騒がしいことになる。お前がつけられた傷は殿下によって既に治癒されていてなんの問題もないが、諸々の処理が終わるまでは、お前は侯爵家に戻って療養するんだ。……だから、当分はルカス殿下に会えないと思いなさい」

「……るき、さまに」

——会えない？　会えないって、どうして？　私の記憶がない、から……だから、会いに行ってはいけなくて、……だから、ルカスも、私に、会いに、来ない……っ？

突きつけられた現実に、息ができなくなった。

血の気が引き、グラグラと視界が揺れ、握るシーツの感触さえも感じられなくなる。

ベッドに倒れ込んだ私にアナさんが血相を変えて部屋から飛び出すのを視界の端に入れながら、耐えきれずに目を、意識を閉じた。

――あぁ、私のあなたは、もう戻ってこないの――？

願いの代償は悪役令嬢《わたし》の退場だったのだろうか、と浮かび上がる意識の片隅でぼんやりと思う。目の前に立つ人に手を伸ばそうとすると、以前幾度も言われた言葉が……恋を諦めろ、と密《ひそ》やかに諭す言葉が反響し、私を凍りつかせる。それは婚約者でありながらフェリクス様に見向きもされず、ただ正妃としての義務を果たすためだけに存在する私に向けられた、嘲笑を含んだ哀《あわ》れみの言葉だった。

……あのときと同じように、あのヒトも真実の愛を見つけ、そして私は捨てられる――恐怖に塗れ助けを求めてふわりと香った大好きな匂いに、飛び起きた。抱き締めていたのは白いシャツで、確認なんてしなくても誰が持ってきてくれて誰のものなのかわかってしまう。

重たい身体を動かし、寝台横のベルを手に取って侍女を呼ぶ。

慌てて部屋に入ってきた侍女に水を頼んで飲み、あれからどれくらい経《た》ったのか確認して顔が強張《こわば》るのがわかった。

そんな私の様子を侍女が気遣うように見つめてきたから、「大丈夫よ、もう一度寝ることにするから」と震える喉から無理矢理声を出して下がらせた。

そうして一人にしてもらい、深呼吸を幾度かして、侯爵邸に戻ってきてからのことを思い出す。

侯爵家に戻ったから、流石《さすが》に公爵家の侍女は置けないと言われ、頭を下げた二人――いつも微笑んで並んでいるはずの三人が、エルサさんはおらず、アナさんとケイトさんは唇を噛《か》み締めて佇《たたず》んでいた――が脳裏に過《よ》ぎって申し訳なさを募らせる。

……心配、させてしまったんだろう。

フェンリルの襲撃から、そしてルカスの帰還から既に四日経とうとしていた。

きっと王城はてんてこ舞いで、王都と言わず王国内が大騒ぎに違いない。

なんせ竜を傍《かたわ》らに置く英雄の誕生だ。普通だったらその婚約者に、わんさかと招待状が来てもおかしくない。

英雄は王と並び立てる。

けれどそれはあくまでも有事の際と決まっていて、しかも今回は竜まで使役できる本物だから取り入ってくる貴族を精査し、誠実で有用か、それとも権力だけを欲する者かを洗い出して、力はあれど叛逆《はんぎゃく》の意は決して持たないと見せるための地盤固めを行う必要がある。

だから私は婚約者として何よりも大切な仕事……討伐の話を聞かせて、婚約者と変わりない関係を続けていることを内外にアピールしなくてはいけないのに――。

私は、そのどれも行わず倒れ寝込んでる……今まで自分はそれなりに我慢強い方だと思っていたけれど、そうでもなかったのかしらね……。

白いシャツをじっと見つめ、アナさん達の心遣いに感謝して――手から、身体から力が抜ける感覚がした。

ルカスには当分会えないと父侯爵は言っていた。

当分……当分て、どれくらい……？

討伐から帰ってきたのに、婚約者であることは変わりないと言ったのに、指輪だって嵌《は》めてるのに会えない……彼から、会う許可が、下りないということ……っ？

――ただ私の、私だけの記憶が失《な》くなった。そのせいで、無事な姿さえも見せてはもらえない――恐ろしい考えが浮かんで、背筋が凍りついたみたいにヒリついて唇が戦慄《わなな》いた。

「わ、たし、のこと、を」

覚えていない、ということは……もう、好きでは、なくなった――？

その瞬間、薄暗い室内の中でキラリと光った金の指輪に目が釘付けになって、耐えきれずに喉から罵声が零れた。

「――馬鹿、嘘《うそ》つき……！　愛してるって……！　私の元に帰ってくるって言ったじゃない……っ」

理不尽だとわかってる。彼はきちんと帰ってきてくれたのだ。

しかも複数の竜を相手取りさらには使役に成功して、……真実英雄となって戻ってきた。

きっと厳しい戦いだっただろう。

私と約束したから、竜を討伐しなければ王国が、沢山の人々が危険に晒《さら》され続けるから英雄となることを選択した――ただそれだけ。

そしてルカスが英雄にならなければ私はあの日きっとフェンリルに蹂躙《じゅうりん》されて今ここにはいなくて、英雄にならなければ、彼も、帰ってこられなかったかもしれないのだ――そう思うと同時にルカスの死が脳裏に過ぎって身体に震えが走る。

彼を失ったかもしれないと想像するだけで心が凍りつく程の恐怖を感じるのに、もう二度とこんな恐怖は感じたくないと思うのに……っ。

ルカスが生きてることを何よりも嬉《うれ》しいと思っている、心から思っている。

守ってもらって、助けてもらって。帰ってきてくれて。また助けてくれた。

感謝こそすれ、ただ私の記憶を失くしただけで、彼の世界から私だけがいなくなっただけで、こんな風にルカスを詰《なじ》るのは間違っている。

……詰ることができるのも、憤ることができるのも、彼の存在があるからこそとわかってる。

だから、今在る幸せを素直に享受するべきなのだろうともわかってる……っ。

けれど我儘《わがまま》な私は、わかっていても、酷《ひど》い酷いと口に出さずにいられないのだ――だって彼はそうなることを知っていたのだから……！

「――変わらない、絶対」と呟《つぶや》いたルカスの声が蘇《よみがえ》る。

討伐の直前にようやく会うことが叶《かな》い、ルカスの言葉だけを信じて会いに来たと言った私に、彼は間違いなくそう呟いた。

変わらない、なんて、一体どれだけの想《おも》いで吐き出されたのか――！

薬指の金色を睨《にら》んで、思いきりルカスのシャツに叩《たた》きつける。

「――本当に酷いわ……ッ！　わた、私をっ、手放さないために……っ全部、全部っわかってて！　指輪を……ッ」

恐ろしい程の執着を指輪に見つけてしまって、心が張り裂けそうになる。

こんなにも私を縛りつけて、生涯手放す気などないと、私を忘れてようが手放す気などないと強欲な金色が告げてきて、怒りと恋慕で身体が熱を持ち戦慄いて、喉がぎゅうっと窄まる。

苦しくて息ができなくて、シャツを握り締めて手に、指輪に涙を零すと雫《しずく》が指輪の縁を流れ、その揺らめくような輝きがあのヒトの瞳をいやでも思い出させて堪らず指輪を掴《つか》んだ。

けれどどれ程引き剥がそうとしても、動きもしない、抜けない指輪に涙が止まらない。

「ひどい、わ……ッ」

耳奥でガンガンとルカスの声がする。

愛してる、愛してるよツェツィーリア、と。だから俺を欲しがってと言っていた言葉が蘇る。

「……っ、ほん、と、に、狡《ずる》い、ヒト」

——愛してる。愛してるわ、私のあなた。

「——っ覚悟、しなさいっ、もう、一度、初めから、あなたと——っ」

何度だってルカスとだったらやり直してみせる、何度だって、あなたとなら恋に落ちるから……っ。

今度は私から、私が頑張るから……！

誓紋を刻む程私を想っているあなたが記憶を失っても構わないと思ったのは、私の愛が、私の誓いがきちんとあなたに届いていた証拠。

嵌めた指輪は繋《つな》いだ心の証《あかし》。

そして離れないための鎖であり、これからを紡ぐための道標《みちしるべ》。

指輪に祈るようにそっと口づけて、愛《いと》しい名を焦がれるように口の中で呟く。

あなたは帰ってきてくれた……生きて、戻ってきてくれたのだから。

頑張るわ、愛してるもの。

「——あ、ぁあ——……」

他でもないあなたが変わらないと言ったのだから、私はその言葉を信じる。

今度は私があなたの前に立って、私を見てもらえるよう私から始めるから。

変わらない愛を、伝えに行くから……っ。

だから。

だから、もう少しだけ前のあなたを想って泣くことを許して。

もう少しだけ、今のあなたを詰ることを許して――。


抱き締めるシャツにどれ程の涙を零しただろうか。

濡れたシャツから顔を上げて、スンスン鼻をいわせてからハァ――……と息を吐く。

ルカスへ罵倒を並べ立てながら泣いたせいかしら、なんかスッキリしちゃったわ。

泣くって大事なのね……でもシャツがぐっしょりでルカスの匂いがしなくなっちゃったから別のシャツが欲しい……と馬鹿なことを考えていると――コンコン、と静かな室内にノックが響いた。

その音に急いで涙を拭き、そっと寝台に腰掛け直して扉を見つめながら首を傾げてしまった。

……今の、ドアをノックする音ではなかった気がする。

気のせいかと思いながらも一応扉へ声を掛けようとして、またもコンコンと響いた音にビクリと肩を揺らし音のした方を向いて――。

「――え」

大きな月を背負い、真っ黒いマントをコウモリの羽のように広げてバルコニーに佇む存在に目を見張った。

――私、寝てるのかしら……？　泣きすぎて寝落ちした、とか。わぁありそう……。

あまりに衝撃的な光景にそんなことを思ったけれど、頬を撫で髪を揺らす風に、あれ起きてるっぽい……と思い直して小首を傾げると、黒いフードの隙間から金色をとろりと揺らし、口元に微笑みを浮かべて人外が口を開いた――。

「こんばんは、窓から不躾《ぶしつけ》に申し訳ありません。今夜は月が綺麗《きれい》なので、よろしければこちらに来て一緒に見ませんか？」

「……」

「あぁ、ご挨拶がまだでした。すみません、気が逸ってしまって……ルカス・テオドリクス・ヘアプストと申します。お見知りおきを。美しい人、お名前を伺っても？」

にっこり。

綺麗な所作で騎士の礼をしながら、音がつきそうな程美麗な顔を緩ませる――明らかな不審人外美形に、呆然と立ち尽くすしかできないのは仕方ないと思うの……。

あれおかしいな……私やっぱり寝てるのかしら？　じゃないとおかしい――だってあのヒト、今、自分のことをルカスですって言った、よね……？

テオドリクスはベルンの英雄にのみつく名前で、今その名を名乗っていいのは英雄紋の継承をしていなくても真実英雄となったルカスだけだと父は言っていた。

だから、と首を捻って必死で考える。

ルカスにテオドリクスがついてヘアプストなのよね……？　じゃあやっぱりルカスさん……？

まぁあんな女神みたいに美麗な美形は私の知る限りルカス以外いないんだけれども……でもルカスさん、記憶ないって。私のことだけ一切覚えてないって……。

だからさっきまで私、ぷりぷりしながら泣いて……あれぇ？

脳内を盛大にハテナが埋め尽くす中、身に叩き込まれた教育のせいか私の口は挨拶されたら返す！と自然に動いてしまった。

「……ご丁寧にありがとうございます、ツェツィーリア・クラインです」

どうぞよろしくお願いいたします――って何してるの私、ちょっと落ち着こう私っ。

こんな時間に窓からコンコンとか不審すぎるじゃない、いくら美形でも許され――……許されそう、絵面が凄い……。

シャツにスラックスに黒いマントで明確にお忍びルックした猛烈な美形が、月をバックにバルコニーで微笑んで薔薇《ばら》持ちながら挨拶してきてますけど、これはなんのドッキリなのかしら……。

夢見る乙女だったら相手不審者なのに頬染めちゃうんじゃないかしら……あれ、私うっかり頬染めちゃってないわよね……？

やだわ、落ち着いて考えても全然全く皆目見当もつかないんですけど。

それでルカスですって、ルカスですって……やりそうだから本当にルカスっぽくて逆に納得できちゃうのがホント意味わからない……っ。

動揺から夜着の胸元を握り締め、目の前のルカスと名乗る彼を恐々と、マジマジと見つめると、彼が苦笑しながら室内とバルコニーの境目にそっと立ち、また口を開いた。

「驚かせて申し訳ありません。ここから先は結界も張ってあるようですし、今日は取って食いに来たわけではないので決して室内には入りませんから安心してください。用があってお伺いしました」

……今日はって言った。今日は取って食う気はないって。

その一言で安心要素がガクッと減りましたよ、じゃあ別日だとどうなっちゃうのでしょうか……としょうもないことを考えながら、こくりと緊張を嚥下《えんか》して問いかける。

「……どんなご用件でしょう？」

「これは今済ませましたがご挨拶と、それから謝罪と、……お願いをしに」

「……謝罪、と、お願い……？」

なんでそんな……まさか、まさか……っ、婚姻の、撤回をしに――ッ？

恐ろしい想像が瞬時に過ぎって顔から血の気が引いた。

ルカスかどうかもわからない、けれどルカスの顔をした人に言われるのが堪らなく恐ろしくて、無意識に両手で耳を覆ってイヤイヤと首を振る。

そしてここから逃げないとと後退《あとずさ》りすると――それを見た彼が慌てたように言葉を紡いだ。

「あの、助けるのが遅くなってしまい本当に申し訳ありませんでした……！　クソ駄犬……じゃなくてフェンリルなんかに押さえつけられて……俺があんなカスみたいな竜に手間取ったせいで戻るのが遅くなってしまって、恐ろしい思いをさせてしまって本当に申し訳なく思っています……」

項垂《うなだ》れながら、その人外美形は瞳孔を開き始めた。

ヒッ……もしかしてこれ、思い出し怒りしだしたんじゃないかしら……っ。

「あのフェンリル、簡単に塵《ちり》になんてしないでもっと苦しませて、生まれてきたことを後悔させて、せめてあなたに謝罪させてから殺《や》れば良かった……」って怖すぎるので結構です……！

見るも恐ろしい状態になってそうなフェンリルさんに謝られるとか、トラウマになりそう！　絵面はロマンチックなのにバルコニーの床がなんか黒ずんできてるし……っ、だ、駄目ダメやめてそんな圧の凄い怒気なんて出されたら人が集まってきちゃう……っ！

「だ、大丈夫です全然っ、本当に、謝罪されるようなことは、何も……っ」

そう必死で答えてしまった自分に、顔を歪めてしまった。

今すぐ家の者を呼ぶべきだと頭ではわかっているのに、ただ、ルカスと同じ顔というだけで、私の口は勝手に引き止める言葉を紡いでしまったから。

けれど、だって……っ怖い、のが、私のあのヒトなのではないかと。

それこそが何よりの証拠に思えてしまう……っ。

期待しては駄目だと自分に必死に言い聞かせながら、口を開く彼をひたすら凝視する。

「ですが、その……今も泣いていたでしょう？　傷だってつけられていたし、勿論すぐに誰にも見えないようにマントで包んで全力で治癒したのですが、その……流石に人目のあるところで傷が消えたかの確認はできないですし……」

「……～み、見て……ッ」

いつからいたの……!?　あの大号泣を見られてたなんて、なんてことかしら恥ずかしすぎる……！

しかも凄い罵声浴びせかけちゃってたわよ私、名前出してないわよね大丈夫よね……!?

血の気が引いていた顔が瞬時に赤くなるのを自覚して、動揺で小さく足を引いてしまった私に彼は焦ったように口を開いた。

その言葉の内容に、あれ……会話噛み合ってないなってなんだか冷静になったわ。

「みっ、見てませんっ！　いや見たっちゃ見たんですけどドレス裂けててそれでっ、て、あ、いや、違うっ見てな、そのっ……～ッき、傷が気になっただけで……！」

「……き、ず？」

きず。傷？　真っ赤になりながら言うことが傷……ということは、多分私の罵倒は彼にバレてないっぽい……って違うちがう。

彼は、私がフェンリルに傷つけられたことを言っている？　それで治癒するときに胸元を見ちゃったって照れて——……待って、どうして……っどうして、傷を治したなんて、言えるの……っ？

私がフェンリルに傷をつけられたことはごく小数の親しい人間しか知らない。

本当に少しだったし、あの場にいた騎士達のほとんどが見えなかっただろうとアナさん達だって言っていた。フェンリルの怒気に倒れてるのがほとんどで、ケイトさんが割れた防御壁を修復してたこともあって外からは見えにくい状態になっていたって。

そして王城の治癒師も私の傷は知らない。ルカスに、既に傷を治されていたから。

——なのに、彼は今、助け出したときに傷を見たと、治したと言った。

ならば、彼は……目の前の彼は——！

苦しくなる胸を押さえて泣かないように必死で耐え、じっとルカスを見つめる。

「あ、あの、悪気があったわけでは、本当に傷がどの程度の深さなのかの確認を……ッて、ああ違う、……お願い、を先にするべきでした」

しっかりしろ俺……と呟くと、ルカスは長い深呼吸をしてから私を射竦《いすく》めるように強い視線を向けてきた。

「ツェツィーリア」

「――ッ」

その声に、名を呼ばれるのがこんなにも嬉しいことだと思わなくて。

ヒュッと息を吸い込んで鼻奥の熱を耐えると、彼は「あぁ」と何かに気づいて――

「ツェツィーリア、と……ツェツィと呼んでも？　俺のことは、ルキ、と」

そう紡いだから、結局堪えきれず涙が頬を伝った。

初めからまた始めよう、と思ったのはついさっきで。

今度は私が頑張る番だと、私から会いに行こうと思ったのもついさっきなのに、と苦しくなる。

彼に記憶がないのは間違いない。

そうでなければ挨拶になど来るはずがないし、こんな、他人行儀な話し方をするはずがない……。

親しくなる程彼は心の内側を見せてくれるように言葉を崩してくれたから。

だから、今目の前に立って丁寧な言葉しか使わない彼は間違いなく私を覚えていない――そんなことを思って胸がズキリと痛んだけれど、でも、と思い直す。

記憶を失くしてなお、彼は彼のままだった。

本当に変わらない、優しい彼のままだった。

だってもう一度やり直すためのスタートラインに私を立たせてくれた。

……恐らくは、帰還後すぐに婚約者だと、事実上の結婚をしていることを聞いたのだろう。

それなのに私を覚えていなくて、だから多分、わざわざ会いに来てくれた――。

彼のお願いを聞くのは凄く怖い。

記憶がないのに、既に結婚しているなんて……きっとルカスにとっては衝撃的だっただろう。

けれど挨拶に来てくれたということは、少しは私のことを気にかけてくれているのでしょう？

だから……だから、もし彼が、記憶がないことを理由に婚姻を取り消したいと言っても、私は決して諦めない。

あなたが私のことを忘れていても、……あなたがもし私以外の人を見つめても、あなたが繋いでくれた指輪《くさり》を手放して今更あなたを愛することを諦めるなんて絶対に無理だから。

愛を捨てても、想い続けても、どちらを選んでも苦しいのなら、私はあなたの傍《そば》で苦しむことを選ぶ――。

「――はい、是非呼んでくださいませ、……ルキ様」

覚悟を決めると共に急いで涙を拭き、精一杯の笑顔を浮かべて答えると、ルカスが何故か固まった。

小さな声で「……すみません、少し、待ってもらっても？」と言いながら顔を俯《うつむ》かせて口元を覆ったから、私も小さく返事を返し、緊張で身体を固まらせながら大人しく待つ。

深呼吸をしているのか少し動く肩を見つめていると、ルカスが意を決したように私を見据えて口を開いた――。

「……俺は、あなたの記憶がありません」

「……ッ」

そのルカスの言葉に、わかっていても身体が凍りついた。

ジクジク胸が痛んでわけもなく叫びだしそうになるのを必死で堪える。

「まるで抜け落ちたみたいに一切ないんです。整合性が取れない記憶があって、おかしいと自分でも思った。……左耳の耳環は明らかな連理を刻んでいるのに、その記憶すらないなんて」

あり得ない――と少し表情を落とす彼を見つめて、ふと、その仄暗い瞳に浮かぶ焔《ほのお》に釘付けになった。

「……あなたの指輪と、俺の耳環は間違いなく比翼連理だ。名は変わっていなくても、事実上の婚姻を結んでいると聞いて、自分でも調べて……あなたの隣に立つどころか、前に立つ資格さえも……っ、失ってしまったと思い至って、目の前が真っ暗になりました……。けれど、どれだけあなたについて調べても記憶が戻らない。戻し方も見つからない。解決策が何一つ見つからない……ッ。このままではあなたの記憶の一切がない俺は、他の人間にあなたを奪われても何も言えないのだと、思って――それなら、そんなことになるくらいなら……っどれ程あなたを傷つけることになろうとも何度でも、赦《ゆる》してもらえるまで何度でもあなたに謝って、もう一度初めからやり直すチャンスを、と」

そう思って、今日、来ました――そう零す苦しそうな表情の中、その金の瞳に見覚えのある変わらない感情が揺蕩《たゆた》っていて、信じられない思いで目を見開く。

まさか、まさか――と心が震えて視界が歪んでしまって、もう一度ちゃんと見たくて、吸い寄せられるように足が前に出た。

「……絶対に傷つける、悲しませるだけなのに、会いに行っていいのかと、記憶がないままの謝罪なんて不誠実すぎないかとも考えました。考えて……でもやっぱり絶対に奪われたくなくて――それ以上にあなたが恋しくて会いたくて、本当にもう堪らなかった……っ」

ごめん、傷つけて、本当に、申し訳ありません……っと掠れた悲痛な声で何度も謝罪をするルカスの言葉に、膨れ上がる大きすぎる感情でバルコニーと室内の境目で足が止まってしまう。

立ち止まり顔を歪ませた私を見て、彼も懇願するように顔を歪ませた。

「もう一度、生涯唯一人あなただけを愛すると、あなたに誓います。何度でも誓う、だから……っ」

そして境目を切り裂くような声を出して……懺悔《ざんげ》するように跪《ひざまず》いた。

「――ツェツィーリア、あなたを見たあの助けた瞬間、あなたに恋に落ちたと言ったら、信じて、くれますか？」

信じて、ほしい――そう言って花を、その震える手を差し出された瞬間、私は声にならない返事をしながら境目を踏み越え、広げられた腕に飛び込んだ――。

グスグス泣いて、スンスン鼻を鳴らして。

雨を降らすように幾度も謝罪と愛の言葉を紡ぎながら頭のてっぺんにキスを落とし、スリスリと頬ずりしてくるルカスに何度も喉が震えてしまって、その度に嗚咽を堪えきれず零し随分な時間その身体に縋りついた。

温かな体温と大好きな匂いと、そして愛の籠もった深く低い声に間違いなくルカスがここにいること実感して、そうだお帰りなさいって言わなきゃ、とようやく思い至って顔を上げ、ほんの少し潤んだ金色と甘やかに緩む顔を見て――そこで初めて、あれ、おかしいな、と気づいた。

「……ルキ様？」

「はい、なんですか、ツェツィ」

わぁ笑顔が綺麗……すぎる。

いつも通りの美形っぷりだし、まだ少し申し訳なさそうな表情をしているけれど、金の瞳にも蕩《とろ》けるくらい愛情が浮かんでるから、ぱっと見た感じおかしいところはないのだけれど――なんか、誤魔化そうとしてない……？　だっておかしいからね、と目が据わりそうになりながら口を開いた。

「どうして、抱き締めてくれないのですか？」

広げられた腕に飛び込んだはずなのに、彼の腕は何故か前世見た痴漢と勘違いされるのを避けるサラリーマンのように上げられていた……。

え、腕広げといてナニそれって思うじゃない。

あの謝罪と愛の言葉は一体って思うじゃないっ。

そんなことってあります!?　と腹を立てちゃった私は絶対に悪くないと思うのです……！

「ルキ様、腕を下ろしてください」

「――……ッ」

何息を呑《の》んでるのよ私が痴女みたいじゃない！　って違うちがう、落ち着いて私……。

どうしてかはわからないけど、抱き締めたくない何かしらの理由があるはず……わぁ凄い凹《へこ》む……。

自分で推測しておきながらズキンと痛んだ胸に、うっかり顔が歪んでしまった。

するとルカスが焦って声を荒らげた。

「～ち、違うその……力の！　制御ができてなくて、抱き締められないんです……！」

その切羽詰まった言葉の予想外の内容に、「――へ？」と間抜けな返事をしながら燃えるような熱の籠もる金色を見つめる。

するとルカスは恥ずかしそうに一度視線を逸《そ》らして、「みっともないのは今更か……」と溜息《ためいき》をつきながらバルコニーの手摺《てすり》をおもむろにちょいっと掴んで――ビシリとヒビを入れました。

え、それ石ですけども……ッ。

「……前よりも格段に力が上がってるんです。ずっと制御の練習をしていてもう日常生活では問題ないんですが、今日はあなたに会えて、しかも受け入れてもらえて本当に嬉しくて……俺も興奮しているからうまく制御できる自信がない」

だから今日は許してください、と耳を赤くした人外美形に言われて、頬を染めながらジト目をしてしまったわ、このヒト本当狡い……！

こんな、こんなに愛しい気持ちを溢《あふ》れさせておいて！　抱き締められない理由で私の乙女心キュンキュンさせてきて……！

本当に初めからやり直してくださるんですねっ、でも私には二度目っていう経験値があるのよ……翻弄されっぱなしじゃないんだから！　と嬉しさでおかしな方向に向かった感情のまま、ルカスに抱きつく腕に力を込めた。するとルカスさんがガチコンと固まりましたっ。

「～つぇ、つぃーりあっ、あの、あんまりその、チョット、ですね、離れて、もらえると」

「イヤです」

「イヤって可愛すぎるから……！　どうし、ちょっ、ヤバいので、ホントお願い、シマス――ッ」

……片言が可愛い。

そして手摺付近からギシギシミシミシバキバキ凄い音が聞こえるわ。

おかしいわね、岩だか石だかでできてるはずなのに……でも今は聞ーこえないいっと思いながら、目元を朱色に染めて歯をギリギリ言わせているルカスを見上げてそっと頬に触れる。

「ルキ様」

「はい……ッ」

「愛してます」

「ッぁぁお頼む喜ばせないでホント勘弁してください……ッ俺もっ！　好きです本当に愛してます！　だからあなたに触れたいしこれ以上ないくらい抱き締めたいんですっ、けど！　傷つけたくないのでホント頼む少し……っ少しでいいから離れて……！」

羞恥に塗れた悲痛な声を上げる旦那様に小さく笑いが零れてしまったわっ。

「じゃあこれで終わりにしますから……屈《かが》んでください」

「――ッ、いや、それは、それも」

「お願いです、……お帰りなさいのキスがしたいの」

ルカスの耳環に触れながらそっと囁《ささや》くと彼は唇を震わせて、……手摺をとうとう割った。

バキンッという音と共に高密度の防御壁が何故か彼の両手を拘束するように施され、しかもその防御壁の中の手摺が何かしらの魔法で修復されるのをびっくりして見ていると、「そうか、結婚してるんだ……制御さえできれば遠慮も我慢も必要ないってことか……」と何やら不穏な呟きが聞こえて、慌てて彼に視線を戻した。

「わかりました、……怖いと思ったら、危険を感じたら構わずに逃げてくださいね」

「え？」

危険、とは……？　お帰りなさいのキスをするのにそんな忠告受けるとか意味がわからないのだけれど、どうして見たこともない程の、超高密度の三重防御壁をご自身に施してらっしゃるの……？

目を白黒させている私をしり目に、ルカスは深呼吸をして何故かキリッとした。

「ふ――……、…………よし。はい、どうぞ……シて？　ツェツィーリア」

「え、えと、はい……」

よしって。

何これ、お帰りなさいのキスするだけなのに、当の旦那様が無駄に格好いい顔で高ランク魔獣を相手にするように自分を拘束してる謎な状況……ホント謎に格好いい……。

そう胸中でツッコみながらも、心に溢れる思いのままそっと片手を左耳の耳環に触れさせて、ルカスの頬にゆっくりキスを落とす。

「……お帰りなさいませ、ルキ様。お戻りを、心より、お待ちしておりました――」

触れた唇が震えてしまい恥ずかしくて離れようとすると、夜明け色の睫毛《まつげ》が持ち上がり間近から焔《ほむら》を灯《とも》した金色が私を見つめてきた。

その見慣れた色を浮かべる瞳に、そしてそっと返された頬への口づけと共に告げられた「ただいま、ツェツィ……本当に、すまない……っ」という苦しそうな言葉に、衝動的に彼のシャツを引き寄せるように握ってしまった。

見つめ合って、赦しを乞い続けるその金色に引こうとしていた身体も動かなくなり。

私は堪らなくなってもう一度その頬へ唇を落とした――。

ただ静かにされるがままのルカスに恥ずかしさと少しの不安を覚えながら、口づける度にそっと位置をずらして口元へ向かう。

そうして口端へ口づけた瞬間、ルカスが熱を吐くように吐息を零したから、耳の奥に心臓が来たみたいにドクドクうるさくなり手が震えてしまった。

躊躇っていると促されるように、焦がれるように小さく「ツェツィ、……ツェツィーリア」と呼ばれたから、唇を一度濡らすように噛み締めて……そっと、ルカスの唇に押しつけた。

触れるだけの口づけを、何度も何度もする。

ルカスだと、間違いなく生きてここにいるのだと確認するように幾度も唇の上で名を呼ぶと、その度に彼が返事をしてくれて、そして名を呼び返してくれるから心が膨れ上がり喉奥が熱くなる。

「ふ……ん、るき、ルキ様……っルキ、さま……！」

「うん、ツェツィ……ツェツィーリア……」

耳に響く声はたった数日前に聞いた声で。その声に籠もる熱も変わらないままで。

「変わらない、絶対」と呟いてくれたどこまでも強く優しいヒトを脳裏に描いてそっと目を開ける。

月光を映す宵闇色の髪も、女神のように秀麗な顔も、ひたすら美しい金色の瞳も……そこに宿る重すぎる程の執着と愛も。

変わらない、全てが私が愛するヒトのままそこにあったから、本当に堪らず、唇の上で気持ちを零してしまった。

「――ルキ様、の、ばか……ッ」

「……うん、ごめん、でも絶対に手放さないから」

吐き出してしまった私の理不尽な言葉に、彼は強い意思が籠もった声で返事をしてくれた。

そして流れる涙を唇で拭われ、スリッと鼻先を擦り合わされて。

細められた瞳に促されて、深い口づけを受け入れた――。

「んッ、……っ、ンんぅ……ッ」

「ツエツィ……」

徐々に激しくなる口づけに、自分から漏れる声もどんどん色を含むのがわかって身体が熱を帯びる。

けれど離れるという考えが一切浮かばなくて、ひたすらルカスの首に腕を回して縋りつき唇を受け入れ続けていると、恥骨付近がだんだん痛んできて足に震えが走った。

「ん、る、るきさ、んッ、ンゥうッ……！　ン、あっ……」

「——ッ、……大丈夫？」

舌を絡めながらじゅうっと吸われた瞬間、気持ちよさに下腹部で小さく熱が弾《はじ》けて身体が跳ね足から力が抜けた私を、咄嗟《とっさ》に防御壁を力任せに割ったルカスが支えてくれた。

小さく謝り震える足でなんとか身体を支えて、窺《うかが》ってくる視線から一度逃げるように目を伏せた。

汗で夜着が肌に張りついた気がして、籠もる熱を出そうと浅い息を小刻みに吐く。すると腰を支えてくれていた腕が力を弱めて離れる素振りをしたから、夢中になってしまったはしたなさに気づいて慌てて何も言葉を発さないルカスを見上げた。

ルカスは、手摺に身体をもたせかけて空を見上げながら深呼吸をしていた。

そしてポツリと「……あ、侯爵に邪魔されるって考えたら制御できそう」と意味不明なことを言ってから、もう一度私の腰にそっと腕を回して私を見て、ほんの少し拗《す》ねたような表情を浮かべたからびっくりしてしまった。

「今日はもうこれ以上誘わないでくださいね。……ホント、可愛すぎてまいる」

クッソ前の俺にもなんか腹立った、と何やらぶつぶつ言いながら、ハ——と疲れたように盛大に息を吐いてきたから、恥ずかしすぎてちょっとムッとしてしまったわっ。

確かにお帰りなさいのキスのはずだったのにうっかり唇にしちゃいましたけどっ、何度もしちゃいましたけど……っと言い訳にもなっていないような言い訳を返す。

「さ、誘ってなんていませんっ、私はただ、ただ、その、キス、を……ッ」

「ツェツィはそうなのかもしれないけれど、俺はあなたにキスを乞われたら誘われたと思ってしまうんですよ」

かぶせ気味に返された言葉に、それ前も同じようなこと言われた覚えありますね……つまり私は誘ってはいない、よね？　と同意を求めて首を傾げてしまったわ。

するとルカスは「……無自覚か……これ前の俺も苦労したっぽいな……」とまたもぶつぶつ言いつつ、そっと、本当にそっと回した腕に力を込めてきて。

金の瞳に浮かぶ熱を揺らして私の手をそっと持ち上げ、指輪に口づけながら小さく吐き出した。

「……絶対に手放さない、って思ったんだろうな」

その言葉に目を見開いてしまった私に彼は甘やかに苦笑すると、熱っぽく口を開いた。

「……助け出す直前、あなたはフェンリル相手に食ってかかっていた。その若草色の瞳をキラキラと潤ませ、薄紅色の唇は強い意思を吐き出していて目が、心が囚《とら》われました。そして失ってしまう、と恐怖に駆られた。あなたをこの手に――そう腕を伸ばした俺へ、あなたも手を伸ばしながらその唇で名を呼んだ。……どう考えても、どう聞いても愛しい男を呼ぶ声で、……ルキ、と」

呟かれた言葉に、首筋から背中が熱くなり瞳が潤んでしまった。

そんな私を見て、ルカスは今度は声に出して苦笑して言葉を継いだ。

「抱き抱えて、世界が信じられないくらい色づいて……絶望しました。ひと目で恋に落ちた相手が指輪を嵌めている。俺のモノだと心が叫ぶのに、結婚しているなんて……しかも相手は自分と同じ名前だ、あなたのその唇に、さっきのように何度名を呼ばれたのかと……殺してやろうと思った」

そしたらツェツィは俺のモノになる、と目を眇《すが》められて私の様子を窺われているのがわかるのに、感情が顔に出てしまうのが抑えられなかった。

すると彼は私の歓喜と恋慕で真っ赤に染まった顔を見て、うっとりと微笑んだ。

「本気でしたよ？　バレないように消す手段なんていくらでもある。まして俺は英雄となった。望めばあなたを手に入れるのなんてわけない。……だから、死ぬ程我慢した。周囲の様子からあなたは高位の貴族令嬢だということはすぐにわかったし、何より何故かアナ達がついてる。騎士もいて、下手を打ってあなたの名誉に傷がつくのは避けたかったから、断腸の思いで近衛騎士に預けもした——手に入れたければ、少しのミスも赦されない、と思ったから」

言葉が零されるほど、ルカスの瞳がドロドロと濃い色に変わっていく。

そして私の心臓がどんどんうるさくなっていく。

「ルキ、様」

「逃さない、俺のモノだ、絶対に手放してなるものか——そう、思ったんですよ、ツェツィーリア」

まるで身体ごと心を射貫くように見下ろされ、愛を乞うように名を呼ばれ、浅く息を吐いて身体を震わせる私にルカスはもう一度指輪に口づけながら「だから信じてくださいね」と続けた。

「——ツェツィーリア・クライン嬢、ルカス・テオドリクス・ヘアプストはあなたを真実愛しています。これからもずっと、生涯、あなただけを愛し続けると誓います」

「──あっ……」

その言葉に、混ざり合った愛と執着でいっそ歪んでいると言えるほど強い視線にまたも足から力が抜けてしまい咄嗟にルカスに縋りつくと、彼はそれはそれは甘やかに瞳を緩ませて吐息のように笑った。

その笑顔をもう一度見られたことが、喜びの籠もった笑い声を聞くことができたのが本当に嬉しくて、嬉しい、けど、なんだかちょっぴり悔しくて。

熟れた顔で睨んだって意味がないとわかっていても、ついつい変わらない彼に文句を言いたくなってしまった。

「ず、狡い……！　私がっ今度は私からって思って……っ」

「そうなんですか？　じゃあ明日も来るので、そのときにまた誘ってください」

「さそ……！」

誘う話じゃなーい!!

本当あなたお変わりないようでっ！　根性悪なところもご健在のようで安心しましたよ、本当に！

悔し紛れと照れ隠しで睨みつけながら、止めることのできない感情で頬が濡れてしまう。

「……あぁもう本当、泣き顔も可愛い。好きです、ツェツィーリア」

「ツ……ルキ様の馬鹿！　バカ、大好きぃ……っ」

「ふふ、うん……俺が悪いです。本当──ありがとう」

気持ちを受け止めてくれたばかりか、万感の想いが込められた感謝の言葉を返されて、私はもう一度泣き崩れた──。

ひとしきり泣いたところで「もう一人で立てますか？」とほんの少しからかいを含んだ声で問いか

けられ、変わらない、少し意地悪なところにまで胸が高鳴ってしまい慌ててしまう。

意地悪はやり直さなくてもいいし立てますけど何か!?　と睨んで伝えると、「そんな顔も可愛い……もう一度立てなくしたいな」とド甘く返され、すごすごと睨みを引き下げました……。

手も足も出ないわ……ルカス不足が祟《たた》ってて彼の全部にキュンキュンするので、もう今日は仕方ないということで……と自分の意志薄弱に言い訳をしていると、身体から腕が離れた。

「じゃあ俺の我慢も限界ですので少し離れてください……あ〜身体アツ……」

何故か手摺に両腕をまた固定して、月を見上げながら言うルカスから渋々離れる――離れ……あれ、おかしい。

「……ツェツィ、本当お願いします、可愛すぎて連れ去りたくなるから、離れて……」

「だ、だって」

手が離れないんだもの……！　恥ずかしくて穴があったら入りたい……けどっ、心が正直すぎてルカスの服を掴む手から力が抜けないぃ！

「ナニこれ前の俺すげぇな……どんな忍耐を強いられてたんだ……」

「し、失礼です！　ルキ様そんなに我慢してなかったもの！」

どちらかと言えばやりたい放題だったじゃない！　と食ってかかると、「へぇ……それはいいことを聞きました」と不穏な返事と共に、手摺からミシミシバキバキ音が聞こえて息を呑む……っ。

手を離して今すぐ離れましょう！　と叫ぶ生存本能に従った瞬間――今日初めて、隙間なくギュウッと抱き締められた。

その力強いけれど優しい腕に、ほんの少し速い鼓動に、間近に浮かぶ愛というには狂気じみた光を孕《はら》んだ金色に目の前がチカチカと瞬く。

そして小さく「愛してる」と囁かれながら口づけを落とされて……あまりの幸福感にへたりと座り込んでしまった。

ルカスは、顔と言わず身体と言わず真っ赤になって座り込む私を蕩けた瞳で見つめると、マントをはためかせて音もなく手摺に立ち、優しく微笑んだ。

「おやすみなさいツェツィ、また明日――あ、そうだ、近くにあなたをとても心配している者達がいるから呼んであげてください」

目が腫れないようにとか色々準備してるから頼ってあげて、と消える瞬間教えてくれて、バルコニーに花を置いて綺麗な月夜に消え去った――。


――全部夢だったとか、そんなことないわよね……？

そんな風に思ってしまったのは、あまりにも自分の顔がすっきりしていたから。

大号泣につぐ大号泣だったから、絶対に目元ばかりか顔全体が浮腫《むく》んでいてもおかしくないのに、鏡台前で侍女に整えられている自分を見てもどこにも、一切泣いた跡がない。

しかも夢さえも見ずにぐっすりと、それはもうぐっすりと眠れてしまって身体が軽いのなんので。

一晩で自分の状態が改善されているせいで、現実逃避以前に懐疑的になってしまったわ……。

あのあとルカスに言われた通りに三人を呼んでみたら私を取り囲むように静かに現れてくれて、そして全員が全員涙目で、いつもは侍女然と微笑んでいる顔を苦しそうに歪めていた。

どれ程心配をかけたのか、どう言って感謝の気持ちを伝えたらいいのか――少し考えて、思うまま伝えることにした。

「守ってくれて本当にありがとう。頑張りきれなくて……先に駄目になってしまってごめんなさい。でも、これからも沢山面倒をかけてしまうと思うけれど……また頑張るから、もう一度一緒に、頑張ってくれる、かしら……？」

頼りなくて申し訳ないけれど、できうる精一杯で主《あるじ》として立ち続けるから、と伝えると、三人は手に何やら色々なものを出して私の泣き濡れた顔の処理を泣きながらしてくれた――。

ちなみにエルサさんから「ねご、だいじょうぶ、ですがぁ……？」と訊《き》かれたので、もふもふは大変好きです、と伝えさせていただいたわ。

しかも記憶に違いがなければかなり大きいにゃんこ様になってましたよねっ、是非っ、是非ともお腹《なか》の上でもふもふを……！　と言おうとしたら。

「……すみません、仰《おっしゃ》りたいことはわかるんですが、ルカス様に殺《け》されてしまうのでできません……っ」

「フェンリル箱ならぬシャパリュ箱があっという間に出来上がっちゃいますので……」

「申し訳ありませんがそれは勘弁してやってくださいまし……」

青を通り越した真っ白な顔でガタガタ震えながら言われて、この三人がこうなる程の何かとてつもなく恐ろしいことがあの場であったらしい……嫌だ凄く怖い絶対に絶対に聞かないでおこう……っと無言で頷いたわ。

――身体が軽いのはルカスと会えたお蔭だとしても、公爵家の侍女の技術凄いわぁ……門外不出の技でも使ってるのかしら。

　昨夜を思い出しながら紅茶を飲んでいると、両親から声を掛けられた。

「……ツェツィーリア、今日は顔色がいいようだが起き上がって大丈夫なのか」

「そうね、食事もできたようだけれど、無理をしては駄目よ？」

　心配する言葉に胸が温かくなり、少し照れくさく感じながら微笑んで応える。

「お父様お母様、ご心配をおかけして申し訳ありませんでした。この通り、大丈夫になりましたわ」

「……そうか」

「あなた、朴念仁もいい加減にしてくださいな……」

　はぁ……と朝から艶やかな溜息をつくお母様にお父様が厳《いか》めしい顔を微かに緩め、「今のどこに駄目なところがあったんだ」と小さく尋ねた。

　するとお母様は「そういうところですわ」とふんわり微笑みながらお父様の口元に指をやったから、うちの両親仲良いなってほっこりしてしまったわ。

　そして、そういえばお父様は厳しい顔の侯爵家当主としてのイメージが強すぎて忘れていたけれど、当時モテモテだったお母様を、求婚の順番が回ってきたそのたった一回で落とした武勇伝の持ち主だということを思い出して、危うく紅茶で咽《むせ》そうになったわっ。

「あなた以外に生涯を共にしたい女性はいない。駄目なら独身を貫く」って言ったらしいのよね……ロマンチッククッ。しかも凛々《りり》しくてお仕事ができて、お母様以外には見向きもしないなんて確かに素敵――そこまで考えて脳裏にルカスがパッと現れた。

　む、娘って父親に似たタイプを好きになるって聞くけれど、まさにドンピシャなんじゃないでしょうか……っ。

　口元がモニョモニョしそうになり慌ててカップを口に運んだ。そしてもう一度チラと見て、ほんの少しだけ両親に、そんなイチャイチャして狡い……と感じてしまったのは仕方ないと思うの……。だって本当に昨夜のことが夢みたいだったから。

　記憶がないはずのルカスが来てくれて、好きだと、愛してると、もう一度初めからやり直したいと言ってくれたことが奇跡のようで……ルカスを恋しく思いすぎて幻想を生み出したんじゃないかって。

　都合のいい夢を見ていたんじゃないかと、どうしても不安になってしまう。

　ざわめいた感情に目を伏せて小さく息を吐くと、お父様に見咎《みとが》められてしまった。

「ツェツィーリア、まだ本調子でないのだろう？　当分の間は社交も控えるように調整している。お前は何もせずにまずはゆっくり療養するんだ」

「そうよツェツィーリア、あなたは少し頑張りすぎよ。ちゃんとお父様は婚約式の日程を決定されているから、そのうちにいやでも忙しくなるわ。だから今はゆっくりして、ね？」

「……でも、あの」

　婚約式の日程が決まった、と聞いて、ついルカスと会えるのはいつなのかと尋ねたくなってしまった私に、父は何故か嫌そうな表情で今後の予定を話してくれた。

「ルカス殿下なら執務に励んでおられる。腹立たしいくらい仕事が捗《はかど》っていてこちらが困る程にな。多少規模は小さいが凱旋《がいせん》を祝う夜会も開催予定だからな、あの方も色々と動かれていてとてもお忙しいんだ、とてもなっ。……その前には一度ルカス殿下とお会いする機会を設ける予定だから、それまではゆっくりしていなさい」

そう言われてしまい、「はい」と小さく返して紅茶を見つめる。

お母様が「あなた、まさかその面会の時間設定を凄く短くしたりしていませんよね？」と目を眇めてお父様に言っているのも気になったけれど、それよりもとてものところが強調されていてそっちが気になってしまった。

だって、とても忙しいって二回も言うってことは、本当に、物凄く忙しいんじゃない……？

私の社交がなくなったということは、ルカスにその分の負担がいってるということだ。

古代竜の討伐から帰ってきてすぐに第二王子としての仕事も再開してるなんてハードワークすぎる上に、さらにそこに寝込んだ婚約者のフォローまで……っ！　なのに、そんな忙しい中会いに来てくれたなんて——嬉しいけど凄い凹むぅ……っ。

己のあまりの失態に肩を落とすと、何故かお父様がボソリと「あの小僧、本当に存在自体が憎たらしいな……」と何やらドス黒い雰囲気を醸しながら呟いて、お母様に肘で小突かれていたわ。

ラブラブでいいなぁ……。

そんな感じでとにかくゆっくりしろと両親に諭されてしまい、少し消沈しながら部屋に戻ると、部屋の前で古参の侍女に声を掛けられ色とりどりの小花の花束を渡された。

「お嬢様、こちらをどうぞ。お懐かしいでしょう？」

「これ——もしかしてずっと昔から届いていた花束？」

「はい、やはり記名はないのですけれど、お嬢様が侯爵家に戻られてすぐにまた届き始めました」

——フェリクス様と婚約して少し経ってから、家に無記名の小さな花束が届くようになった。

貴族令嬢に贈るには小ぶりで地味なその花束は、不思議なことに私の好きな花ばかりで。

結局その花束はルカスと婚約を結ぶと同時に送られてくることはなくなったのだけれど、それまで毎日それを見て心を慰められていたことを思い出し、びっくりして花束をマジマジと見つめて——侍女の声が遠くなった。

束ねるリボンに目が釘付けになり、そっと結ばれた端を持ち上げる。

それは、初めてルカスから貰《もら》った薔薇についていたリボンと同じだった。

紺地に金糸で精緻な刺繍《ししゅう》が施されたリボンが、何故この花束についているのか——〝ルキ〟様と会った時期とルカスと婚約を結んだ時期が一本の線で結ばれ、震えてしまった唇を咄嗟に手で隠す。

「あら、今日はリボンが珍しいお色ですね」

「——っそうね、あの、ごめんなさい、少し部屋で休むわ」

侍女の言葉でハッと意識が戻り、微笑みながら許されるギリギリの速度で扉を閉めた。

そのまま背中を扉にもたせかけ、ギュッと目を閉じる。

「……ッホントにっ、あのヒト、狡い……！」

好きだ好きだと叫ぶ心を誤魔化すように悪態をついたけれど、誤魔化しようもない程に心のど真ん中で早く夜にならないかと考えてしまって、結局熱っぽい息を花束に吐き出すことになる。

落ち着け～落ち着け～と心の中で唱えていると黄色の小さな花を見つけたから、八つ当たりするようにその花をツンツンとつついて、揺れる黄色の花弁に眉尻が下がってしまった。

——あの初めての出会い、あのときも前を見据える瞳に苦しくて下を向いていた私は掬《すく》い上げられた。……ずっと変わらず好きでいてくれるあなたに、何が返せるだろう——。

「やり直すチャンスを」と苦しそうに吐き出したルカスの言葉を思い出す。

やり直せるのは、彼が文字通り命懸けの選択をしてくれたから――だから今が在る。

強い心で引き寄せてくれた未来に、今度こそ私が感謝と愛を返す番。

「……愛してるわ、私の旦那様」

よし！　と心の中で決めて、ルカスの瞳に似ている花に誓うようにそっとキスをする。

そして自分でしておきながら羞恥で真っ赤になってしまった顔をパタパタと手で扇《あお》ぎつつ、私だって気持ちじゃ負けないんだから！　と謎の闘志を燃やしてしまった。

そうして一日を終えて――いや、これもう絶対おかしいな、と思ったのは、就寝前の準備をしている最中だった。

家にはなかった気がする、テロンとしたラベンダー色の地に胸元が淡いクリーム色のレースで装飾された夜着、と言うには上品すぎるものを着せられ、公爵家でお世話になった際に匂いがとても気に入った香油を髪に塗られ、ちゃっちゃかと絶妙な後れ毛を出しながら可愛らしく編まれて。

そのあまりの手際の良さもさることながら、くるくる周囲を回って「……ビューティフォー」と呟かれ……いや、ちょっと、ねぇ……っと髪を整えている侍女をチラリと見てしまった。

すると鏡越しに微笑まれ――「今宵も月がとても綺麗ですわ。窓を開けておきますから、きっと素敵な夢が見られることと思います」と返されて、やっぱりぃぃいいい!!　と叫ばなかった自分を褒めてあげたいです……。

そうだと思ったのよっ、だって日中にバルコニーを鼻歌歌いながら凄く綺麗に掃除している子がいたし、カーテンも何故かレースが繊細な模様を描いているちょっと雰囲気のあるものにつけ替えてるし、極めつきはバルコニーの入口付近に、まるで使ってねと言わんばかりに防寒用の膝掛けとクッションが移動されていますからね！

ありがとう凄く気が利きますね！　でもどうやって侯爵家の侍女として入り込んだの……わざわざ変身魔法まで使ってさぁ……！

護衛については了承していると言っていたけれど、流石にこれは父侯爵も知らないんじゃ……と戦々恐々としつつ、好きな人と会うのにせめてもの可愛い格好をしたいなと思っていた乙女心が満足感で満たされてしまって、いけないいと思いつつも他の侍女に聞き咎められないように小さく囁く。

「……いつもありがとう、どう、かしら……？」

変じゃない？　と小さく訊くと、「女神……！」「ぐう……！」「ガチョウ様ぁ！」と室内にいた侍女三人から元気よく返された。

……あ、一人じゃなかった……三人共いたわ……と、ちょっと遠い目をしたくなりました……。

満足げに堂々と部屋から出ていくプロフェッショナル侍女ズを諦観の眼差《まなざ》しで見送り、寝台に腰掛けてわけもなく胸元のレースを手直ししながら、顔横の髪をねじねじといじくる。

——駄目っ、やっぱり気合い入れすぎな気がして居た堪れないぃぃ……ッ。

私だって可愛い格好は好きだし、せっかくルカスに会えるのだから可愛いって思われたい、けどっ、夜着に気合い入れるとか、ちょっと流石に、さ、誘ってるって思われない……？

誘って……昨日誘ってくださいって言われてる——！

ぶわっと染まった頬を押さえて動揺から勢いよく立ち上がり、グルグル回る思考で必死に考える。

可愛いって思われたい、けれど誘っていると思われるのは恥ずかしすぎる……！

だってルカスは記憶がない……まっさら状態の彼の言葉を、いくら既に経験済みとはいえあっさり鵜呑《うの》みにした上に、私からカモーンしてるじゃない……！　いやだ貞淑さどこやったのよ!?

しかも今日は私もルカスにお願いしたいことがあるしっ、ちょっと自分からお願いするのどうかなって思う内容だし……！　でも貞淑を証明するためのお願いだから貞淑さあると思うのだけれど……誘ってると思われたら、それはもう貞淑さの欠片《かけら》もない感じに……!?　あれ貞淑って一体ナニ!?

わけわからなくなってきたからやっぱり着替えよう！　と呼び鈴へ向かおうとした瞬間――。

「――どこへ行くんですか？　俺の愛しい人」

搦《から》め捕《と》るような声が室内に届き、慌ててそちらへ顔を向けた。

開け放たれた窓から入る風を感じながら、暫《しば》し呆然としてしまう。

昨日と同じ、月を背負いながら長い足を組んで手摺に腰掛ける、まるで月から女神が降りてきたみたいに美しい顔をした男性が手に持った花を指先でくるくるさせながら、何故か、瞳を闇色に染めて獰猛《どうもう》に微笑んでいたから。

「――ルキ、さま」

あ、あれ？　なんか、ちょっと、瞳孔開いてません……？　え、でも今来たばかりですよね？

例のスイッチどこら辺に落ちてましたか？　と思いながら、ルカスの名を呼んだ声が自分でもわかるくらい熱を帯びていて瞬時に顔が赤くなる。

するとルカスが軽く目を見開いて、闇色をトロリと緩めて手を差し出してきた。

「こっちへ来てくれますか、ツェツィーリア」

結界があるからと手招きをする人外に操られるように、足をそっとバルコニーに出すとあっという間にその腕の中に囚われ背筋に小さく震えが走る。

顎に手をかけられ視線を合わせると、陰った顔に浮かぶ金色が私の身体を縛るようにゆっくりと細まり、眉尻を下げて囁いた。

「――やっぱり俺のことが怖くなって逃げようとしてるのかと思いましたよ、ツェツィ」

「そ、そんなことは絶対にありませっ――ん……っ」

勢いよく否定しすぎよ私ぃ……っほらルカスも笑ってるじゃないっ。そんな嬉しそうに笑われると心臓がギュウってして今すぐお願いが口から出そうになっちゃうからヤメてほしい……って落ち着きなさいツェツィーリアッ。

会えて嬉しいからってワッショイするの早いから！　負けないって思ってたじゃない！

ルカスに記憶がないってことは経験値で勝ってるのよ、頑張って私ー！

意味不明な負けん気を発揮して自分を鼓舞し、赤くなる頬を意識しないようにルカスに微笑みかけると、彼はおもむろに私の身体を引き寄せて密着してきた。

「良かった……早とちりして申し訳ありません。今日一日中、昨日のことを夢のように感じてしまって不安で……早くあなたに会って夢ではないと確認したかったんです」

確認、しても？　と唇の真上で色っぽく囁かれて、ぐぬぬ……と歯噛みしそうになったわ……！

ねぇ、記憶ないのよねっ？　昨日あんなにアタフタしてたじゃないっ。抱きつくだけで片言だったのにもうそんな百戦錬磨の人誑《ひとたら》しみたいな色気出してきてっ。……なのに、不安そうに見つめてきてギャップが凄いんですけれども……！

どうしていつも自分ばかりルカスに翻弄されるのか、色気以外にも諸々の何が足りないのか……どなたかにご教授賜りたいっと心の中で敗北感を噛み締めながらも、同じように不安に思っていてくれたのが、決して離しはしないと伝えるように抱え込んでくれる腕が泣きたくなる程嬉しくて。

昼間から叫び続けていた心が欲を吐き出した。

「確認……して？」

「――ツェツィ……っ」

出した言葉のはしたなさと、歓喜で堪らずというように囁かれた名に羞恥で睫毛を伏せた瞬間、息さえも奪うように口づけられて首筋に縋りつく。

「ンぅッ、……っ」

「ツェツィ、ツェツィ……」

確かめるように唇の上で呟かれたかと思うとぐっと舌を入れられる。そのまま口内を余すところなく舐《な》め回され舌を甘噛みされて、馴染《なじ》んだ激しさに目眩《めまい》がしてしまう。

「んッ、ンっ……ンぅッ！　ンぁ……っ」

飲み込めなくて口端を濡らした雫にルカスがチュウと吸いつく。

間近で興奮からか濃くなった瞳で見つめられ、その熱量に愛しい気持ちが膨らんで我慢できずに願いが零れた。

「――お願いがあるんです」

出した言葉が重なり、驚いてルカスと目を見開いて見つめ合ってしまった。

「……」

「……」

不思議と湧き上がった幸福感に身体が動き、彼の耳環に指先で触れるとルカスも私の指輪に触れてきて、そのまま指先にキスを落とし、そっと啄《ついば》むようにもう一度口づけてきて。

目元を染めながら本当に幸せそうに「叶えられることならなんでも」と微笑まれて、想いの籠もる視線に勇気づけられて口を開いた。

「……ルキ様に、せ、誓紋、を、刻んで、ほしいのです……っ」

「わかりました、誓紋を――……」

……あれ、応えてくれたと思ったけれど、無言になった……？　叶えられることだと思っていた、けど……やっぱりリスクがあるし、女性側《わたし》から頼むのはおかしいと、思われた……ッ？

変わらないと言って戻ってきてくれた彼を信じてる。信じているけれど、好きだから不安は絶対になくならないのもわかってる。

だから余計にルカスの反応が恐くて、つい誤魔化して今の言葉をなかったことにしようと口が開きそうになるのを必死で耐える。

けれどどれだけ待っても私を凝視したまま微動だにしないルカスに、やっぱり駄目なのかと喉奥が強張った瞬間、意味不明な呟きが聞こえてキョトリとルカスを見つめてしまったわ。

「……夢？　俺、もしかして寝てる？」

「……起きて、ます」

呆然と私を見つめてくるルカスに、そう言われると私も自信なくなってきた……でも多分起きてると思います、とコクリと頷くと、彼は動揺したのか丁寧な言葉を崩した。

「え、でも、まさか、え……あの、確認して、いい？」

「え、あの、はい……ひゃっ？」

二人して片言になっている謎の状況に若干ドギマギしながら返事をすると、ルカスはおもむろに私を抱き上げてキスをして、首筋にもキスをして、ぎゅうっと確認するように抱き締めて、……何故か真っ赤になって私を抱えたままへたり込んだわ。ど、どうしましたか……!?

「……夢で見るより圧倒的に柔らかくていい匂いがする、から、起きてるなコレ……マジか」

ポツリと、私の肩口に額を当てて言葉を吐き出され、じゅわっと背中に汗をかいてしまいましたっ。ヤメて匂いとか嗅がないで確認の仕方がおかしいでーす!!

「る、ルキ様っ」

「ホント、信じられない――」

せめて思い出だけでも共有してから、何度でも願おうと思ってたのに、と震える声で紡がれた言葉に、あぁやっぱり、と思った。

失くした記憶を補うためには私に思い出を聞く必要がある。

あなたは、その思い出を共有することでまた私が傷つくと思った。

……昨日記憶がないまま愛を乞うて私を傷つけたと思っているあなたは、傷つけたまま、そして同じように傷つけることになるのに誓紋を刻みたいなんてすぐには言えないと思ったのでしょう？

「ルキ様」

「――っま、待った、今のナシとかは絶対に聞きません……っ」

凄いかぶせ気味に言葉を遮ってきたわね……必死さが可愛くて私の乙女心が興奮しちゃうのでヤメてくださいませんかっ。絶対否定させないって私の口元注視してるし……いつも格好いいのに、たまに可愛くなるから本当このヒト困るっ。

「いや、あの、ナシとかは聞きたくないんですけど、でも」

本当にいいのか、と苦しそうに瞳を揺らすルカスの頬へ両手を伸ばす。

そしてチュッとキスをして、丸まった瞳にふふと笑ってしまったわ。

ルカスの世界から私だけがいなくなったと聞いたときは本当にショックだった。二人で作った思い出を私しか覚えていないなんて、と胸が痛むときもきっと来る。

でも私達は、喜びも苦しみも分かち合うと指輪を嵌めて誓い合った。

そしてあなたはその全てを絶対に分かち合ってくれる——。

だから、あなたと一緒ならどう転んでも幸せな人生になるとわかっていれば、私には十分よ。

ただ、超絶美形な上に第二王子で正真正銘の英雄のあなたはモテモテすぎて、隣に立つ私はきっとずっとヤキモキすると思うの。

だから私にもあなたを縛らせて？

「ツェツィーリア・クラインは、ルカス・テオドリクス・ヘアプストを心から愛しています。生涯、あなただけを愛すると誓います。……ルキ様、私にあなたをください」

「——っ」

お願い、一人で苦しまないで。もう謝らないで。

ただ、いつものように愛の言葉をくれればいい。

「——あ、いして、る、愛して、ツェツィーリア……っ」

あぁ、あなたのその真珠のような涙をもう一度見られるなんて。

私も愛してるわ、私の旦那様——。

そうして覚えていないはずなのに、求婚のときと同じようにルカスは私を膝に乗せてキスをした。

途中乞うように唇の上で名を呼ばれ、小さく「誓います」と返すとふわりと身体を温かい魔力が包んで——何故か指輪が光ってびっくりしてしまったわっ。

「……——っ!?」

「ん、よし」

よしって。

何一人で納得しているのっ、また感動が衝撃で塗り替えられたじゃない……狡いわよあなただけ幸せそうにほんのり頬染めて満足げな顔してぇ！　ちょっと説明プリーズですよルカスさん！

何かやったでしょう？　絶対何かやったでしょう!?

「ルキ様……っ？」

「なんですか？」

なんですかじゃありませんっ。綺麗に微笑んでも誤魔化されないわよっ。

「指輪が光りました」

「……そうですね」

「何をしましたか」

「……誓紋がバレないように、指輪を基点にして幻影魔法を……」

あとはまぁ色々……と歯切れ悪く答えるルカスの言葉に、訊いておきながら呆然としてしまった。

「いや、夜会もあるのでそのうち絶対にバレるにしても、明日すぐにでもバレたらもう会いに来られなくなるので……。あとは守護系統の術を付与してみました。もういっそ誰の目からもツェツィ自体が見えなくなる術かけたいんですけど、それだとツェツィが困るでしょう？」

小首を傾げて困ったように微笑んでくる非常識な英雄に、口が開かなくなったわ……。

つまり、本人がその場にいなくても術をかけ続けられるってこと……？

何その精密機械みたいな術操作と無尽蔵の魔力。元々チートだったのにチートを超えてきた。

もうツッコむところ有るのかないのかわかんなくなってきた……いえ、最後の台詞《せりふ》が気にはなったけど、恐い内容だったのでスルーさせていただきます。

それに貴族令嬢として過ごすには、侍女の手を借りないわけにはいかない。

つまりすぐ侍女にバレる。バレたらすぐさま父に報告が行き、……多分、こんな風に会うことは叶わなくなる。

また会えなくなるのはもうイヤ。

公爵家ではないから、ルカスが来てくれなくなったら会う機会はなくなってしまう。

そう思って、ルカスのシャツをキュッと握りながら疑問を口にする。

「……身体に、負担とかは」

「あぁ、全然ないです。むしろ魔力を使わないと抑えるの大変になりそうなので、侯爵邸にも防御陣こっそり敷いときました。フェンリルレベルなら余裕で跳ね返せますから安心して過ごして？」

……何をして……いえ、もう気にしたら負けだわ。

知ってたもの私、このヒト非常識だって知ってたっ。飄々《ひょうひょう》としながら常人には理解できないことをやらかすヒトだものっ。

そんなことを思ったせいか、自然と笑いが零れてしまった。

「――ふふっ、ありがとうございます。じゃあ、明日も会えますね」

「――……ツェツィ、実はもう一つお願いあるんですが……きいてくれますか？」

心が浮き立ってクスクス笑っていた私は、ルカスの瞳がトロリと濃くなったことも、妙に穏やかな言葉遣いにも疑問を抱かず、うっかり「はい、勿論」と答えてしまい、自分のうっかりさ加減に涙を飲むことになりました――。

「～ッ、あ、の、やっぱり……っ」

「やっぱりなんですか、ツェツィ。お願い、きいてくれるんでしょう？」

それはもう綺麗に微笑みながら羽織っていたマントを私の肩に掛けてくる人外美形に、腹立たしさからキツイ視線を向けてしまうのも仕方ないと思うのよ！

私が肯定の返事を返すと、ルカスは「じゃあ室内《そこ》のブランケットとか取ってくれますか」と言ってきた。

ん？　この流れ……？　となんとなく嫌な予感を感じながらも、ニコニコご機嫌なルカスの笑顔にまたもうっかり流されて色々手渡し、何やら準備する彼をぼんやりと眺める……。

そしてルカスは私を手招きして自分の膝の間のクッションに座らせてから高密度の防御壁でいきなり囲うと、逃さないと言うように私を腕で抱え込んでにっこりと微笑んだ。

「駄犬がやった傷跡がついていないか確認したいので、この可愛い夜着の中を見せてもらっても？」

……当然私は首を振りました……衝撃で声も出せずに首を振り続けました！

でも我が国が誇る英雄殿はっ、絶対に傷跡なんて残っていないとわかっているくせに、いけしゃあしゃあと「あなたに傷跡なんて残っていたら自分の腕を切り落としたくなる……」と空恐ろしいことを言って私の血の気を引かせてきて！

「の、残ってません……っ全然一切跡なんてないですから……！」と必死で伝えた私から視線を外すと「そんな必死ってことはやっぱり……」とわざとらしく自分の腕を見つめ始めて！

こ、の、根性悪スケベー！　さっきの私の甘やかな気持ちを返してよッ！　と思いながらも、イヤでも待って、このヒト本当にやりそう……っと恐怖を覚えてしまい。

分身が、彼はやると言ったらやる男！　だから腕か、胸か……まぁ結婚してるわけだし、それ以上のことだってしてるんだからペロンしてバルコニーが血塗れになるのを回避できるならそれに越したことないよね、と冷静に分析してきて、納得してしまう自分に胸中で静かに涙を流したわ……。

そうしてルカスが腕を見つめたままゆっくりと私から手を離したから、ヒッヤバイマズい駄目だめー！　と焦りながら「わ、わかりました……っ」と震える舌を動かして答えた私に、性悪スケベ王子はあっさりと表情を変え、ご尊顔にキラキラしい笑顔を浮かべてお礼を述べながらさらなるスケベ攻撃を仕掛けてきたのである。

「ありがとうございます。じゃあ、すみませんがツェツィが捲《めく》ってください」

「……え」

私が？　自分で？　なして？　と顔を強張らせてルカスを凝視する私に、変態はさも申し訳なさそうな表情で私を追い込む言葉を吐く。

「力加減を間違えてこの可愛らしい夜着を裂いてしまったら悪いですから」

……相変わらず服を裂きたがるなこのヒト、って違うちがう……。

えぇっと……、つまり、私に、自分で、服をペロンとして、胸をさらけ出せと……？

……ねぇ、本当にオカシくない？　昨日は照れてたじゃない……さっきだって必死で可愛かったじゃない。あの可愛らしいあなたはどこへ……っ？

しかももう力も制御できてますよね……昨日の今日で随分努力家ですねっ、その努力明らかに変な方向に向かってますけども……！

でも今っその努力を見せる場面でしょうっ⁉

どうして……！　どうして私が痴女みたいな行為をしなくちゃいけないのーっ！

羞恥と腹立たしさでふるふる肩を震わせてルカスを睨んで「ぃ、いやッですッ」と言った私に、彼は困ったように「服、破れてもいいですか……？」と訊いてきたから、だって今普通に抱き締めてるじゃないっと言い返そうとすると、ルカスは私の口を固まらせる台詞をそっと吐いた。

「……もし破れたら、俺が来てるのがバレて明日からまた会えなくなる……」

「──〜ッ」

腹立たしいのに……物凄く腹立たしいのに！

会えなくなるのはイヤだと心が叫んでしまった私は、胸中で自分の恋愛脳を盛大に罵倒しながらそっと夜着の胸元に手を掛けた──。

見つめられる視線に身体が熱を帯びて呼吸が浅くなる。

今日の夜着は鎖骨部分で紐《ひも》で引き絞るタイプだから、紐を緩めれば肩口からストンと胸下まで落ちてしまうのだった。

これ誰が出したんだっけなぁ……と頭の片隅で侍女ズを思い浮かべ、絶対に明日問い詰めてやる……と思いながら、顔を背けてシュルリと紐を緩める。

　でもやっぱり恥ずかしすぎて手が止まってしまい、もういいよって言ってくれないかなと微かな期待を込めてそっとルカスを窺うと――その美しい顔を欲望に塗れさせて、ドロドロに歪んだ金色を細めながら乞うように私の名を呼ぶ、私しか知らないルカスがいたから、求められる嬉しさが羞恥を上回ってしまった私は、女は度胸……っと肩から服を引き下ろした。

「……っ、きず、ない、です」

　緊張で喉が乾いて片言になってしまって、助けを求めるように無意識にルカスの名を呼ぶと唸《うな》るような声と共に強い力で引き寄せられて、唇にかぶりつかれた。

　延々と続くキスに、息継ぎの合間に零されるルカスの言葉にどんどん身体から力が抜ける。

「ン、んぅ……ッふ、ンん……っ」

「ツェツィ、ツェツィーリア……俺の、俺のだ……っ」

　喉を辿り鎖骨を舐められて震えてしまった胸に、食いつきたいと言わんばかりに熱を吐かれながら歯をたてられ甘い声を出してしまう自分に泣きたくなる。

「ひゃあんっ……～ッ」

「好きだよツェツィ……その声も、その吐息も、髪の一筋だって誰にも渡さない」

　谷間深くに舌を入れられ確認するように舐められてゾクゾクと腰に甘い震えが走る。

　熱っぽい吐息をつくと、ルカスがチュ……と傷のあった場所に口づけた。

「良かった、真っ白で綺麗な肌のまま……ツェツィ、月明かりの下《もと》で見るあなたは妖精のようでとても綺麗だ。捕まえて、閉じ込めて、大事に大事に穢《けが》し尽くしたい……」

　懇願するような声音で囁かれ、少し強めにちゅうっと吸いつかれる。

同時に引き攣れた布地から固くなってはみ出した頂《いただき》を爪でカリカリと刺激され嬌声《きょうせい》を上げてしまった私に、ルカスは堪らずというように甘く甘く囁いた。

「ン、あぁ……ッ」

「清楚《せいそ》なのに身体は素直でイヤらしいなんて、ホント堪らない……」

その言葉に、だからイヤらしいは褒めてないからー！　とつい腹が立ってルカスのほっぺたを掴んでしまったわ。

「……あにふるんでふか、つぇりぃ」

何するじゃないわよこのスケベ王子！　うっかり流された私も悪いのかもしれないけど……っ、傷見るだけけって言ってましたよねっ!?　何するは私の台詞じゃないの！

相変わらずほっぺた掴んでも美形だし拗ね顔が可愛いっ、けど！　これ以上は許しませんっ！

「もうお終《しま》いですっ」

「……」

そ、そんな可愛く拗ねた顔したって、駄目、なんだから……っ駄目、負けないで私ぃ……！

「き、傷はついてませんっ、それにっ、前に、見える部分には痕はつけないって」

約束を……と羞恥で尻すぼみになりながら声に出す。

するとルカスが「やふほふ？」と首を傾げたから頬から手を離して頷くと、金色が何かを考えるように少し虚空を彷徨《さまよ》った。

「……もしかして、他にも俺、なんか約束してる？」

そうしてポツリと零された言葉に目を見開いてしまった――。

ルカスとの夜毎の逢瀬《おうせ》で、前のルカスの話をするのは私の楽しみになった。

初めは覚えていないことに傷つくかと思っていたけれど、彼はやっぱり彼のままのせいか、そのときの行動やら返事やらをピタリと当ててきて私をびっくりさせる。

気遣うように頬を撫でてくる掌《てのひら》に、愛しいと伝えてくれる瞳に毎晩会えるなんて本当に幸せで。

そして話せば話すほど丁寧な姿勢が崩れるのが何より嬉しくて。

……なんだか変な性癖に目覚めそうになったわ。

〝ルキ〟として初めて会ったときのこと。おままごとみたいな約束をしたこと。花を贈り続けてくれたこと。近衛騎士として護衛をしてくれていたこと。

どれもこれもルカスは静かに話を聞いてくれた。

本当に静かに。無言で。動揺で打ち震えていたと言っていいと思うわ。

だって超絶美形が真っ赤な顔を覆って座り込んで小さくなりながら、「ナニこれキツ……恥ずかしくて死ねるわ……ツェツィ、本当に申し訳ないんですが、もうその辺で許してもらってもいいでしょうか……」って言ってくるのよ、こう、心の変な部分がズキュンて撃ち抜かれた気がしたわ！

分身が「ほわぁあああかわえぇぇええ！」って全員悶《もだ》えましたっ。

「ルキ様、記憶がないのに花束のリボンをどうしてアレにしたんですか？」

「キラキラした目でグイグイ訊いてくるのが可愛くてキツイ……っ。あれはっ、あなたは俺のだって思ったのでアレにしましたっ！　すみませんね独占欲強くて！」

他には何か!?　と猛烈に照れながらお怒り気味に答えてくれる旦那様がソウキュート！

「ルキ様はどうして変身魔法を使ったまま騎士団の訓練を受けていたんですか？」

「ああぁ……あのクソ弱かった頃の俺を知られてるとかホントないわ……っ、あれはただ単に公爵家《ヘアブスト》だからって理由で手加減されたら堪らないからとっ、魔力の制御の練習です！　頼む忘れて……っ」

「でも、あの、戦い方もとっても格好良くて、一番素敵、でした」

「……それ、は、ありがとうございます……」

気恥ずかしそうにお礼を言ってくる姿は変わらず格好良くてズルい！

そんな風に話しながら、当然交わした約束も伝えました。

一つ、見えるところに痕をつけない。

一つ、抱き潰さない。

一つ、社交場での異性とのお喋《しゃべ》りを許容する。

一つ、外では決して絶対断固としてシない……！

特にお喋り以外の三つは「大事な約束です」と伝えると、彼は何故か一瞬無言になり、かと思うとキラキラしい笑顔で「その話はまた今度にしませんか」と言いながらイチャイチャしてこようとしたので「ちゃんと座って大人しく聞いてください」と厳しく対応させていただきましたっ。

「――特に、その、ね……閨事の約束はとても大事なことなので……守ってくださいね、ルキ様」

「……」

「ルキ様？」

「……初回くらい」

「ルキ様っ？」

「――……修正を」

「守ってくださいますよね、ルキ様っ？」

「――……はい……」

返事に安堵しながら、握り拳を作って項垂れる美形を眺める。

前髪をぐしゃぐしゃに掴んで項垂れる姿まで格好いいとか美形は仕草まで美形……と思いながら見つめていると「……ないわ」とルカスが呟いたから、「何がですか？」と首を傾げる。

「いえ……悲しいことに、俺には物凄く、十分に、切実に理解できる内容の約束でした……。マジないわ、なんだこの理不尽さ……ツェツィ前にして我慢できなかったんだろうけどさぁ……もっとうまくやれよ、俺まだ何もできてねぇよ……ぁぁあ……」

途中から盛大な溜息をついて顔を覆ってしまって全然聞こえなかったけれど、理解してくれて良かったです。

そうして日々会える喜びに、いつも私を翻弄するルカスを私が翻弄できることに意気揚々としていた私は、父の、ルカスは忙しいという言葉をすっかり忘れていた――。

その日もルカスとの逢瀬に浮き立っていた私は、夕食時にお母様から凱旋の夜会関連で父侯爵が忙しいようだと言われてハッとなり、自分の信じられない失態に顔が青くなる。

「だからあなたもそろそろ忙しくなるのではないかしら」と言われた言葉に相づちを打つのが精一杯で、夜まで不安を抱えたまま過ごし、いつもより少し遅く訪れたノック音に、足早に駆け寄ってしまった。

佇む顔には疲労なんて見えないけれど、申し訳なさでいっぱいになり駆け寄ったのにその腕に飛び込めない。

けれどそのせいでルカスが重く身体を締めつけるような声で私を呼んでくることに喜んでしまって、身勝手な自分に嫌気がさしながら小さい声で問いかけた。

「あの、ルキ様、つ、疲れていませんか……？」

「ツェツィ？　どうしました？」

途端優しく腕を引かれ抱き抱えられ、気遣うように見つめられて胸が痛むのを我慢して口を開く。

「私が社交をしていないせいでルキ様に負担が行っているのではないかと……。お忙しいと聞いていたのに、毎晩来てくださることに甘えてしまってごめんなさい。大変でしたら、その、——……っ」

来なくても、と続けようとするのに喉から声が出なくて、本当に自分の身体は正直者すぎると心の中で自嘲してしまった。

俯きそうになる顔を必死で上げて、もう一度と口を開こうとした私に、ルカスは優しくキスを落としてきた。

「ンっ……ふ、ルキ様……？」

「俺が会いたいから来てるんだよ、ツェツィーリア。それとも、ツェツィの負担になってますか？」

「そんなことは——！　あの、ないんですけど、でも」

「じゃあ気にしないで？　今の仕事はむしろ俺がやるべきことだし、手を抜いてあなたに会う日程をずらされたら堪らないし、面倒な輩《やから》が多いのが鬱陶しいだけで別に忙しくもない。この間王都の結界を張り直したお蔭で身体も軽いから疲れてもいない」

……面会日程をずらすって何かしら？　王族相手にそんなことする人いないと思うのだけれど……。

そして王都の結界を一人で張り直したんですか……当分安泰ですね……って違う！

「ほ、本当に疲れてない？」

「……気になる？」

それは当然、と頷いてしまった私は、ルカスの瞳の奥が妖しく光ったことに気づかなかった。

「じゃあ……ツェツィに癒やしてもらっても？」

「はい、私にできることならっ」

つい意気込んで答えた私に、ルカスはそれはそれは甘やかに微笑むと膝の間に座っていた私を抱え直し横抱きにした。そのまま優しく啄むような口づけを落とされ、これ私が癒やされてる気がするなぁ……と幸せに浸ってしまったポンコツな私は、ルカスはルカスのままだということをすっかり忘れ、完全に警戒心を失っていました……。

「ホント可愛い……ねぇツェツィ、ちょっと確認なんですが」

「はい、なんですか？」

「第二王子宮に泊まったことあるよね？」

「はい、ルキ様が討伐に行かれる前に……ひゃあっ⁉　あ、あの」

突然耳朶《じだ》に舌を絡められ耳奥に熱っぽい吐息を吐かれて、ゾクッと背中を走った甘い痺《しび》れに慌ててルカスを見上げて――金色を妖しく眇めてペロリと口元を舐めた美しいケダモノが色を含んだ声音でそれはもう嬉しそうに嗤《わら》いだして、ガキンと身体が固まりました……っ。

「やっぱりな……あれが外には当たらないってことは、ここもあり、だよな」

わざとらしく耳元で呟かれ迂闊《うかつ》にも聞き返してしまった私は、夜着の上からスルリと足を撫でられながら「風呂」と端的に囁かれた言葉に、「――なっ、なんで覚えて……!?」と返してしまい、金色がこれでもかと愉悦に細まったのを見て慌てて口を覆ったけれど、時既に遅し……。

「癒やしてくれるんでしょう？　そう言ったよね、ツェツィーリア？」

圧のある色気に塗れた笑顔でちょいちょいと夜着の紐を指し示され、ヒッと身を竦めてブンブン首を振ったけれど、口を覆う手元の指輪にキスを落としながら小さく「……愛撫《あいぶ》だけ、触るだけだから。ちゃんと気をつけます……外ではないにしても、流石に清められないからね」と猛烈に含みのある発言までされて固まってしまう。

こ、このヒトどこまで知ってるの……!?　だって今のデートでの……っ、本当に記憶ないのよね!?　驚愕《きょうがく》と動揺で凝視すると、ルカスは夜着の胸元に指をかけてほんの少し引き下ろしてきた。

「俺だって約束を守るんだから、ツェツィも言ったこと、守ってくれるよね？」

トドメとばかりに甘やかに、けれど少し意地悪げに口端を持ち上げて言われて胸が高鳴ったわよコンチクショー！　本当相変わらずですねっ、こんの根性悪の変態美形……!!

いいわその喧嘩《けんか》買うわよ！　私だって伊達《だて》にあなたの相手してないんですからねっ！　と、自分の勝率を怒りでど忘れした私は、ルカスを睨みつけてからふんっと顔を背けて語気を荒らげた。

「残念ながら今日の夜着は上から脱ぐタイプなのでっ、ぜ、全部脱ぐ、とかっ絶対にイヤです！　それにここは外部から丸見えの場所ですし、その、ちゃ、ちゃんと、シ……っないならっ、そんなことをする必要性を感じません！　また今度ということで諦めてくだ――ッ!?」

「……そ、外？」

言い終える前に超高密度の防御壁に覆われて目を見開く。

見たことがない、磨き抜かれた硝子《ガラス》のように透明で硬質な防御壁に呆然としていると、ルカスが頬にキスを落としながら囁いた。

「ツェツィは俺を喜ばすのが上手だね。……今の、男は凄い燃えるから気をつけた方がいいよ？」

まぁ、また今度になるけど、と言い返されながらグイッと足を持ち上げられ、ペロンと裾が捲れて顕《あらわ》になった足に恭しくキスを落とされたかと思うと、防御壁をコンと軽く叩きながら「別に脱がなくてもできる。そしてコレは外からは見えないし中の音も漏れない。……問題ないね？」とニィっと嗤いかけられて、頭の片隅で分身が「ほぁあああちょうカッコイイぃぃい！」と悶えたような気がして悔しくて震えてしまったわ……っ。

「さっ……触るだけとか意味がわかりません！」

常識担当どこ行った！　と思いながら伸しかかってくる大きな身体から逃げようと身を反転させて睨むと、ルカスはハァと溜息をついた。

「わかった、あなたが最後までシたいのなら俺は構いません。むしろありがたく襲わせてもらいます」

「ち、ちがっ、どうしてそうなるの！　――ひゃッ⁉」

あっさりと引き戻され、大きなクッションの上に転がされてわざとらしく腰を押しつけられ、お尻の割れ目に沿わすように当てられた固い感触にヒィッ⁉　と反射的に仰《の》け反《ぞ》ると、夜着の上から胸を刺激されて制止の声が震えてしまった。

「まっ、待ってルキさ、ま、ぁッ……〜っ」

「甘い声……乳首の先気持ちいいんだ？　どんどん膨らんで固くなってきたよ」

「い、いやぁ違うっ……んぅ!?」

どうしていっつもいっつもそうやって声に出すのこの卑猥《ひわい》王子ぃ……!

悔しくて恥ずかしくてキッとルカスへ顔を向けると、それを待っていたかのように舌を絡められ、同時に下着の中で長い指が蠢《うごめ》く。

その刺激にくふんと甘えるような息をルカスの口内へ吐き出してしまって顔が真っ赤になった。

ぷちゅりぷちゅりと下半身から音が聞こえ始めて、ルカスが堪らずというように私の名を呼んだから、力の入らない手で必死に腕を引き剥がそうとしながら「だ、駄目……っ」と否定の言葉を紡ぐと、

「駄目?　本当に……?」と聞き返されて唇が戦慄いてしまう。

躾《しつ》けられた身体があっさりとルカスに反応し始めたことに羞恥で涙目になりながら、睨もうか縋ろうか悩んで結局懇願するような視線を向けてしまった私に、ルカスは言い聞かすように口を開いた。

「ちゃんとすればいいんでしょう?　今そう言ったよね?　……ここで、ツェツィを抱くのが初めての我慢も手加減も一切無理な今の俺に、グチャグチャにされてもいいってことだろう?」

「ぐ、グチャグチャ……」

「そう、グチャグチャのドロドロにする。俺はあなたの媚態《びたい》に慣れてないからね」

「ぴっ……」

「愛してるんだよ、ツェツィ。あなた以上に大切なヒトなんていないんだ。そのあなたを抱けるなんて、興奮するに決まってるだろう?　……だから触るだけで終えようと思ってたのに」

煽《あお》ってくれてホント嬉しいよ、とうっとりと言われてしまいちょっと呆然としてしまったわ……。

えーと……おかしいな、私一切煽ってないはずなんだけれど、なんか、謝らないとこれ、絶対にマ

ズいような……ヒィ!?　いつの間にか下着が脱がされてる……!?

「～やっ、待ってまってルキ様……！　お願いここでそんなっ……あッ!?　ぃ、やぁ……ッ」

有無を言わさず足を開かされて、ひやりと冷たい感触に堪らず秘部を手で隠して首を振る。

「俺はちゃんと忠告しました。ほら手を退《ど》けて？　ナカ慣らさないと……触るだけはイヤなんだろう？」

その言葉に飛びついたらマズい気はしつつも、最後までされるよりは！　と思ってしまった私は結局飛びついてしまって。

「っ、ご、ごめんなさ、ッ……さ、触られたいです！　ルキ様ぁ……っ」

間近にある顔を見つめて懇願すると、ルカスは一瞬目を伏せて吐息を吐いてからクイッと私の顔を上に向けさせて小さく小さく「ホント、無自覚は手に負えないな」と呟いて舌を絡めてきた。

クッションに押しつけられ、身体の中の激情を私に吐き出すように激しく口づけられて息を荒らげていると、ルカスが私の濡れた唇を親指で拭いながら「それじゃあ」と口を開いた。

「ここで、俺に、今から会っている間はずっと、沢山触ってほしいってことでいい？」

「……っ」

ホントこのヒト欲望に忠実……っ。沢山とかさっきまでついてませんでしたよね!?

意地悪な表情が似合いすぎるのがほんっとに腹立たしい……けど！　背に腹は替えられない……！

「ツェツィ？　違うの？」

「っ、そ、そう、です……っ」

くっ……今口の動きだけで、グチャグチャ？　って訊いてきたでしょ腹黒めぇ……！

「言ったこと守ってくれるってことだよね？」

確認がしつこい！　と腹が立ちすぎていた私は、それこそが最後の落とし穴だったことに気づかずに「そうですねっ、守りますよ！」と喧嘩腰に返事をしてしまい……。

「それは良かった、これから毎晩あなたに触れられるなんてホント嬉しいよ」とウキウキと言われて本日何度目かの衝撃を味わうことになりました……。

「…………ま、い、ばん？」

「ん？　だって今確認したでしょう？　会っている間はずっと、沢山触ってほしいんだよねって」

――き、きたな……っ相変わらずお腹の中ピュアブラック……ッ!!

「頑張ってあなたの媚態に慣れるからね」と意味不明な言葉を吐く女神みたいな顔に、今すぐクッションを叩きつけてやりたいぃぃッ!!　と胸中で叫びながらそのクッションに嬌声を沈み込ませるしかできず……そうして私は何故か恐ろしい約束を交わされて、毎晩変態の要望を受け入れる羽目になり、そのあまりの苦しさに毎晩泣くことになった――。

「ツェツィ、声出しても平気だから出して？」

「ッ、ぃ、やぁ……！　ふ、う、――～ッ！」

全然……っ、ぜんっぜん平気じゃないですから……!!

こんな音が反響する、嬌声だけじゃなくて恥ずかしい部分の音まで漏れなく反響して耳に届く空間でどうして声出せとか言えるのよこの腹黒変態王子ぃ――!!

感じて膨らんだ花芯を尖《とが》らせた舌先で捏《こ》ねるように刺激され、自分でも愛液がお尻の割れ目に流れたのがわかって泣きたくなる。

するると分厚い舌を中に入れられイヤらしくジュルジュル蜜を啜《すす》られて、その水音に合わせて自分の媚《こ》びるような声がルカスの作った防御壁に跳ね返って耳奥までイヤでも届き、音にさえ反応してしまうのを防ごうと耳を覆った。

「や、やだヤダぁ……っも、ルキさ……ひアッ!?」

「ん……愛してるよツェツィーリア、あなたの身体はどこもかしこも甘くて柔らかくていい匂いがする。俺に反応してイヤらしく腰を動かすのに、そんな風に恥ずかしそうにして……どこまでも俺を夢中にさせて、いけないヒトだな」

濡れた秘唇を丹念に舐められる感触とそれを表す淫靡《いんび》な音に逃げを打つように身体を縮こませると、ルカスはハッと恥部で嗤うように吐息を吐いて、噛むように花芯を口に含んでぢゅうぅッと強く吸いついた。

「――ッヒ、ぃ、あぁぁ――!」

その強い音と強すぎる刺激に、脊髄を快感が駆け上り縮こませた身体が開いて、まるでもっとと強請《ね》るようにルカスの顔に腰を押しつけてしまった。

強い絶頂で止められない腰の痙攣《けいれん》に、幾度もルカスの唇が自分の恥部に押し当たる。

「い、やッ、ちが、違う、のっ、ヤダヤダ見ないでぇ……ッ」

どうにも制御できない身体の勝手な反応に泣きながら懇願すると、誓紋にキスを落とされた。

「ハ……可愛く煽ってくれて……ホントたまんね……」

嬉しそうに、まるで褒めるように甘く呟かれ、そのルカスの崩れた口調に興奮が見て取れて心が喜びで膨らむのが自分でもわかって、手を伸ばしてもっとと願いそうになるのを必死に堪える。

震える腰を宥《なだ》めるように幾度もキスと愛の言葉を落とされ、気持ちよさとそれ以上の恥ずかしさに堪らず足の間に陣取っている夜明け色の頭を手で押すと、彼はビチャビチャの口元をベロリと舐めながら顔を上げた。

「なんですかツエツィーリア、もう俺もシていいの？」

「し……ッそ、そんなこと、言って、ません……ってちょっ、ルキ様……！」

「大丈夫、何度も言ってるけど、ナカには挿《い》れません」

約束だからね、と残念そうに吐き出す根性悪をこれでもかと睨みつけ、震える手でその大きな身体を押しやろうとするけれど、当然動かないばかりか、その手を掴まれて秘部に持っていかれて――触れた灼熱《しゃくねつ》にブワワッと涙が盛り上がったわ……っ。

「やっ、も、おしまいぃ……っ」

ヤダヤダもう何度もイッててこれ以上は無理だし、それ本当に恥ずかしいから終わりにして……っと懇願したのに、ルカスは何故か頬を染めてからがっくりと俯いて、耐えるような声で呟いた。

「無理言わないでツエツィ……ちゃんと約束は守ってるでしょう？　幻影魔法で隠せるけど、約束だから見える部分には痕をつけていないし抱き潰してもいない。あなたが恥ずかしいと言うから見えないように、声も一切漏れないように毎回防御壁だって作ってる」

「だ、だって……っ」

この誰にも破れなさそうな防御壁、どう考えても特殊設定されてておかしいじゃない……！

どうしてこんなに音が反響するようになってるのよ！　自分のはしたない音以外にもルカスの声がそこら中から聞こえてきて、そんな中でイヤらしいことをされる私の身にもなってよ……！

「もう何度もそれでシてるのに、どうしてそんなに可愛く拒否するんだ……」

前の俺殺してやりたいって思うけど、でもあの約束できた理由ホントわかるわ……と意味不明な言葉を吐きながらおもむろににゅるりと滑りを確かめられて、固く張り詰めた陰茎に敏感になった粒が押し潰され腰がビクリと跳ねてしまった。

「んぁッ……ま、待ってっ、本当にそれはダメ……ッ」

「ダメ？　どうして？」

隙間なく腰を押しつけられて、恥部に乗る長大な熱の感触に吸いつくように愛液が滲《にじ》み出たのがわかって震えが走る。

するとルカスがゆるりと目を細め、私のお臍《へそ》の下――子宮の辺りを掌で愛おしそうに撫でた。

「……ここまで、何度も来たことあるんだろう？　挿れてるわけじゃないんだ、恐いはずはないよね？」

「――ッ」

駄目……っ見ちゃダメっ、言ったら今日で終わっちゃう……！

衝動的に口元を押さえて誘いかけてくる金色を見ないように目も閉じると、ルカスが小さく「違うな、怖いのか」と呟いたから、心を見透かされた気がしてギクリと身体を強張らせてしまった。

するとあやすような手付きで頬を撫でながら優しく呼ばれ、怖々とルカスを見上げて――ムキッとなったわ……！

「……何を嬉しそうに笑ってらっしゃるの、ルキ様？」

口元覆ってるけど指の隙間から丸見えだしっ、明らかに目元が緩んでますけど!?

「ふっ……いいや、別に？　ホント、どれだけ俺を夢中にさせる気なのかなと思っただけだよ、俺の愛しい奥さん」

「……～ッ!?」

お、奥さ……っ、なんでいつもタイミング図ったみたいにそうやって私を翻弄してくるの……！

ホント腹が立つわ！　好きすぎて腹が立つとかなかなか味わえない経験をさせてくれてどうもありがとうございます!!

フンッ！　と感情のままに顔を背けると、ルカスがフハッと笑って「あ～ほんと幸せ……」と小さく零したから、その顔と笑い声に、胸がぎゅうっと苦しくなる。

そんな甘く笑わないで。そんな甘い声で名前を呼ばないで。優しく指を絡めて強く求められると我慢している心が弾けそうになる……っ。

「どうしたの、ツェツィ？」

戦慄いてしまった唇を指で優しく撫でられながら問われ、結局我慢できず気持ちが溢れてしまった私は、真っ赤になってルカスを睨むように見つめてしまった。

「ッ、……き、キス、して、ください……」

「……。……はい、喜んで」

でも何故かルカスも真っ赤になったから、なんだか溜飲が下がったわっ。

優しい、揺蕩うようなキスにじわりと涙が滲みそうになり、絡めた指をギュッと握るとそっと唇を離された。その金色が仄暗い焔をゆらゆら揺らすのを見て小さく「もうお終いです」と告げると彼は目を見開いた。

「――……キスだけ？」

「そ、そうです……」

嘘だろ？　って何をびっくりした顔してるのよ、さっきからお終いって言ってるでしょうっ。

「こんなに煽っておいて……？」

「あおっ……煽ってませんっ」

失礼な！　と返すと、ルカスはがっくりと私の肩口に顔をうずめて「……無自覚が酷すぎるよツェツィーリア……」と何やら呟いた。

なんかまた失礼なことを言われた気がする……と思っていると、チュッと首筋にキスを落としてからむくりとその大きな身体を起こして私を見据えてきて、あれなんだか終わらない雰囲気が……と身を引いてしまう。するとルカスが射竦めるように瞳を細めて「……好きすぎてちょっと腹が立つとか初めての経験だな……」とボソリと言ったから、それ私もさっき思いました、としょうもないツッコミを心の片隅で入れつつ、ダメダメもうお終いだからね……っと小さく首を振って伝えたのだけれど。

「俺と会っている間は沢山触れてほしいんだよね、ツェツィーリア？」

綺麗すぎる顔に綺麗すぎる微笑みを浮かべながら脅し文句を吐かれて、ホントこのヒトお腹真っ黒……と呆然としてしまって何も言い返せませんでした……。

抵抗を思いつけない私をしり目に、ルカスは片足をグイッと開くと指に蜜を擦りつけ、ゆっくりと中に入れてきた。

彼は少し窺うように手を動かすと、何故か知っていたかのようにクニクニと一番弱いところを指の腹で撫で回してきて、身構えることもできない強い刺激に腰が跳ねて悲鳴を上げてしまう。

「──ヤぁッ!? あ、なに……なんでっ、な、中、そこ駄目……ッ」

「……これだけ狭いとちょっとキツそうだな……ツェツィ、自分で慰めたりしないの？」

「んッ、ふ、ぅっ、なぐ、さめ……？ ヒッ、やっやっそれ無理っそれ、だめぇ……ッ！」

問いかけながらも容赦なく感じるところをあやされ、湧き起こる快感に茹《ゆ》だった頭では訊かれた内容も理解できず、やめて、イッちゃうとルカスに手を伸ばすしかできない。

愛液で滑りが良くなっている指でゆっくりと蜜口を撫でられ、そのまま中に指を増やしながら入れられて痛みのような快感にビクリと背を反らせると、宥めるように舌で乳首を扱かれて何故か安心するように息を吐き出して受け入れてしまう。

「……どこもかしこも俺に敏感に反応してくれちゃって、イヤらしくて堪んないなホント……」

「い……ツイヤ、イ、いっ……～ッも、やだ……っもぅ、駄目だってばぁ……！」

またイヤらしいって言ったっ！ もう否定できない自分がいるのよ誰のせいよ許せないぃぃ！

そう胸中で叫んだ勢いで言葉を紡ごうとしたけれど邪魔をするように中で指を曲げられ、節で内壁を削られたような刺激にお腹の奥が悦《よろこ》ぶように蠢いて、喉を反らせて打ち震えてしまった。

「アッ、あ……ッ!? ぃ、や、あッルキさ、ルキ様イっ──～っ!!」

「ホント……イヤらしくて愛らしいよツェツィーリア。あなたの乱れる姿だけで俺もすぐイケそう」

そう言いながら手首まで垂れた蜜をルカスのモノに擦りつける様を見せつけられて、グァーっと頭に血が上ってしまった私は、衝動的に「る、ルキ様のバカ！ 変態ぃっ!!」と罵ってしまった。

その私の言葉に彼は衝撃を受けたように目をまん丸くして固まったから、ハッとなる。

あ……そういえばこのヒト記憶ないんだったっ！ や、やり直し始めてから数日で妻に変態とか言われたらかなりショックなんじゃ……っ？　でもやってることは前と全然変わらないし……少しは懲りて根性悪と変態が治ったりしないかな……と固まった彼を見つめて身動《みじろ》いだ瞬間――ガッと両手を掴まれてビクリと肩を竦める。

な、何事……っ？　とルカスを見つめて、ワタクシ盛大に後悔しました……！

ゆるりと変わる表情に背筋が寒くなる。

美しい顔にそれはもう凄絶な笑みを浮かべ、身が竦むほどの色気を漂わされてゾワッと背筋が粟立《あわだ》つ。

ゆっくりと顔を近づけてくる人外美形の暗い瞳と狂気じみた顔に恐怖で釘付けになっていると、掴まれた手首から手が離れ、ざらついた掌が腕の柔らかい部分を撫でる感触にビクリと反応して――なのに動かせないことに驚いて目を向け、視界に映る半透明の鎖に、あまりの衝撃でうっかりポカーンとしてしまったわ……。

……えぇーと……、何これ……薄っすら透明の鎖？　でも鎖なのに全然縛られてる感じがしないし、でも一切動かせないし、外れる気配もしない。そして外し方すらわからない……。

犯人だけはわかっているから、何これどうして意味わかりませんっと縋るような視線をルカスに向けると、彼は欲で淀《よど》みきった目でにっこりと嗤って恐ろしい説明をしてくださいました……。

「三重防御魔法をちょっと応用してみたんだ。制御の練習がてら自分を拘束できる魔法を考えてみたんだけど、やっぱりどれだけ強く作ってもバル程度しか拘束できる強度にならなくて。使えないなと思ったんだけど……使いどころ、あったみたいだね」

その言葉に、抵抗する気力がなくなってしまった私は根性なしではないと思うのです……。

だってバルってバルナバーシュ様のことよね？　ちょっと変だけど最強の竜って噂《うわさ》の方ですよね？

その黒竜様を拘束できる強度の魔法の鎖バージョンの使いどころがどうして私なの……？　そんな鎖私に外せるわけないし、むしろする必要――あ、もしかして前に言ってた鎖で繋ぎたいっていう願望が記憶がなくても深層心理にあるの？

鎖、とうとう物理で出てきちゃった感じですけども。いえ魔法だから物理ではないかって私、相当テンパってるせいか一周回っていっそ冷静な感じになっちゃってるわ……と諦観の眼差しで鎖を見つめていると、ちょいちょいと呼ぶように唇を刺激されて視線をルカスに戻す。

すると彼はうっとり微笑んで、「……いい眺め」と囁いた。

仄暗く淫靡な雰囲気を盛大に漂わせた自分の夫に、汚れないようにと裸同然に夜着を開けさせられて乱れた状態の自身を上から見下ろされて、恐怖からか期待なのか唇を震わせてしまった。

「――る、ルキ様、っ、ンっ……ッ」

その唇をねっとりと舐められたかと思うと、下唇に噛みつかれて本能的に身を縮こませてしまう。

ゆっくりと引かれる顔の口角がニィっと上がる様に顔を真っ赤にしながら血の気を引かせて凝視していると、ルカスが「その恥ずかしがりながら怖がる顔、凄い好み」と呟いた……。

や、ヤバいヒト出てきちゃった駄目だめそういうのもう十分だからぁ……っそう伝えるように無意識に首を振ろうとして、けれど、さらなる衝撃でカチンコチンに固まることになりました――。

「変態、か……いいね、あなたにそんな風に言われるなんて最高」

他には？　と訊かれながら間近でにっこりと嗤われて、涙目になってしまった私は絶対に意気地なしではない……！　何このヒト意味わかんない変な進化してる……！

罵ったのよ……っ、私絶対に罵った！　だって変態って褒め言葉じゃないですよねっ⁉

あれでも変態に変態って言ったら褒め言葉になりそう!!　間違えちゃったのワタシですかっ!?　そしてどうして私ったら顔を赤くしているの……そこは血の気引くだけでいいのよっ、ホントどこ行ったのよ常識担当ぅ……!　とカタカタ震えていると、変態が可愛らしく小首を傾げた。

「どうしたのツェツィーリア……言わないの？」

ワタクシポンコツですが一応の学習機能と危険予測機能ついてますので絶対に言いません……っと、小さく小さく、それはもうちっさぁく首を振ると、ルカスは瞬時にドス黒い雰囲気を漂わせた。

「ふぅん？　いつもツェツィは俺の話を凄く楽しそうにするのに？　今のも俺との思い出でしょう？

……まさか、チガウ、とか……？」

そう言いながら、黒竜様にだって壊せないだろう防御壁に手をついただけでビシリとヒビを入れるのを見せられ、ヘタレな私は目に涙を盛り上がらせて伝える……。

「る、るき、さ、ま、です……」

するとルカスが「だよね、でも言わない……」と少し考えるように呟き、チラっともう一度私に視線を向けてきたから、やだ、かな？　とすり減った精神のせいで曖昧になった意思表示をすると、彼はそれはそれは愉しそうに嗤い、怒りに似た感情を含んだ重苦しい声で囁いた――。

「ハハッ――……前も、今も、俺が嫉妬深いことを知っているはずなのに隠しごとをするなんて、いけないヒトだなツェツィーリア……今日はあなたに煽られっぱなしだから、俺が満足するまで付き合ってもらおうかな――なぁ、俺の可愛い奥さん」

恐ろしい台詞が防御壁内に反響したかと思うと、突然長い指を入れられて酷く卑猥な音をさせながら出し入れされた。

「うぁッ!? ッや、ヤダやだそれイヤ音いやぁっ……あっ、あッソコ駄目っ、だめイヤ強くしちゃイヤるき、るきさッ、あぁ――ッ！」

ぐちゅぐちゅぐぽぐぽいう音に耳まで犯されているみたいで音を遮ろうと腕を動かそうとして、一切動かない腕に目を見開きながら、なす術《すべ》なく自分の口から迸《ほとばし》る甘えた嬌声を聞く。

固い親指で優しくゆっくりと胸の頂を折られ、痛むような快感に強請るように胸を彼の口元に押しつけてしまいその熱い口の中で扱《しご》かれてお腹のナカの指を締めつける。

「あぁッ……ヒッ、ぁ、アぁっあつ、やァ熱いぃ……ッ」

「そう、素直に感じてツェツィーリア……あなたの淫靡な姿を見られるのは、俺以外いない」

「ヒアッ!? ――ッそ、こ、ぁ、あ……もッイヤまたぁッ……ぁぁああ!!」

そうしてナカの感じる場所を指の腹で嬲るように刺激されてぎゅうっと子宮が反応した感覚に、目一杯背中を仰け反らせて耐えようとして、でも結局果ててしまって。

それを何度も繰り返されて「イヤぁもうイキたくない！　イキたくな……！」と喘《あえ》ぎながら伝えると、ルカスは「そう？　じゃあツェツィは俺がイクまで休んでて」と言いながら私の足の間に灼熱の塊を挟んで腰を動かし始めて。

あまりの卑猥な光景に、そしてそれにすら感じる自分の浅ましい身体にぎゅうっと目を瞑《つぶ》ろうとした私に、低い声が許さないと身体を縛ってきた。

「――ツェツィ、目を閉じるな。ちゃんと俺を見て……あなたは全部俺のだろう？」

「……ッ、る、き、さま」

その言葉と共に深く口づけられて、舌を絡める合間に何度も「愛してるツェツィーリア……全部、全部俺のモノだ……っ、俺の、俺だけの……！」と言葉を身体の中に染み込まされ、とうとう我慢していた涙が零れた。

夜毎施される愛撫に心の片隅にあった願望はどんどん膨らんでしまった。

ルカスだけができるその行為は、けれど私だけが知っているもので。

ルカスが与えてくれたルカスでさえも知らないその幸福を知ってしまっていることが、こんなにも苦しいことだなんて思わなかった。

激しさを増す手付きを受け止めれば受け止めるほど、愛し方さえも変わらない彼を恋しく思いすぎて、きちんと約束を守り本当に最後までしない彼に、どうして触るだけなのと詰りそうになるのを必死で喉元に押し止めることになった。

ハッ……と苦しそうに顔を歪めて私の身体を貪るルカスに、お腹の奥がどんどん熱を持つ。

言ったら、口にしたらもうこの逢瀬は終わってしまう。……バレたら、きっと会えなくなる。

会えなくなるのが、ただひたすらに恐い——それだけでこんなにも臆病になるなど、自分でも信じられないことだった。

でも、本当に苦しくて——身体を繋げる行為がどれだけ気持ちよくて、それ以上に泣いてしまう程幸せな行為なのだと彼に覚え込まされているから苦しすぎて。肌を合わせて、愛を伝え合って、別々の身体がそのときだけは奥深くで一つになれる奇跡みたいな行為を我慢するなんて辛《つら》すぎて。

とうとう口から彼を詰る言葉が出た。

「——も、やだっ……ひど、ヒド、イ、るきさ、るきさまぁ……っ」

けれど、私の言葉はルカスの一言に粉々にされた。

「……じゃあ言えばいい」

「──ッ」

「言えばいいんだよ、ツェツィ……俺は絶対にあなたを手放さない。だから──」

音の出ないその唇の動きに目を見開いて、そして頬がとめどなく濡れた。

するとルカスは苦笑しながら私の頬を唇で拭い「愛してる、だから頼む、言って？」と言葉を紡いでくれたから……身体に広がる感情に耐えられなくなって叫ぶように願った。

「──ほし、欲しい……ッるきさ、ま、を、ちょうだい──！」

途端、身体の奥の奥に走った衝撃に目の前が白んだ。

チカチカ瞬く視界に自分の意識が飛びそうになっていると頭の片隅で認識して、必死で戻ろうと肺から息を漏らす。

「──あ、ハ、──ッ」

「……っツェツィ、ツェツィーリア、愛してる、愛してるよツェツィ……っ」

けれどそのまま行けと言うように隙間なく抱き締められ、深く口づけながら愛を囁かれて脳が焼ける感覚がした。

痙攣し始めた身体の奥をトントンとあやすように容赦なく刺激され、お腹を、腰を、手足を痺れさせられ抵抗を封じられ、身体中を満たす幸福に歯を食いしばることもできず、落ちる瞼《まぶた》に心の中で嘆きながら「──い、じ、……る──……」と小さく詰って。

抱き締められながら唇の上で返された言葉に多幸感で包まれて──ぷつりと意識が閉じた。

【5】


ルカスが逢瀬《おうせ》に来なくなって、三日が経《た》った。

その間、ワタクシ王子妃教育のありがたみを噛《か》み締めておりました……！

平常心でなくても普通の顔で生活できるって凄《すご》い技術です、ありがとうございます先生方……!!

いくらルカスに会えて嬉《うれ》しいからって、よくよく考えなくてもあり得ないことしてたっ！

どうして気づかなかったのかしら、両親が近くにいるのに私ったらなんてことを……穴があったら、というかもう穴を自分で掘ってそこに入って土かけてもらうレベル……っ。

ふしだらな娘で本当にごめんなさい……！　でもバレなくて良かったって思ってしまって本当にほんっとうにごめんなさい……!!

……いえ、ちょっと、お母様にはバレてるっぽいのだけれど……っ。

――あの夜の翌日、戦々恐々と朝食の席についた私にお父様は何も言ってこなかった。

当然騒ぎになると思っていたのに、いつも通りの和やかな食事の風景に内心で首を捻《ひね》りつつも安堵《あんど》して、午後のお茶の時間にお母様から社交界の情報やらを教えていただき、お礼を言って席を立つと呼び止められた。

「ツェツィーリア、あなた、もう少し出し惜しみしなさいね」

「出し惜しみ、ですか？」

言われた意味がわからず戸惑った私に、お母様は言葉を続けた。

「ルカス様だから飽きるなんて絶対になさそうだけれど、少しは手管を覚えないといつまで経っても翻弄される側に回るわよ。一晩で艶っぽくなっちゃって、お父様が鈍感だからバレてないだけよ？」

その言葉に真っ赤になって硬直した私に、お母様は「大丈夫よ、お父様には言わないから。……良かったわね」と楽しそうに、嬉しそうに笑ってくださった。

……いや、これはもう、バレバレですよね……。

チートによる幻影魔法だから首やら胸元やらに残された痕が見えてるわけではないと思うから、恐らくは私自身のせいだとは思うのだけれど……でも母親って凄くて怖い……っ。

でもお母様は言葉通りお父様には言わないでくださって、私はひたすら羞恥心と戦うだけで済んだ。

そしてその日の夜ルカスに、やっぱりお触り厳禁！　そしていくら隠せるからって約束破りましたね!?　と言おうと意気込んでいた私は、バルコニーに舞い降りた影にまたも呆然《ぼうぜん》とすることになった。

羽を生やしたちょいマッチョなイケメンお兄さんが、オネエ言葉で「はぁ～い、黒竜便でーす。ドS鬼畜から手紙届けにきたわよ～」って言いながらバルコニーに降り立ったときは、ピシャーンて自分に雷が落ちた気がしたわ……。

あまりの衝撃に「なんか凄いの来た……」と呟《つぶや》いてしまった私はいたって普通だと思うのです。

むしろ、黒竜を手紙届けるのに使っちゃうとか……と若干引きながら、挨拶しなくちゃと膝を折った私は偉いと思うのですっ。

そんな頑張った私に、何故《なぜ》か黒竜様は呆《あき》れたように口を開いた。

「ご丁寧にどーもっ。つーかアンタも大概自然体で竜の前に立つわね、流石《さすが》アイツの番《ツガイ》だわ……。そしてアイツ結構な面食い……アタシの顔も自分の顔も興味ないとか言ってたくせにさぁ。しかも幻影魔法でナニ隠してるんだか、ヤラしいわねぇ……あんな綺麗な顔してやっぱり男だったか。あ～クソッ一回くらい食いたかったわぁ」

……あれぇ？　このヒトもしかしてもしかしなくても、オネエさん言葉はキャラじゃなくてガチのBでLもイケるヒト……っ？

嘘《うそ》でしょ……美形な竜が使役獣とかめちゃファンタスティックってちょっと心の片隅ではしゃいじゃったけど、その方に自分の夫が狙われてるとか冗談キツイ……ッやだやだルカスには手を出さないでください……！

「あらぁ、オンナの顔しちゃってぇ～。愛されてていいわねぇあのクソご主人様……安心して、アタシ今はエルサちゃん一筋だからっ。大体アンタにちょーっとでも触れたらアタシの核にヒビ入る仕様になってるからっ。ヒビってめちゃ苦しいパターンかよッ！　あの綺麗《きれい》な顔に壁ドンされるとか普通だったら凄い燃えるのにぃ！　触ろうとしてみろ、死にかけてても治癒して何度でも殺すからなって無表情で身体《からだ》中に魔力の圧をかけられておしっこチビるかと思ったわよ……っなんなのアンタの旦那鬼畜仕様すぎてホント引くわっ!!　つーわけで死んでもアンタには触りたくないのっ！　だからアンタもアタシに近寄らないでねっ！　あ～あ、でもアタシもエルサちゃんにそんな顔してもらいたーい！　エールーサーちゅわ～ん！」

……自由。流石竜、自由だわ。ガーッて話したかと思うと、瞬《まばた》きの間に消えたし……。

自由なルカスと自由な竜とか、ちょっとハラハラする組み合わせだわね……大丈夫かしらこの王国。

あとルカスったら黒竜様に何をしたのかしら。

チビるって言ってた気がしたけれど、気のせいよね……？　だって竜だものねっ、いくらルカスが鬼畜仕様だからってそんな、そこまで恐いなんてそんなまさかねっ……ねっ。

あ、ギャフンて声が聞こえた。我が家の屋根で一体何をしてらっしゃるのかしら、変な噂《うわさ》立たないといいなぁ……。

そんな感じで届けられた手紙は、謝罪から始まり、手放す気がないから少しの期間会いに行けなくなったと書かれていた。

意味不明です……と首を捻りつつ、討伐前のように毎晩花とカードが黒竜便で届けられてきて、寂しくはあっても不安に思うことはなかったけれど。

——調整が済んだら数日後にまたって書いてあったけれど、日に日にお父様の機嫌が悪くなっていっているのは関係があったりするのかしら……？

首筋に残る痕を見えていないとわかっていてもつい指先で隠すように触れながら考えていると、どす黒いオーラを撒《ま》き散らした父侯爵が嫌そうに、それはもう嫌そうに口を開いた。

「ツェツィーリア、急だが明日、第二王子宮にてルカス殿下と面会する予定だ。今日殿下からお前宛てに色々届くそうだ。確認しておきなさい」

「っ、は、はい、お父様」

ついびっくりして返事をどもってしまったわ。

明日ルカスに会える……そう思うだけで嬉しいけれどなんだか緊張してしまい、ドキドキし始めた胸にそっと手をやってしまった。

するとお父様が何故かウキウキした声音で「具合が悪いのなら取りやめに」とか言い出したから焦ってしまったのだけれど、お母様が艶《あで》やかに微笑《ほほえ》みながら「あなた？　何を言ってらっしゃるの？」とお父様に声を掛けてくださってホッとする――前に、ちょっと頬が引き攣《つ》ってしまったわ。

……お母様、目が笑っていませんが公爵家の方々と同じことできるんですね……。

社交界の中心にいるのだもの、やっぱり対人戦において高威力の武器を持っていると役に立つのかも。今度習ってみようかな。

でもお母様が味方してくれて凄く嬉しい。取りやめにされたら悲しすぎるもの……お父様には悪いけれどお母様頑張って、と応援しているとお母様がトドメのような微笑みを繰り出した。

「あなたがキャンセルしたせいでツェツィーリアの具合が悪くなったら、私、流石に許しませんからね。当分あなたとはお話しませんから、覚悟してくださいな」

「――ディアッ、私は取りやめにするなんて言ってないだろうっ？」

口を利かないと言われたお父様の顔色が悪くてちょっと申し訳ない気持ちになったわ……。

そして最後に「あんの小僧め……ここ数日何かやってるとは思っていたが、有能すぎて本当に腹立たしいわ……っ」とかお父様がグラス割りそうな感じで言ってるのが気になった。

そうして日中は届いた荷物を確認したり明日の準備をしたりと忙《せわ》しなく動いて。

おやすみなさいませ、とニマニマしながら退出する侍女を、またいた……と諦観しながら見送り、鏡台の椅子に座りながらトルソーにかかった明日着てきてほしいと贈られたドレスを眺める。

深い青色のドレスは身頃に金糸で緻密な刺繍《ししゅう》がされていて、とても上品なものだった。

ネックレスとイヤリングはパールで装飾されたシトリン。その他の小物は濃い紫色で纏《まと》められたワンセットに侍女が興奮していたことを思い出す。

「ルカス殿下のお色味ですわっ」「良かったですわね、お嬢様っ」と口々に言われ、ルカスの記憶喪失の話はやはり公然の秘密なのだと実感した。

金色に青と紫色で合わせられた贈り物、そしてわざわざ第二王子宮で設定された急な面会。

これはやっぱり……婚約者と安泰だと見せるため、よね……？

つまり、そうする必要性が発生した、ということ――。

溜息《ためいき》が出そうになって、だらしないけれど鏡台にぐでっと身体を倒してしまった。

対外的には療養中となっている私は社交ができないため、世情に大分疎くなってしまっている。

お母様に情報を教えていただいているけれど、私自身が出向くことで話してもらえる情報もあるからやっぱり足りない部分はどうしても出てきてしまう。

親しい友人からの手紙で補ったりもしているけれど、今の状態で誰かしらとやり合うのはちょっと厳しい――そこまで考えて、ハッと気づいた。

……いる。有用な情報をどうやってか持ってこられる最大級に心強い味方が、いるじゃない。

一緒に頑張ってほしいと言ったのは私で、彼女たちはそれに何度も頷《うなず》いてくれた。今だって公爵家から出た私のところまでついてきてくれて、護衛以外にも色々とやってくれている。

……本当に色々と。なんか、バレたら大丈夫かなって思うことまで、色々と……。

頼ることは迷惑をかけることだとなんとなく思ってしまっていた自分に気づいて、申し訳ない気持ちになった。

あんなに心を砕いてくれているのに、彼女たちの信頼に壁を作ってしまっていた自分に恥じ入る。

……大丈夫、きっと無理なら無理と言ってくれる。まず感謝して。それから頼っても大丈夫か訊《き》いてみて……私だって歩み寄る努力をしなくちゃね、と心の中で拳を握って息を吸い込む。

そして小さく呼んでみた――。

「……アナ？　ケイト？　エルサ？」

ものは試し、と思った呼びかけと同時に目の前にいきなり現れた三人娘に、心の準備をしていたにも拘《かかわ》らずビクゥッとなってしまったわっ。

驚いて目を見開く私を三人は強い瞳で見つめ返すと、拳を天高く掲げた。

「呼ばれて飛び出て私が一番!!　あなたのアナ参上!!」

「二番手ご指名ありがとうございます、あなたのケイトでっす!!」

「ぐぅぁあああ悔しいでも呼ばれて嬉すぃいエルサでっす!!」

……昨今の侍女って、指名制の隠密系職業なのかしらね？

可愛《かわい》らしい侍女服の裾をふわりとさせながら私を囲むように登場した彼女達の、いつにないハイテンションに混乱して脳内ツッコミをしてしまった私を余所《よそ》に、クルクル回りながらアナさん……アナが私の前に膝をついた。

「わーたーしーがいっちばーん!!　いっちばーんに名を呼ばれましたよいやっふぅぅぅう!!　マイゴッドネス御用はなんでしょかー!?」

「ABCの並びが悪いのよ!!　Kから始まっていたら私だったのにぃっ!!」

「ぐぎぎぃいい!!　ツェツィーリア様！　私猫なんでっ！　めちゃ鼻がききますよ御用の際は是非わたしめにゃぶんッ!!」

「畜生《ねこ》はこれだから順番を守らなくてイヤぁね。ケイト、窓から捨てて」

「言われなくても。ツェツィーリア様、少しお待ちください」

「あ、ええ、……」

……にゃぶんッて言ったわ、やだ可愛い——……って違うわっ、ちょ、駄目ダメェ!!

「よいしょっと、コラ大人しくしなさいっ」じゃないから！　うっかり私が「ええ」って言ったからって本当にバルコニーから投げ捨てようとしないで……！

「け、ケイト……！」

「ふぁいっ!!　あなたのケイトでっす！」

「え、ええ、そうねわかってる、わかってるからエルサを持ち上げないで……！　アナ、ケイトを止めて……っ」

振り返り、いるはずのアナに助けを求めようと声を掛け。

「——……アナ？」

ニヨニヨニヨニヨと顔を崩してニヤける侍女に軽くどころではない恐怖を覚えたわ、美人なのになんて勿体《もったい》ない……！

「ふふふふぅ、うふうふふふふぅ……あぁツエツィーリア様に頼られる感じで名を呼んでいただいて嬉し恥ずかしやっぱり嬉しぃぃいいい!!」

「たまらん……たまらんのですよ焦ったように呼ぶそのお声……滾《たぎ》るっ!!」

「たす、助けてぇ……ッ落ちちゃうよぉツエツィーリアさまぁああ！」

……なんか、やっぱり呼ぶのやめれば良かったかしら……？　アナもケイトもちょっとおかしいわよね。エルサは助けてって言ってて普通——……助けて？　たす……っ!?

「え、エルサ！」

「あ、うっかり手を離してしまっていたわ」

「どんまいケイト。仕方ないわよ、だってツェツィーリア様が頼って呼んでくださったのよっ」

「そうよね、手だって離れるわよねっ」

「ねー！」と、今にも落ちそうなエルサを掴《つか》んで背負い投げをしながら救出すると、アナとケイトは満面の笑みで同意し合っていた……。

　ちなみにエルサは、グスグス泣きながら「二回……二回も心配げに呼んでもらえて落ちかけて良かった……！」とポジティブもドン引くんじゃなかろうかというくらいのポジティブを見せてきて、……あのグスグス泣き、まさか嬉し泣きじゃないわよね……？　いえまさか、そんなまさか……と私を戦慄させました。


「――王妃様の国の？」

「はい、大分前から婚約式に出席するという話は出ておりましたので、我が国としても断れなかったようです」

「ですので来賓という形ではありますが、この度の婚約式開催日時の決定通知が出てすぐの来臨でしたので、間違いなく英雄となられたルカス様に取り入りに来たのではないかと」

「謹慎されている王妃殿下とも会われているようですし、何よりクソカス……フェリクス様との面会もされているようでしたので、ディルク様の方でも監視しているようです」

　王妃様だけでなく、フェリクス様とも会われている？

「その方……ビビアナ様は、フェリクス様の再従姉妹《はとこ》よね？　そんなに仲が良いなんて聞いたことがないけれど」

「はい、降嫁された当時の王女様を御祖母様に持たれております。今まで王妃殿下と手紙でのやり取りは時折されていたようですが、フェリクスの野郎とはなかったはずです」

「それはまた、怪しさ満点ね……」

私の溜息と共に出た言葉に、三人もうんうんと頷いてくれた。

一難去ってまた一難かぁ……いつ落ち着けるんだろう……というか、フェリクス様の呼び方のおかしさをまるっと無視してしまったわ。まぁいっか……もういっそ私も敬称をつけなくてもいいんじゃないかな……だってあの人多分、というか間違いなく魔獣呼んでるし。

本当、頭おかしい……やだなぁ、会いたくないなぁ……。

「……フェリクス様の恩赦は、もう決定なのよね？」

「……はい」

「その……ルカス様の記憶がないため、他の貴族家も反対しにくかったようでして」

「魔獣の件も、証拠がないため表沙汰になっておりませんし……」

「まぁそれは仕方ないとは思うのだけれど……」

ルカスの記憶がないことが、まさかフェリクス様にまでいい方向に働くなんて、とがっくりしてしまう。

自分たちの娘をなんとかしてルカスと引き合わせたい貴族家は、私がフェリクス様の元婚約者だったとルカスに言いたくなかった。せっかく記憶がないのだ、その記憶を揺り動かしそうな情報は少しでも避けて通りたいと思ったのだろう。

だからフェリクス様の恩赦の話になったとき反対しなかったのだと、想像に容易《たやす》い。

まして継承権の剥奪があってもまだフェリクス様は王族――その王族が、禁術を使ってフェンリルを呼んだなどと国として決して表に出せない内容だ。

極秘扱いの情報故に、ほぼ全ての貴族が当然知らない。

対外的には大人しくしていることになっているフェリクス様に、古代竜討伐による恩赦が出てしまっても仕方ない……。

でも流石にその恩赦が、私達の婚約式で出されるなんてちょっと酷い……それだって恐らくは、わだかまりはもうないと対外的に見せるためなんだろうけれど。

諦めるように溜息をついて、ところで、と口元をニヤニヤさせる三人を見つめる。

「……それで、ルキ様は一体何をされているの？」

「うふ、うふふふ」

「ふへ、ふへへ」

「にゃぶ――ん……ガハッ……っ」

……喋《しゃべ》らせないとか流石ケイト、もう間違いなくタイミング図ってるわね。

あとにゃぶんが可愛いっ。ホント可愛いから是非モフりたいのにぃ……。

そんなことを思いながら、なんだか仲間はずれにされたような気持ちになってしまってほんの少し眉毛が下がってしまった。

「教えてくれないの？」

「ぐあ……っかわ、可愛い感じで訊いてきた、だとぉ……!?」

「その手があったか……っヤバイわよ口が勝手に喋りだしそう……ッ」

「ぐふぅ……ッあ、ナ、あたま、は、だ……め……」

わぁエルサがまた吹っ飛んだッ……のにケイトがそれを受け止めたわ凄い連携プレー……ッ。

戦々恐々としつつお願い、と言おうとすると焦ったようにアナが叫んだ。

「駄目よケイトッエルサッ！　ルカス様を……あの血みどろの箱を思い出して……ッ」

悲痛な声で叫ぶアナにケイトとエルサが蒼白《そうはく》になったわ……いえエルサはアナにふっ飛ばされてもう既に蒼白気味だったけれど。

それにしてもルカスったら一体何をしたの……血みどろの箱って一体……ッ。

そしてまた暗躍してるっぽいのが気になる。

まぁでも、明日会えるわけだし。悩んだところでなるようにしかならないし……と、そっと渡されたシャツを抱き締めながら眠りについた――。


第二王子宮前で馬車が止まり、降りようとした私の手を掴んだのはルカスだった。

掴まれた手にびっくりして顔を上げて――麗しすぎるほど麗しいその美貌にキラキラした笑顔を乗せ、バランスのとれた長身に王子仕様の服を着て盛り盛りの美形具合を発揮したルカスに「ようこそおいでくださいました、俺の女神」と指先にキスを落とされ、「っ、まあ、ル、カス様」とちょっとどもってしまったのは仕方ないと思う。

　でもお父様の顔が怖かったからすぐに平常心に戻れたわっ。

「気配消して横から割り込みおって……わざわざ殿下自らエスコートなど恐れ多いことです、娘は私が」

「ようやく会えたのですから野暮なことは仰《おっしゃ》らずに、侯爵。愛《いと》しい人をエスコートできるなど俺の方こそ光栄ですから。あぁ、侯爵もようこそ」

　微笑みながら青筋を立てる父に、ルカスはこれまた綺麗に微笑んでさら～っと流しました……。

　空気感がなんかヤバイ……と思って怖々とルカスと父を交互に見つめた私にルカスは甘く微笑むと、さっさと私をエスコートしだして焦ったわっ。

　相変わらず空気読まないですね、もういっそ尊敬します……。

　そんなこんなで第二王子の私室に近い執務室に通されてびっくりしていると、お父様に呼ばれて一度下がり膝を折る。

「――ルカス・テオドリクス第二王子殿下、ご尊顔を拝しまして恐悦至極に存じます。御召しによりツェツィーリア・クライン、参上いたしました」

　ちょっと堅いかな、とは思ったけれど、尊敬の意を表すのは大切なことだ。

　婚約者だからこそきちんとしなくてはいけない、と最上級の礼で挨拶したのだけれど――。

「……と、いうわけで、挨拶もしましたのでわたくし共はこれで。帰るぞ、ツェツィーリア」

「……え？」

　もう？　だって今挨拶したばかりですよ？　数秒前に膝折って、挨拶して、今膝を伸ばしたところです。忙しいのかもしれないけれど、こんな短い、挨拶だけの面会とかあり得るの……？

流石にお父様の放った言葉の威力が凄すぎて、呆然と疑問を零《こぼ》してしまったわ……。

脳内を盛大にハテナが占めつつも、こんな少ししか会えないなんてと動揺してしまった私は、顔を上げた先の変わらず微笑むルカスに縋《すが》るような視線を向けてしまった。

するとその手がそっと私に伸ばされたから、無意識に自らの手を重ねてしまい、「ツェツィーリアっ」と焦った声で父から呼ばれてハッと手を引こうとして——そのまま引き寄せられてルカスの腕の中から父侯爵を見ることになり、カチコンと固まりました……っ。

「わざわざ婚約者殿に来ていただいたのです、積もる話もありますし……お忙しいのでしたら侯爵は先にお帰りになられても全く問題ありませんよ、ねぇツェツィーリア？」

「え、あの」

「こぞっ……ルカス殿下、いくら婚約者でも距離感を間違えないでいただけますかな？　今っ、すぐにっ、娘を離してください。大体あなたももう少ししたら——」

「今日のスケジュールは全て消化済みですので安心してください、侯爵。せっかく愛する人に会えるんだ、きちんと時間は取ります」

にっこり。

妙に圧のある笑顔と共に告げられたルカスの言葉に、お父様が額に青筋をめちゃ立てた……ッ。

「——それはおかしな話ですな、殿下。東欧の使者殿との話し合いには、殿下も出席されると聞いていましたが？」

「ええ、当初はそうでした。ですが確認したところ侯爵と政務官がいれば問題ないとのことだったので、随分前に欠席の連絡を入れさせてもらったのです。……侯爵には連絡が行っていなかったようですね、申し訳ありません」

ルカスの再度の笑顔に、お父様が「クソガキが……っ」と般若顔になって震えが走ったわ……！

お父様の方向いてるの結構しんどい……っと絡まる指をギュッと握ると、ルカスが身体の向きを変えてくれた。

……いえ、厚意は嬉しいんだけれど今度は完全に抱き合う感じになっちゃって、これも大分居《い》た堪《たま》れないです……っと背中に冷や汗を感じていると、ルカスが「それに」と続けた。

「あなたもこの件は納得されたはずですが？」

「えぇ、納得しましたよ……挨拶までならな……！」

「流石に挨拶だけでは無理があります。関係性を疑われて面倒な面会に時間を取られるのはこれ以上は御免だ……業務にも差し障りますから。しかも夜会の他に婚約式の準備もありますし、時間が足りないとほうぼうから言われていたことです。本人がいるならそれに越したことはないでしょう」

……夜会と婚約式の準備？　本人？　今日は挨拶とちょっとしたお茶会的なものだと思って来たのに、もしかして違う……？

話についていけず、置いてけぼり感が半端ない私をしり目に、父とルカスの攻防戦は激化した。

「こんの……ッ妙に最近大人しいと思っていたら……！　殿下、私が伺った話ではあなたは面会なんて大してしていないとのことでしたがっ？」

「第二王子夫妻として安定した立ち位置を求められているのですから、不必要な関わり合いはしなくてもいいと第二王子として判断いたしました。それに何故か他部署から異様に仕事が回ってくるもので、面会時間を減らして対応しておりました。どうしてあんなに事務仕事が多かったのか不思議なんですが、宰相補佐である侯爵は何かご存知ですか？」

妙に含みのあるルカスの言葉に、お父様が血管切れちゃうんじゃないかなって心配になるくらい青筋を雨みたいに立てまくっていてハラハラしちゃうぅ……っ。

ナニこれ意味がわからないわ、室内の緊張感が凄い……いえ、むしろ戦場感……？

でも竜虎相搏《りゅうこあいう》つみたいなカッコイイ感じではなくて、ひたすらおどろおどろしいですっ誰か助けてー！

「指輪を嵌《は》めていて、さらには正式な手続きに則ってますから問題はないはずです。あぁ、本人に確認してませんでしたね、ツェツィーリア、まさかと思いますがこのあと何か用事があるのですか？」

いきなり話を振られて、慌ててルカスを仰ぎながら「いいえ、何も」と返すとルカスが嬉しそうに微笑んで、すっとお父様へ視線を向けた。

「では何も問題ありませんね。侯爵、ご息女をお借りします。……大丈夫です、きちんと婚約式当日までそれはもう大切に、全力でお預かりさせていただきますから――」

上から降ってきた言葉が理解できず、父へと細められている金色を呆然と見上げてしまった。

……彼は今、なんて？　婚約式まで、預かる？　預かるって、誰を……？

告げられた内容を必死に理解しようとするけれど、衝撃が凄くて情報がうまく整理できない。

すると父がルカスを射殺そうとするかのような眼光で睨《にら》んだ。

「……いい度胸だ小僧……、万一娘の評判に傷がついたらどうする気ですか？」

「傷がつく前にきちんと対応しますが、万一が起こった場合は今度こそ正式に結婚します」

さらっと言いきられたルカスの言葉に、ボンッと身体まで赤くなってしまったわ……わぁ……わぁわぁわぁわぁ――ッ!!

ちょっと本当にキツイ……この空間怖いわ恥ずかしいわで凄くキツイぃ……っ！

場違いにも羞恥で熟れてしまった頬を俯《うつむ》いて隠そうとした私をちらっと見ると、父は盛大に溜息をついてから呆れたような表情で「そんな簡単にいくとでも？」と言った。

その父の言葉に、ルカスは肩を竦《すく》めて恐ろしい返事を返した――。

「侯爵、俺はこれでも英雄ですよ。必要に迫られれば使えるモノは全て使うし……」

処理するのは得意です、と落とされた言葉に室内が静まり返りました……。

ねぇ、何を処理する気なの……その台詞《せりふ》の対象がおかしい気がしてならないのは私だけ……？

しかも英雄には相当な権威がありますから。使えるモノが国王並に威力強すぎるからねっ。

それ使うところ限られてるからね！　絶対に私の評判くらいで使っちゃ駄目だからね……！

なのにお父様が溜息つきながら「ならいい」とか言っちゃってるんですけど！

お父様駄目よその返答っ、このヒトそういう冗談本当に通じないから……っ。

そんな恐ろしい問答を最後にガクブルな面会が終了して、どうして今ので終われるの……？　と呆然としたまま、歯軋《はぎし》りをしながら仕事に戻るお父様を見送り。

積もる話もありますし、お茶でもどうですか？　と未《いま》だ王子仕様のルカスに手を引かれて第二王子の私室に通されて――。

「――ンッ……ふ、ンぅッ、る、ルキさ、ンッ、んーっ」

「ハッ……ごめん、ちょっと大人しくキスされて……っ？」

……いや、いやイヤいや意味わからないぃ……！

お茶しようって、話しようって言ってたじゃない、キスしようじゃなかったですよ……!?

大きい長椅子に押し倒され、逃さないとばかりに伸しかかられて乱れたドレスの裾から入り込んだ手がストッキングを辿《たど》ってくる感触に、ルカスに溺れろと脳がすぐさま身体に指令を出した気がした。

それを証明するように一切の抵抗を見せない、むしろ離さないとばかりに彼の服を掴む手に気づいてしまい、焦って離した指先さえもルカスに囚《とら》われてどうにもできなくなり……彼に抵抗を封じられることに心が悦《よろこ》ぶのがわかって、恥ずかしくて泣きたくなる。

「ン、んぅーっ、ん、んぅぅ……ッ、ふぁ、ハッ……」

ようやく離れた唇を見つめながら荒くなった息を必死で整え、どうしちゃったの？　と疑問のままにルカスを窺《うかが》って――ドロドロの金色を苦しそうに歪《ゆが》め、珍しく荒い息を吐く彼にヒッと息を呑《の》みました……!

完全に情事モードオンじゃないですかさっきまで王子モードでお父様とやり合ってたのに一体どこら辺に切り替わりスイッチございましたか――!?

混乱しすぎてルカスを凝視したまま固まった私から視線を逸《そ》らすと、ルカスはどことなく悔しそうに、苦しそうに吐き出した。

「……ごめん、ちょっと自制が……落ち着く、から。ツェツィ、ホント悪いんだけど俺が手を離したら、できるだけゆっくり俺から離れてくれる？」

あ～クソみっともな……と言いながらゆっくりと身体を、そして掴んだ手を離すルカスに、いやいやあなたが押し倒してきましたよね……と胸中でツッコミつつ、意味わかんないけど表情も口調も本気だからこのままだと危険な気がする……と焦った私は、ルカスの言う通りにズリズリと大きい身体の下から這《は》い出ようとした。……したのに、何故かガッと掴み直され、引き寄せられて元の位置に戻ってしまう。

「――ひゃぁッ!?　え、あの、ルキ様……!?」

あなたが離れてって言ったのにどういうことですか!?　しかもドレスのホック外してきた……!?

「ルキ様なにっ、きゃっ……だ、駄目です脱がさないで……っやアッ!?」

「クッソ逃げられるとすげぇ襲いかかりたくなる……ッヤバい止まんね……っ」

だからどうしましたか――!?

そして荒々しい感じの言葉遣いに私の胸ったらときめくなお馬鹿ぁぁああ！　ってうわぁあん項《うなじ》にキスしながら無理矢理ドレスの中に手を入れて胸触ろうとしないで止まって止まって――！

「ツェツィ、ツェツィーリア……っ」

「あっ……る、ルキ様待って、とまっ……――ルキ様それ以上したら口利きませんからね――！」

私の最終手段の叫びに、ルカスがびくぅっと肩を揺らして動きを止めた。

「――ッ」

……あ、止まった。本当変わらないんですね、口利かない攻撃が随分な効き目でちょっと嬉しいっ。

そして「ご、ごめん、申し訳ありませんでした……」とか謝りながらおずおずと大きな身体を引く様子が可愛いわいコンチクショー！

なんなのよ説明しやがれですよっ。そんな焦って困った風に私の様子見てきたってちゃんと説明しないと許しませ――……っ照れながら項垂《うなだ》れるとか何その技術……っ。

だ、駄目よ、いくら可愛く項垂れてたって厳しくいくのよツェツィーリアー！

「ど、どうしたんですか……？」

あれおかしいな……厳しさどこ行った……？

「……」

ちょっと、一人で項垂れ照れしてないで説明プリーズですよ。

「ルキ様？」

「……ツェツィをですね」

「はい」

「抱きたくて、堪んないんです……」

「……はい？」

今なんと……？

言われた言葉を噛み砕こうとしていると、ルカスがさらなる意味不明な説明をし始めて身体が震え始めたわ……っ。

「だから、この間あなたが俺のことを欲しがってくれたじゃないですか」

「……――っ」

思い出して動揺で真っ赤になった私にルカスはジトリとした瞳で見つめてきて、「まさか、覚えてないとか言わないよね？」と言ってきたから、羞恥で震えながらちっさぁく「お、覚えて、ます」と答えると、彼は「あれのせいです」と盛大に息を吐き出した。

「ツェツィが怖がっていたから頑張ったんだよ。バレて恥ずかしい思いをさせたくなかったし……」

そう拗《す》ねたように吐き出された言葉に、目を見開いてルカスを凝視してしまった。

固まった私に彼は「……バレなかっただろう？」とそっと囁いてきて、その意味が理解できた瞬間、身体中の血が沸騰したんじゃないかと思うくらい全身が熱くなって息が止まる程の衝撃を受けた。

「な……え……」と意味不明な言葉しか出せなくなった私の唇を固い親指の腹でフニフニと刺激しながら、ルカスは濃くなった金色を細めて言葉を紡いだ。

「……あんな風に会えなくなるのを怖がって、あんな風に俺を欲しがって、あんな風にイクところを見せられて、なお耐えた俺を褒めてくれてもいいだろう？　ねぇ、ツェツィーリア」

お蔭《かげ》で俺は欲求不満です、と。

またも盛大に溜息をつきながら唇に指を這わしてくるルカスを震えながら見つめるしかできない。

――起きたら、ベッドだった。

一切の名残もなく、夢だったかと考えてしまうくらいに整えられていて私もおかしいとは思っていた。侯爵家の侍女にも何も訊かれず、相変わらず隠密している侍女ズの様子も変わったところはなくて、けれど訊きたくても次の日からルカスは来られなくなったから訊けなくて。

バレてないことに安堵して、すっかり忘れ去った――フリをした。

その、どう考えてもあり得ない彼の行為を。

身体が震えて頬が真っ赤に染まる。

目の前が涙で歪んで、金色がゆらゆらと揺れる。

喉が窄《すぼ》まり、息がし辛《づら》い……けれど、私の中で燻《くすぶ》り続けていた違和感が明確に形作られてしまったから、もう見て見ぬフリができなくて震える舌を動かした。

「い、つから」

「……何が？」

窺うように、何かを隠すように細まる金色を必死で睨み、おかしい、絶対におかしいと叫ぶ心のままに口を動かす。

「い、じわる、のっ、こんじょ、わる……っ」

「……」

私の罵倒にゆるりと上がる口角に、眦《まなじり》から涙が零れる。

「なに、が、欲しがって、よ……！　へん、たい、すけべっ」

ハハッと楽しそうに、幸せそうに笑うその表情に、顔が歪んでしまった。

「いつ、から、よ……ばか……！」

「……ごめん、泣かないでツェツィーリア」

返された言葉に堪らず「泣かせてるのはあなたでしょう……！」と叫ぶと、ぎゅうっと抱き締められてもう一度謝られて……小さく小さく「まだ断片的なんだ、……ホントごめん」と苦しげな声で呟かれて視線を合わせる。

「もっと……せめてもう少し戻ってから言おうと思ってた。だからこんなすぐにツェツィが気づくと思ってなくて」

どうしてわかった？　と苦笑されて、もう一度「ばかっ、ルキ様のばかぁ……っ」と詰《なじ》る。そして堪らず叫んでしまった。

「ツ……ルキ様がっ、我慢できるはずないわ！」

「……えぇえ……？」

えぇ？　じゃないわよっ！　私がどれだけあなたに翻弄されてきたと思ってるの!!

フンッ、頭キてるのよこの際言ってやるわ――――！

「初めてって自分で言ってたのにっ！　触るだけとかっ、あり得ませんから！」

「……うん」

「甘噛みだけとかそんなはずないしっ！　絶対、絶対に噛むはずだしっ！」

「……はい」

「初めてなのに！　優しすぎるんですよ……っ！」

「……ゴメンナサイ」

何視線を逸らそうとしてるのよ！　その謝罪が出るってことは初めてもちゃんと覚えてる……思い出してるんじゃないっ、もっとちゃんと謝ってよねー！

「愛し方、も、全部、ぜんぶ……っ」

「あ、それはなんか身体が覚えてたというか」

「つばかぁ!!　ホント変態――!!」

「ごめんっホントごめイヒェッ、ぎょめんうふぁい《ごめんなさい》っ！」

こんの卑猥《ひわい》王子ぃっ！　ナニがぎょめんうふぁいよ！

可愛いのよほっぺたちぎれればいいのにぃいいい！

「だからっ、初めてのくせにっ……が、我慢、できる、はずっ、ないのっ……」

「――……。ひょれは《それは》……ひょの《その》……ひょほでふね《そうですね》……」

ほらねっ！　どーやー！　……ってしたいけれど、ちょっと内容が内容だけにしにくいわぁ……っ。

でも恥ずかしすぎて死ねるとかなんとか言ってるけどもっ！　真っ赤になってちょっとジト目で私を見てきてるけれどもっ！　まだ許してませんからねっ。

「いつからですか」

「……ひょもいだひはじめひゃの《思い出しはじめたの》？」

「そうです、初めに思い出したのはいつですかっ」

「……きふひながらばひゃってひわれたとき《キスしながらばかっていわれたとき》、ひゃな《かな》？　ヒデデぎょめんうッ《ごめん》」

こんの……！　会いに来てすぐじゃない、どうりでキスが手慣れてるはずですねっ！

「へもほんひょだんへんてきで《でもホント断片的で》……っ」

焦ったようなルカスの言葉に、私のつり上がった眦から一雫《しずく》零れた。

「待ってたの、よ……！　ちゃんと、言って……っ」

「ひやらいまつぇりーりあ《ただいまツェツィーリア》、ひゃいひへるひょっ《愛してるよ》。　ほんひょぎょめんうふぁ《ホントごめんなさ》ヒデデッもほひゅるひて《もう許して》くだふぁい《ください》っ」

「……──ふ、ふふっ、ルキ様ったらおかしっ……！」

湧き上がる気持ちのまま掴んだ手を離して笑うと、ルカスはがっくり項垂れて「……またこれか……ホント可愛くてちょっと酷い……」と呟いた。

そんな拗ねた顔しても駄目よ。あなた相手だとどこまでも愛が深まってしまって私だって悔しいわ。私の望む言葉を必ずくれる、私との約束を必ず守る、なんて強くて優しいヒト。

──必ず私の元に帰る、と言ったあなたをいつまでも待つ気だったけれど、こんなにも早く戻ってきてくれるなんて思っていなかった。

だって強大な英雄の力を、記憶と引き換えに取り込んだのだもの。

いなくなるはずがない、消えるはずがない、きっとあなたは諦めないだろうと思っていたけれど……それでも、長い時間が必要になるとも思っていた。

少し拗ねた表情の、キラキラ輝く金色に浮かぶ愛が本当に愛しくて堪らない。

その感情のままに赤くなった頬をそっと包むと、彼はグッと身を固くして「今は待ってて っ」と焦ったように言ってきたから、「駄目、頑張ってください」と返すとルカスは耳を赤くしながら悔しそうに零した。

「〜ッあなたも意地悪だろうツェツィーリアッ、俺があなたのお願いに弱いのを知ってて……っ」

抱きたいって言ってんのにさぁ……！　とぶつぶつ文句を言ってきたから、首に腕を回してふふんっとドヤ顔をしてやったわ！　どーやー！

するとルカスは悔しげに頬を染め上げた。

「ツ……ホント可愛くて腹が立つ……」

「ふふ、お帰りなさいませ、私の愛しい旦那様」

「……遅くなって本当ごめん。ただいま、俺の愛しい奥さん」

なぁ、キスだけ？　と悲痛な声音で訊かれたから、キスだけよ？　と唇の上で笑いながら囁いて、そっと口づけながら回した腕に力を込める。

するとルカスも隙間なく抱き締めてくれたから多幸感に包まれて、吐息のように笑いを零して鼻をスリっとすり合わせて見つめ合った。

「……ツェツィだって意地悪だからな」

「まぁっ、ルキ様程じゃないでしょう？」

「俺は愛しいあなたのご要望に応えてるだけヒデデデぎょめんうっ」

ホントそういうところよ！　ともう一度頬をつねり上げて睨むと、少し困ったような表情で、けれど金色が甘やかに幸せそうに緩まったから、心が膨れ上がってしまってポロリと涙が零れてしまう。

「意地悪ルキ、様」

「……はい」

「変態、る、きさま」

「……うん」

「根性悪の、腹黒ルキ様……っ」

会いたかった、会いたかったの……っと気持ちを伝えると、ルカスは苦しそうに息を吐いた。

「……ご期待に応えた方がいいね」

誘い方が可愛すぎるよ俺のツェツィーリア……と熱っぽく言いながらドロドロに蕩《とろ》けた金色が近づいてきて、もう一度今度は深く口づけて。

吐息と共に愛も告げると「——ッ、く、そ、ホント完敗だよすげー幸せですっ……」と吐き出された言葉と同時に長椅子がミシミシバキバキ盛大に音を立て始めて笑ってしまったわ。

そうして乱れたドレスをルカスに直してもらう。

アナたちを呼べば良かったのかもしれないけれど、なんとなくもう少し二人でいたくて躊躇《ため》らってしまった私に、ルカスは「……俺のせいだからね」と項垂れながら物凄い速さで直してくれましたっ。

手直しが終わると私をソファーに座らせたから、あれ？ 座らないの？ と見上げてしまう。

するとルカスは「ごめん、ちょっと本当に辛いから、離れます……」とバルコニー側にある執務机に行儀悪く腰掛けた。

……いや、うん、大分遠いなって思ってしまったわ。

私がいるソファーからローテーブル、ソファーを挟んで、そこからさらに大分空いて机……部屋が広いだけにかなりの距離がある。そして行儀悪く足を組んでその足に肘を置いてだらしない感じでこっちを見てきてるのに、どこまでも格好いいのが凄い。美形マジック凄い。

そんなことを思いながら、ルカスが口を開くのを大人しく待つ。

「――ツェツィーリア」

「はい、なんですか？」

「今夜抱かせてね」

……ちょっと、まさか積もる話って、まさかそれじゃないですよね……ッ？

一気に熱を持ち始める身体を必死に制御しながらルカスを睨みつけると、彼は盛大に息を吐きながら「今日からあなたはこの第二王子宮で過ごすんだよ」とサラッと言って私を固まらせた。

「アナ達から聞いてると思うけど、隣国から侯爵家のご令嬢が婚約式に出席するために来てる」

「ビビアナ様、ですね」

「そう、その女がなんとエスコートしてくれる人間がいないから、凱旋《がいせん》の夜会で俺にエスコートしてほしいって言い出して」

……その女って。もう少し言い方……いえ、ルカスを狙ってるのは許せませんけども。

というか――。

「……エスコート、するとかあり得るんですか？」

「あり得ないよ」

「ですよね……」

驚きすぎて馬鹿な質問をしてしまったわ。ルカスも呆れ気味に「頭わいてるんだろ」とか言って溜息ついてる……お口悪いですよルカスさんっ。

自分の認識がおかしいのかと心配になり胸を撫《な》で下ろすと、ルカスが言葉を続けた。

「俺の記憶がなくて、あなたは療養を理由に王城に来ない。そんな中凱旋の夜会で婚約者をエスコートしないなんて関係が壊れたと言っているようなものだ。ベルン側としては絶対にイエスとは言えない。誰がどう考えても了承なんてするわけがない。でも相手は我が国の王妃の縁者で隣国の王家の血縁でもある。無下にはできない相手だから、あなたと俺は変わらない関係だと見せる必要がある。だから第二王子妃しか……婚約者しか入れない第二王子宮にわざわざあなたを呼んだ」

「はい」

我が国は既に一度フェリクス様がやらかしているから、そういったスキャンダルは絶対に避けたいところだものね。しかもその相手だった私がもう一度なんて、絶対にあってはいけないこと。

それはわかる。わかるんだけれど――。

「夜会や婚約式の準備、というのは？」

「まさかこんなに早くお客人《ばか》が来ると思っていなくて、迎賓館の準備に時間を取られたんだ。そのせいで夜会と婚約式の準備まで押してる。普通だったら王妃か又は王太子妃が指揮を取るところなんだけど」

「……あぁ、はい、わかりました」

王妃様、そういったこと本当苦手な方ですものね……。

隣国は馬鹿が多くて困る……というルカスの呟きに疲れが見えて気の毒になったわ……。

「それで、私が？」

「そう、ツェツィは随分前からそういったことを王妃の代わりにやっていただろう？　療養中だからと引き延ばしてたんだけど、もう下の人間が悲鳴を上げてて……あなたの名前がそこかしこで叫ばれてるんだよ」

そんなにですか……いくら王妃様でももう少し頑張れなかったですかね……いえ無理か。謹慎中でしたしね、きっとそれを理由に仕事しなかったんだろうなぁ……凄い想像できる、と若干遠い目をしていると、ルカスから「無理はしないでほしいけど、手伝ってほしい」と少し困ったような表情で伝えられて、胸に温かいものが広がった。

ようやく、ようやくこのヒトの役に立てる、隣に立てる――喜びに目が潤みそうになり、慌てて瞬きをして涙を散らし微笑んだ。

「私でお役に立てるのでしたら精一杯やらせていただきます」と返すと、ルカスは「むしろ俺が不甲《ふが》斐《い》なくてごめんね」と盛大に溜息をついた。

いくらルカスが万能でも、第二王子と騎士団の仕事を兼任しながら婚約者のフォロー、それに加えて夜会や婚約式の準備、さらには本来なら王妃や王子妃が担当する部分までなんて限界がある。

しかも女性にしか補えない部分もあるものね……本当、寝込んでごめんなさい……。

私、頑張らせていただきますっ！


そうしてニヤニヤ顔のアナ達を呼んで乱れた化粧と髪をチャチャチャチャーっと直してもらい、まず夜会と婚約式のドレスの調整、その後担当者と打ち合わせ、夜会準備の指揮系統の確認のあとは各担当の主な人間と挨拶――と慌ただしく済ませてその日は終わり。

さてと、と湯上がりのホカホカとした状態になり――はたと気づいた。

室内の数カ所あるドアを見つめ、徐々に心臓が早くなるのを自覚する。

これ、は。

やっぱり、あれでしょうか……っ、いえでも流石にマズい、でしょう……？

いくらなんでも討伐前とは状況が違う。指輪を嵌めているからといえど、公にはまだ婚約者だ。

そんな私が第二王子宮の第二王子妃の間の寝室、ではなく。

まして第二王子夫妻の寝室、でもなく……ッ、第二王子の間の第二王子の寝室で寝るとかっ、どう考えてもマズいことこの上ないですよね、これかぁお父様が言っていた評判に傷がつくって……っ。

……いえ、既に第二王子の間のお風呂を使ってる時点で終わってるけれど……。

荷物とか運び込まれてるけどっ。

そういえば第二王子妃の間にダミー置いとかなくちゃってアナ達が言ってたなぁ、どうしてあのときツッコまなかったの私……ルカスに頼られてウキウキしちゃってたのよねっ、ホントお馬鹿っ！

もう本当恋愛脳が憎いっ！

胸中で自分を盛大に罵りつつ、もう一度二つのドアを交互に見つめる。

でもこれは流石に駄目……っ、マズいです、私室中の私室で寝るとかもう貴族令嬢として終わってるわ、私室中の私室だもの……！　だから私が選ぶドアは当然コッチ、なんだけれど……っ。

祈る気持ちで第二王子の間から第二王子夫妻の間へと続く扉に手を伸ばして――ガチッと鳴ったまま動かないドアに「――やっぱりぃ……っ」と嘆いた私に、後ろからククッと笑う声が答えて飛び上がるように振り返る。

「……る、ルキ様！」

「何、してるの？　俺の可愛いヒト」

口元を隠してるくせに、明らかに愉悦を湛《たた》えているその表情に羞恥を覚えて声を荒らげてしまった。

「な、何じゃありませんっ。どうして鍵が……！」

「必要ないからね」

サラッと返してきましたねっ、開けた口から次の言葉が出せませんでしたよっ！

「そっちじゃないよ？　……知ってると思うけど」って意地悪モードで嫌味ったらしいし！　お風呂上がりの濡《ぬ》れた前髪が素敵だしっ、壁にもたれかかって腕組んでこっち見てきてて格好いいのよトキメクなわたしぃぃいいい！

「そ、その部屋もっ、違うと、思うんですけれどっ？」

必死に言い返した私にルカスは小首を傾《かし》げて少し考える風にすると、「あぁ、ソファーとか机の上でシていいってことだね」とそれはもう恐ろしい言葉を吐いてきて私を硬直させた。

なんか恐ろしい願望を垂れ流してきたわ……「じゃあどうぞ？」ってナニ机を指し示しちゃってるのかしら、選択肢を選択させる気もないじゃない！

ホント断片的な記憶が変態スケベな事柄ばっかりな気がしてならないわよ……！

「し、しませんっ、そんなところでなんて……っ」

「でも今夜抱かせてって俺言ったよね？」

「言ってましたけどっ、でも私はいいですなんて答えてませんっ」

「じゃあ今いいって言って？」

お……おねだりだとぉ……!?

あざとっ……ナニ小首傾げて可愛い感じで微笑んでるのよ、めちゃ可愛いですねキュンてするっ！　って騙《だま》されちゃ駄目よ私、だってなんか雰囲気おかしいもの、絶対恐ろしい言葉が続きそうっ……。

その私の予想通り、ルカスは私の血の気を引かせてきた。

「愛しい愛しいあなたが目の前にいて、手を伸ばせばすぐに抱き締められる距離にいて、抱きたくて抱きたくて仕方ないんだよ。この間と、さらには日中のせいでもう我慢も限界だし……ドロドロのグズグズにして泣き叫ぶ声を聞きたくて堪らないから、できればベッドがいいんだけど……もうこの際あなたを抱けるなら俺はどこでもいいよ」

ふんわり。

……え……ふんわり？　それ初めてパターンですね。

わぁ美人のふんわり笑顔とか本当可愛いっ、もっと近くで見たい――……ってあぶなっ……!?

足が勝手に動きそうになったわ、あのヒト最近変な技ばっかり繰り出してきて進化が著しい！

ふんわり笑顔で人をふんわりさせて誘《おび》き寄せるとか恐い……っ、ここ最近で一番恐いふんわり！

そして言ってる内容もここ最近で一番恐ろしいです……ッどうしよう、このヒト今夜かなり危険な感じ……っ？　なんか、ど、瞳孔、開き始めたぁ……っ。

「る、ルキ様……？　あ、あの」

「なぁに、ツェツィーリア」

優しく返事をしてくるのが猛烈に恐いぃぃい！

ひっ、近づいてきた……っどこでもいいとか言ってる人としたら絶対にマズいことになる……っ！

明日から婚約者として頑張るって思った矢先から寝込むのは避けたい、ので！　ここはやっぱり戦略的撤退を……！　と引き攣りそうな頬を無理矢理上げて、うふふと微笑む。

「も、申し訳ありませんが、今日は疲れて――」

「疲れてる？」

「そうなんですっ、あの、だから」

「そっか、じゃあ癒やしてあげようね」

「え？　――ヒッ」

「どこでする？　ベッド？　ソファー？　それとも……お風呂かな」

「――ッ、あ、あの、疲れて、ません……」

パリパリって言ってた……っパリパリって、指先から電気出てたぁ……！

そ、それも、思い出してるとか……っねぇ、本当に断片的なの……っ？

確認したいけど確認したらマズいことになるのが目に見えてるからできないのが辛いっ。

だってアレされたら抵抗できなくなるんだもの、撤退先が超絶危険地帯とか撤退の意味なし……というか撤退先を封じられたぁ……！

「ま、待って、あの、でも」

「……待ってもいいけど、一応言っておくけど今日は絶対に抱く、だから絶対に逃さないよ？」

絶対って二回も言った！

そんな小首傾げて可愛らしく言う絶対の内容がおかしい！　もっと可愛い内容を求めます……！

そして私は同意してないでしょう⁉

そう言い返そうとした私の口は、ルカスの低い、どこまでも甘い毒のような囁きに縫い留められた。

「焦《じ》らされると酷くしたくなるんだけど……あぁ、意地悪をご所望かな？　ねぇ、俺の可愛いヒト」

「……へ？」

「へ、は……変態か。ふふ、意地悪されたいってことだね、ツェツィ？」

……え？　あの、まだ言ってません……っ。

ちょっと言おうかなって思ってたけれど、確かに「へ」って言ったけどっ、まだ言ってないもの！

それ冤罪《えんざい》ですよルカスさん……っだから、あの、そんな楽しそうに嗤《わら》われるとか……っ、ちょっと、ホント、嫌な予感しかしないぃ……！

愉悦を湛えた美貌がまたもふんわりと微笑むと同時に、その足元が一瞬光って床から天井までを光の線が走る。

驚いて、戦々恐々としつつそのキラキラとした線が消える様を見つめていると、近くまで来たルカスがソファーの肘掛けに腰掛けて「さて」と気安い感じで恐怖を部屋に撒き散らした。

「今、俺うっかり防音の陣消しちゃったよ、ツェツィーリア」

「――え」

「だからね」と続けられた言葉を遮るように鳴り響いた音に慌てて顔を向けると、何故か閉まっていたはずの窓が全て開いていて、喉元からお腹《なか》へ冷たいものが通った気がしてゾワッと肌が粟立《あわだ》った。

動きにくくなった身体を必死で動かしてルカスへ視線を戻して――濡れた髪を拭いていたタオルをわざとらしく窓の方へ向けられ、背筋が凍りつく。

「……窓、開いてるから、頑張って声を抑えないと一晩中あなたのイヤらしい声が第二王子宮に響くかもね」

「……っ」

そ、それ、開いてるじゃなくて、開けたんでしょう……!?

しかもうっかりの内容が絶対にあり得ない……ッ、さてから始まるうっかりとかそれどんなうっかりって今それは問題じゃない……っどうしようこのヒト本当に振りきれたぁ……ッ！

第二王子宮からそんな声聞こえるとか貴族令嬢以前に人として終わる……そんなことになったらもう私恥ずかしすぎて第二王子宮から出られなくなる……って、それもこのヒトの思うツボっ!?

ホントどうしよう、選択肢が恐ろしい内容しかないぃ……ってイヤァッ！　片手に鎖出てきた！

「まだ足りない？　もう少しいじめた方がいい？」ってイヤいや意味わからないからそんなの全然一切全く頼んでませんしノリノリですねっ、もしかして昼間のこと根に持ってますか……っ。

「や、やだ、や、ルキ、様……っ」

「何？」

「ま、待ってください……っ」

「また待てか……じゃあ仕方ない、選択肢をあげようか」

涙目で懇願する私を見て苦笑したルカスに、やった！　選択肢増えそう!!　と喜んだ私は、やっぱりポンコツでした……。

「俺はあなたに弱いから、あなたが自分からその夜着を脱いで、キスしながら俺を欲しいって言ってくれたらちゃんと窓も閉めて一切音の漏れない陣を敷き直す。場所もこの部屋の中ならツェツィが決めていいよ」

どう？　じゃないぃぃぃいい!!　その選択肢も途轍《とてつ》もなくおかしいです……!!

何故私がお願いする形になってるの……っ、しかも色々付随して私がシたいって誘ってるみたいになったし！　なんか、恐いけどちょっと腹立ってきたわ……どうして私がこの根性悪スケベに泣き寝入りしなくちゃいけないのよ！　頑張って私ぃ！

「い、いや、です……ッ」

「ん？」

ヒィッめちゃ恐い「ん？」が出てきたぁ……！　うわぁん二回目経験値さん今こそ仕事して……！

「ど、どうして第二王子夫妻の寝室じゃ駄目なの……っ」

「そこの管理は女官もしてるよ？　ツェツィがグチャグチャになった寝室とドロドロになった自分を見られても別に構わないって言うなら、まぁ俺はいいけど？　……そしたら正式に結婚できるしね」

「〜〜ッ」

ナニソレいくら事実上の結婚しててても正式な結婚式の前で、まして婚約式も終えてないのにそんな姿見られたら結婚する前に羞恥で死んじゃうわよ……っ。

だからダミーを第二王子妃の間に置いてるのね……一応婚約式までは居室も寝室も別々っていう設定になってるとみた……。

あれ？　じゃあお父様の言っていた評判って、第二王子妃の間で寝泊まりすること……!?

ヒィやぁぁあッあっさり飛び越えて今私第二王子の間の寝室に連行されそうになってるわよっ、これバレたら本当にヤバいじゃない……!!

背中に当たるドアに逃げ場のなさを感じ冷や汗をかきながら必死に頭を回転させるけれど、なかなかいい案が思い浮かばず、胸中でルカスを罵倒するしかできなくて歯噛みする。

腹黒の意地悪に負けたくなくて、精一杯虚勢を張るように睨みつけて切り札を出そうとして——一瞬にして目の前に来られると同時に両手を纏められて壁に押しつけられ、口の中の舌を指で押さえられ。

黒い焔《ほのお》を揺らめかせる金色で上から射貫かれて、身体がカタカタと震えだしてしまった。

「……それ、言ったら」

「ン、んう……ッ」

「ちょっと俺も、これ以上は優しくできなくなるかもよ……？」

そう言われながら淀《よど》んだ瞳で獰猛《どうもう》に嗤いかけられて、一瞬で心が萎えました……っ。

言わない、口利かないなんて言いません……と必死で首を振って意思表示をすると、「言わないでいてくれる？」と微笑まれてこれまた必死で首肯する……っ。

ヘタレというなかれですよ……無理だもの、これ以上優しくなくなるとかワタクシ我が身が可愛いのでっ！

は、離された手がお尻触ってきてるので……っ！

ゆび、指が……っアソコ触ってきてるので……っ、ホント無理怖いぃ……っ。

ぐちゅぐちゅと口の中をかき混ぜた指が出ていこうとしたから、恥ずかしさを堪《こら》えて吸いつくと、ルカスがうっとりと口端にキスをしながらその指を引き抜いて自分の口に入れた。

「んッん、ふ……る、ルキ様……っヒッ」

濡れた指で私の頬を脅すように濡らしたかと思うと、そのまま下着の中にいきなり入り込まれて喉から悲鳴のような息が漏れてしまう。

「汗かいてるね……いい匂いでそそられるな。涙目がホント可愛い……、まだ手に入れていないまっさらな部分を踏み荒らしたくなるよ、ツェツィーリア」

いやぁぁああどんどんサディスティックになってってるぅっ！

や、やだやだそっち違う……っそっちは、そういう行為に使うための部位じゃないです……！

「ひッ……や、やだ、ソコ、や、なの……っるきさっ、ルキ様ホントお願い待ってぇ……っ！」

後ろの孔《あな》をくりくりと触られ、恐怖から必死で懇願するとグイッと掴まれた顎を上に向けられ、弧を描いて細められた瞳の奥の焔に目を釘《くぎ》付けにされて唇を震わせる。

緊張で浅い息を吐く私の口元に優しく唇を押し当てると、ルカスは殊更優しい声音で囁いた。

「さっきから随分待ってるだろう？　したくないとは言わないんだからもう諦めて……俺のツェツィーリア」

その声が本当に優しいから。

見透かされていて恥ずかしくて悔しいのに、胸が甘い痛みで引き絞られるように苦しくて。

顔が赤く染まるのを自覚しつつ「い、意地悪しないでっ、馬鹿ぁ……！」と組るように文句を言ってしまった私に、ルカスは堪らずという風に笑って頬にキスを落としてきた。

「ごめんねツェツィ。でも本当に俺ももう我慢が限界なんだよ……あなたが欲しくて欲しくて気が狂いそうなんだ。俺を鎮められるのはツェツィだけだって知ってるだろう？　だから、頼む、俺のお願いをきいて？」

「ッ、る、ルキ様ずるいわ……ッ」

「そうだね、ごめんね？」

そうだねって！　ごめんねって謝ってるけど全然悪いと思ってないじゃない、その顔は！

あなただって私があなたの笑顔に弱いのを知ってるんじゃないの!?　ホント恐いのに、瞳を甘く溶けさせて楽しそうに笑われただけで抵抗できなくなるとか凄く悔しい……っ。

そんなことを思いながら、ルカスの服の胸元を掴んでクイッと引っ張る。

「……と、届きません、からっ、屈《かが》んで……ッ」

「好きだよツェツィ……全部愛させて」

「ッ、……ルキ様、が、欲しいです……」

唇を当てて小さく伝えると、ルカスはほんの少し頬を染めてそれはそれは嬉しそうに笑って……私を抱き上げながらやっぱり根性悪を発揮してきたわ、どういう性根をしてるのよー！

「夜着は？」と口端を上げて訊かれ、胸が高鳴ってしまうのが本当に悔しくて「そんなことしないわよ意地悪スケベ……！」と罵りながらその首に手を回す。するとルカスが小首を傾げた。

「それでツェツィ、ベッド？　ソファー？　机？」

……本当、空気読んでほしいなぁ……今私の乙女心がびっくりして顎外れかけたわよ。

大体その中だったら一つしかないじゃない……むしろどうして他の二つを候補に入れるの。絶対にイヤよそんな場所でするのっ。

「ベッドがいいです……ルキ様」

「ん？」

「あの、防音……」

「あぁ、ちゃんとかけ直すよ。あなたの全部を他の人間に欠片《かけら》でも渡すわけないだろ。……何、ツェツィ、そんなに喘《あえ》いでくれるの？」

「ツ、～ほん、と、意地悪の根性悪……!!」

あまりの腹立たしさにペシンとルカスの肩を叩《たた》いてしまったわっ。

イテッて何を嘘ついてるのよ、叩いた私の手の方が痛かったわよ！

悔しすぎてせめてもの抵抗！　と「今夜だけですからねっ」とベッドに下ろされながら言った私に、ルカスは呆れたような顔をした。

「今日からここで過ごすって言っただろ」

「と、泊まる必要はないじゃないっ」

だってお泊まりなんてしたら毎晩いいようにされるのが目に見えてるじゃないー！　と睨んだ私に、彼は溜息をついてから刺すような視線を向けて私をベッドに押し倒した。

「ひゃっ!?　ルキさ」

「俺が、あなたに狂ってるって知ってると思ってたけど」

私の言葉を遮って薬指の指輪に触れながらシュルリと夜着のリボンを緩めるルカスの、その陰ってなお恐ろしく美しい金色から視線が逸らせなくなった。

「結婚している。誓紋も刻んだ。……愛を乞うた俺に、あなたは愛を返した。もう俺のモノ、間違いなく俺だけのツェツィーリア、なのに……どうして、侯爵家に置いておかなくちゃいけない？」

重く掠《かす》れた声で囁かれ、背筋を何かが這い上る感覚がして無意識にその指先を掴んでしまう。

「手放さないと言ったのに、ツェツィはまだわかってないんだね。侯爵の手前預かるとは言ったけれど、俺はあなたを返してもらっただけだ。ホント、指輪を嵌めておいて良かったよ……二回目だし、まぁ多少権力は使ったけど、あっさり手続きも通った。この先、一生、絶対に俺の傍《そば》から離さない」

ココが今日からツェツィの生活する場所です、と射殺すような瞳で明るく微笑まれて、ぶるりと身体が震えてしまう。

ゆらゆらと狂気を揺らす金色に、心臓が早鐘を打ってしまってわけもなく泣きたくなる。よくわからない感情が胸中で吹き荒れてしまって、どうしていいか、どう答えたらいいかわからなくて小さく首を振ろうとした私を、それに、と続けるルカスの声が遮った――。

「もうあんな思いは二度とごめんだ。……あんな、離れていたせいで、知らない間にあなたを失っていたかもしれないなんて――……ッ」

自分が死ぬより恐い。置いて逝きたくない、置いて逝かれるのはもっとごめんだ。死ぬなら、一緒に死にたい――……！

悲痛、切望、絶望――そんな表現では言い表せないような身を切り裂くような小さな叫びに、息が止まりそうになった。

涙目のまま凍りついてルカスを凝視した私に、彼は自嘲気味に嗤った。

「……わかってる、俺はおかしい、狂ってる。でももう、あなたは俺に誓ったんだ……一生を共にする、と」

「ルキ、様」

「だから、もう諦めて全部受け入れろ。ここが、……俺の隣が、ツェツィーリア、あなたの生涯の居場所だ」

どこまでも暗い、けれど心を惹《ひ》きつけてやまない感情を湛える金の瞳で身動《みじろ》ぐことも、口を開くことさえ赦《ゆる》さない、ただ受け入れろと私を射貫き。

初めて、完全な命令口調で強欲さを隠しもせずに伝えられた。

……なのに、触れる手が小さく小さく震えているから、自分の顔が緩んでしまうのを止められなかった。

「……何、笑ってるの」

「だってルキ様、子供みたいで可愛いんですもの」

「……」

憮然とした表情でそっと私の頬を撫でてくる大きな掌に自分の手を重ねる。

「ずっとここで？」

「……そうだよ、正式な手続きを踏んだ。だからここで生活しても問題ない」

「国外からも英雄の遠征を求められたらどうするの？」

「……最悪連れて行く。バルがいてすぐに帰れるからそれも問題ない」

「英雄の権力はそういうことに使うモノじゃないですよ」

「それ以外に使いどころがないだろ」

拗ねたように乱暴な言葉を吐き出しながら、そっと手を絡めて口づけ、そして窺うように私を見つめてくるルカスに小さく手を離してと伝えると、彼は身を固くして顔を歪めた。

「狂った、俺は、いや？」

「愛してます」

「――……」

ふふん、間髪を入れず言ってやったわ！　びっくりした顔が可愛いわねっどーやー！

誰よりも強いのに、私のことになると怖がりになるあなた。

だからこそ前に立って引っ張っていくのでもなく、後ろで見守るわけでもなく、お互いを見つめ合える場所に――隣に、居場所を作ってくれたあなたが本当に愛しくて堪らない。

さっき渦巻いた感情は、歓喜だったのだとわかる。

……だってこの先、一生、絶対にあなたの傍から離れなくて済むのだから。

私の顔を見て徐々に染まる頬に勇気を貰《もら》って、もう一度そっと、「脱げないから手を離してください」とお願いする。

そうして緩んだ夜着の前を開けて顕《あらわ》になった私の身体を見て、喉を震わせたルカスの頬へそっと手を添えて「届きません」と伝える。

「つぇ、つぃ」

「今日、だけよ、こんなお願い、きくの……っ」

ホント恥ずかしいからっ！　ちょっと早く屈んでよっと左耳の耳環に触れ真っ赤になりながらキッと睨むと、ルカスはフッと吐息のように笑いを零して泣くように眉尻を下げた。

「……明日も」

「ききませんっ」

「じゃあ明後日」

「きかないったらっ」

ちょっとナニ苦笑してるの、そんな甘い苦笑見たことないわよっ、ヤメてったらトキメクからっ！

あとしつこいですね！　とムキッとなっていると、やっぱり相変わらずの彼はニヤリと笑って耳元に低く囁いてきた。

「じゃあ……婚約式の夜は？　正式な婚約者になった夜くらい、いいだろう？」

「……ッき、きませんっ」

「今躊躇ったな」

「た、躊躇ってないものっ、屈んでくれないならもうお終《しま》いにしますよっ⁉」

「それはヤダ」

ヤダじゃないですよっ！　ホントにもうっ！

「幸せすぎてホント死にそう……愛してるツェツィーリア。あなたしか要らない、あなただけが狂った俺を殺せる」

……そして気持ちがホント重い……――でも、と唇を押しつけて囁いた。

「愛してるわ私のルキ様……あなたしか欲しくないから、私だけに狂っていて」

私の愛も大分重いから、お似合いなんじゃないかしらねっ。

「……ッんぅ、んーっんンーッ、ん、ふァっ……まっ、んぷっ!? んぅーッ！」

「――ツェツィ逃げない、ほらもっと舌出して？」

狂っていてと言ったけどそういう狂い方してほしいわけではないし、舌出してってこれ以上は無理です！　物理的にホント無理っ！

それに息できなくて苦しい、はずなのに……っ、き、気持ちよくなってきてるので……っ！

我儘《わがまま》ボディがポテンシャルを遺憾なく発揮しようとしてきてるので、それは是非とも回避したいのです、だってまだキスしかしてませんから……！

勘弁してほしくて首を振ろうとすると、じゅうっと痛みが走る程舌に吸いつかれ、そして動くなと伝えるように開かれた足の間に腰を押しつけられ、割り入ってくるザラッとした布地にびくりと身体を震わせてしまう。

「んッふ、はッ……ひゃあんっ!?　あ、やっルキ様、んッ、ンう……ッ」

「――ハッ、あぁクッソほんと好き……ツェツィ、ツェツィーリア、俺の夜着、もっと汚して？」

「ンっ、や、……夜着？　……な、に……――～っ!?」

え、これ、そういう……ッこと……っいやぁぁあぁヤメてやめてホント酷いぃいいい!!

ひっいや、前、濡れ……ッちが、違うヤダやだ違うぅ……やめて羞恥で死んじゃうから見せつけないでよそんな嬉しそうな顔して「ほら」ってこの変態がぁぁああ！

信じられない行為にブワッと涙目になり睨みつけようとして、いきなり足をさらに広げられ悲鳴のような……概《おおむ》ね悲鳴と言える抗議の声を必死で上げる。

「ヤダヤダぁっ離し、キャァア!?　ま、待ってウソやだやだヤメてぇ……っ！」

「……白い割れ目からピンク色見えてエロ……中ひくついてるね、ツェツィ。もしかしてキスでイキそうになった？」

も……っもう駄目もう無理気絶したいぃっ！

今っ！　すぐっ！　ナウッ！　……ッて私の神経結構太めだったわコンチクショーっ！

言葉責めまでしてくるとかホントあり得ない……このヒト全然私の話聞いてないじゃないの……！

「いっ、意地悪しないでって言ったじゃない……！」

「え？　してないけど」

「しっ――……」

……え？　これで？　ちょっと、びっくりしすぎて次の言葉が出てきませんよ。

じゃあなんですか、まさかこれが今夜のデフォルトですか……？　冗談でしょう？　卑猥な単語がオンパレードすぎて羞恥心で既に身動き取れなくなりつつあるんですけれど、あなた私が貴族のご令嬢だってこと忘れてないですか……？

衝撃に呆然と美貌を見つめていると、甘く微笑みながら両手を拘束されて慌てて否定する。

「ふふ、俺の可愛い奥さんは、また意地悪をご所望で？」

「え？　ちょっと、ルキさ、ひゃっ……!?　待ってまってちが、違うから待ってそれ勘ちがっ――」

「冗談だよ、ギリギリまでは優しくする。ほら動かないで……胸の先がツンツンに固くなってピンクっていうよりちょっと赤くて美味《おい》しそう、敏感だね、ツェツィ……」

「い、いやぁ……！」

だから言葉の選択ぅぅう！

どうしてそういうことを言うの！　変態で鬼畜枠の方の考えがわからないんでちょっと意見のすり合わせを求めたいです！　……生涯平行線な気がするけど……！　とルカスへ口を開きかけて、乳房に舌を当てられた状態で上目遣いで見つめられ、舌が動かなくなった。

そのまま見せびらかすようにイヤらしく舐《な》め回され、荒らげようとした声は甘えた嬌声《きょうせい》に変わってしまい、羞恥でルカスから視線を逸らしてしまった。

「やっ、……ッ、あ、んっ、ふぅ、くぅん……ッ」

離された手でシーツを握り、もう片方の手で口元を隠して目をギュッと瞑《つぶ》る。

けれど視界を閉じたせいか、より敏感に身体が反応し始め首回りに熱が溜《た》まり始めたのを自覚して仰《の》け反《ぞ》ってシーツの冷たい部分を探してしまった。

そんな私の反応を楽しむように、ルカスは胸元で吐息を零してから触れてきて。

優しく揉《も》みしだかれ、乳輪回りをゆっくりと舐められてぷっくりと膨らんでしまった先に爪を軽くたてられてクリクリと刺激される。

いきなり強めに掴まれて一瞬痛みが走るも、すぐに優しくまた撫でられて。

吸いつかれ、舐め回され、小さく愛を囁かれ……じんわりとした快感が肌全体に広がって、その気持ちよさに焦りを覚えてふぅふぅ小刻みに息を吐いていると、ルカスが「声抑えちゃってホント可愛い、もっと……強くしたら出るかな」と囁いて。

その言葉に肌が粟立った瞬間——噛まれて皮一枚奥で快感が弾《はじ》けた感覚がした。

「ん、う、——っひゃあんッ!?」

「——ハ、あぁ、イイ声出たね、ツェツィ」

その、突然走った痛みに驚く——よりも。

出した声のあまりのはしたなさと、噛まれて弾けた快感に動揺して胸元から顔を上げて淫靡《いんび》な表情を浮かべる端正な顔に真っ赤な顔を向けてしまう。

するとルカスはふわりとキスを落としながら微笑んだ。

「ちゃんと防音してるから、声抑えなくても平気だよ？　もっとあなたの可愛くてイヤらしい声、聞かせて？」

「や、いやぁ……っ」

無意識にお断りの言葉が出ちゃったのは仕方ないと思うのです！

だってさぁ……ナニよイヤらしい声って誰のせいよぉ……っ。

イイ声とか言われても全然嬉しくないしっ、か、噛まれてイクとかっ！　本当身体のポテンシャルが酷い……っということにしておきたい……!!

どうしようこれ意地悪に対応できるように開発されたせいとかだったら……っ泣けるっ。

ぷるぷると首を振り拒否を示すと——すぅっと瞳を細められて肩が強張《こわば》った。

「——ふぅん」

「……っ」

「そう、いや、なんだ？」

「ッ、あ、あの」

その甘すぎる声音に一瞬背筋がゾッとして。

咄嗟《とっさ》に身を守るように小さくなると、「ホント、俺の奥さんは恥ずかしがりで可愛いね」と甘やかな表情で優しく言われながら、これまた優しく頬にキスを落とされて、その優しさにうっかり安堵してしまい。

さらには、おもむろに着ていた夜着をバサッと脱ぐ様と、ボサボサになった髪の毛を手でかき上げたそのあまりの格好良さに馬鹿みたいに見惚《みと》れてポワンとしてしまい……。

ポンコツ性能の警戒心がルカスに関することにだけ無駄に高性能になる恋愛脳のせいで、あっという間にどこぞかへ追いやられてしまったことに気づくのが遅れた私は、ルカスに緩みきった自分の心に胸中で盛大に嘆きながら夫の豹変《ひょうへん》に息を呑むことになりました……。

「ねぇ可愛いヒト、今日、俺は大分我慢してる。あなたを前にして気が狂いそうなほどの情欲を抑え込んで、随分紳士的に振る舞ってると思うんだけど、どう思う？」

「ッる、るきさ」

「どう、思う？」

「し、紳士、てき、かと」

紳士的って、一体なんですか……？

紳士的な方は妻を圧のある笑顔で無理矢理返事させないと思うの……っ。それとも鬼畜業界にも紳士度合いがあるの？　それだったら納得できるなぁ、確かにまだ紳士的……だってまだ一回しか噛んでないですもんね……っ。瞳孔は、開き始めましたけども……ツめちゃ恐いぃぃ！

「だよね」って何ふんわり微笑んでるのよっ、そのふんわり本当可愛いのに目だけ嘘ついてるからヤメてほしいんだけれど……！

ガクブルする私を余所に、ルカスは頬を撫でながら言い聞かせてきた。

「あなたの恥ずかしがってる姿や意地を張ってくるところ、本当に可愛すぎて堪んないんだよ。だからそれ、今日に限ってはちょっと効果ありすぎるんだよね……物凄く煽《あお》られて優しくできなくなる。だから、駄目、いや、待っては禁止にしようか、ツェツィ」

「えっ？　その、それは」

「じゃないと、危ないよ？」

「あぶ、ない、の……？」

うん、そうって可愛らしく頷く内容がもう意味不明すぎる……。

え……それどういう意味の危ないデスカ……っ？

あなた自体が既にドＳ寄りの危険水域にいるじゃないですか。そういう意味で危ない？

あ、それとも私の身が危ないってことかな～随分な気遣いを見せてくださって、本当今日は紳士的ですねっ。

でもその言葉を取り上げられちゃったら私はどうやってあなたを制止したらいいのっ？　ただでさえ止まらないくせにもう止まる気ないじゃない……ッ？

しかも「よし、そうしよう」って何を一人で納得してるのよ、私は同意してません……！

これはかつてなくマズい展開！　と思うも、即座にルカスに口元を手で覆われてしまい、さらには「駄目だよ」と甘いけれど重たい声音で制されて。

開けた口からヒュッと小さく息を吸い込んで、ゆるりと雰囲気を変え始めるルカスに目を見開く。

「意地悪されたがりのツェツィーリア、明日、無事に起き上がりたいなら、俺の言うことをきいて？……それとも、やっぱり意地悪をご所望なのかな？」

「――ッ」

や、ばい……！　目がいっちゃってる……ッ金色がドロドロなのにゆらついて光ってるぅ……っ。

こ、こわ……っヤバいですマズいですこのヒト今夜本当に振りきれてる……ッ!!

でもどうして私まで変態の仲間入りしてるみたいになってるの……!?　意地悪されたがりとか完全なる勘違いだし、ちょっと許せない台詞ですよルカスさんっ！　そこは断固抗議させていただきたい……っけど、ちょっと今は無理かなぁ……だって私は我が身が可愛いヘタレですんでっ、空気読むタイプですんで……ッ。

そしてその選択肢二つじゃ結局私は瀕死状態になりそうなんだけど、どっちが比較的安全なのかしら……全然わかんないっ！　とない頭で必死に考えていると、ルカスが「いや、流石に無理があるか」と呟いた。

その言葉に、やった！　今日本当に紳士的！　素敵です！　と希望を持ってしまった私は、まさか第三案を出されると思わずコクコクと勢いよく頷いてしまい、そのあとに放たれた恐ろしい言葉に時が止まった気がしました――。

「……わかった、じゃあ仕方ない、言えなくしようか」

「――……？　え、と……ンゥッ!?　ん、――!?」

その言葉を言い終えるやいなや、深く深く口づけられながら中と外を同時に刺激された。

後頭部を抱え込まれてねちっこく舌を絡められ、花芯を押し潰され潤んだ内壁をゴツゴツした長い指で捏《こ》ねられる。

叫びは全て絡められた舌に奪われ、強い刺激で仰け反ってしまう身体さえも大きな身体で押さえ込まれて、発散できない快感があっという間に爆発した。

「ンぅぅ……ッ!?　ふっ、ゔぅッ、～ん、んっ……んぅ――ッ！」

ビクッビクッと身体が跳ねて、腰が軽く浮いたまま痙攣《けいれん》していると、いつもは待ってくれるはずが今日は深く口づけたまま舌を痺《しび》れるくらい絡められ、何度も弄《いじ》られ幾度もイカされ続けて。

酸欠で苦しいのと連続でイッて苦しいのとで早々に音を上げた私は、ようやく離された唇を必死でルカスから逸らして制止を乞おうとして――出した言葉のおかしさにカチコンと固まりました……っ。

「ンーッんぅッ、ンぅぅーっ!?　ンッ、ふ、……ハ、ひゃめれっ……――!?」

……へ？　え、な、何？　なん、なの、今の……？　私、の口……？　今の私、が……っ？

あまりの衝撃に震える手で口元を覆いながら、私の乱れた髪を優しく直して恭しくキスをする夜明け色へと無意識に視線を向ける。

髪色と同じ長い睫毛《まつげ》がゆっくりと上がり、ゆるりと弧を描く金色がキラリと輝いて。

ほとんど吐息同然に「何？」と返されて、恐怖と羞恥と怒りで肩が慄《おのの》いたわ……っ。

隠した口元の、痺れた舌を自覚して見開いた目を徐々に潤ませた私に、ルカスはうっそりと嗤った。

「どうしたのツェツィ。ナニか、あった？」

まるで助けてやったと言わんばかりのその台詞に返す言葉も見つからず凝視し続ける私に、ルカスは見せつけるように夜着の腰元の紐《ひも》を緩めた。

綺麗な顔からは想像もできない、けれどその身体に見合った長大なソレを夜着から出すと、ゆっくりと蜜口にあてがわれたから、慌てて口を開いて、またも自分の口から出る言葉に涙目になる――ッ。

「っや、まっへらめぇ……っ！」

――ッにーじーげーん――っ!!

なんなのなんですかねらめぇってそんなキャラどっこにも存在しないはずなんですけどぉ――っ!?

……っホント許すまじルカス・テオドリクス・ヘアプストォッ……!!

流石の分身も全員衝撃で「はぁああ!?」状態になったわよ……どうりでねちっこく舌を絡めてくるはずですね……っ！

ワナワナ震えながら、少し……っ少し我慢すれば治るはずっ！　と動揺から立て直そうとした私を、ルカスは容赦なく追い込んでくる……ッこの鬼畜設定誰得なのよホントもうさぁ……っ！

「ごめん、よく聞き取れなかったんだけど……今、なんて言ったのツェツィ？」

「――ッ」

ん？　っと小首を傾げながら近寄ってくるその身体を押しやろうと、胸板に手を当てて両手で必死に突っ張った私の努力を、ルカスはキスをしながらあっさりと水泡に帰した。

両手を一纏めにして頭上に固定し、にゅるりと一度割れ目をなぞって蜜をつけると、ぺろりと口を舐め上げながら痙攣して狭まった中を堪能するように小さく抽挿しながら途中まで入ってきて。

その熱すぎる塊と太い傘で擦られる甘美な刺激に、まるでもっと奥まで来てと強請るように腰が動いてしまう。

「ツひっ、ひゃ、らぁッ！　アッひゃッめ、まっまっ……やらぁ……！」

「……かーわいい、……もう少し、ッ、奥のお腹側が好き、だもんな、ねぇツェツィ」

「ヒ……ッ、ヤッ、やら……ッや、やっ、やっやらぁッイッ……あぁ――ッ！」

お腹側の感じる部分を出っ張りで嬲《なぶ》られ、揺れた胸先を摘《つま》まれてクリクリと刺激され、開いた足に力が入りお尻がシーツから浮く。

そうして為《す》す術《べ》なく視界がまばゆくなり、背筋を反らしてイッた私を見ているはずなのに。

ルカスはやだやだと痺れる舌で喘ぐ私を逃さないように腰を掴むと、ズチュズチュと音を鳴らして同じことを繰り返す。

「腰、動いてるよツェツィ……ッ奥の奥を揺すられるのも好きだもんな、っ、ハッ出そ……ッ悪い、ちょっと、強めに、させて、ッ」

言葉と同時に腰の動きを速められ、狭まる中を無理矢理抉《えぐ》られる強すぎる感覚に頭を振って悲鳴を上げる。

「る、るひっ、さ、ひゃめっヒッやらやらぁもっ、あ、あっあ――！　あぁ――……っ」

「ッ、あぁスゲ、絡み、つく……ッねぇツェツィーリア、イッた？」

「――ハッ、あ、イッ、い、あっ、あ――……ッ」

それとも、まだイッてないのかな？　とそれはそれは楽しそうに零された言葉に、身体を震わせながらチカチカ瞬く潤んだ視界を限界まで見開いた。

何、言って……！

嘘でしょうナニわからないフリしてるの……このヒト本当腹黒でど鬼畜……!!

ちゃんとイッてる……っさっきから何度もイッてるの知ってるくせに……！　言わせないようにし

たくせにイッたって言わないと駄目とか本当鬼ですか……!?

というかコレ、は、本当にマズい……っ、多分もう、ギリギリは過ぎた……気がします……っ！

だって彼ったら金色がドロドロに蕩けてるし猛烈に獰猛な感じで嗤ってらっしゃるぅ……ッ。

荒い息を吐き出し、ズリズリとシーツを滑り無意識に逃げようとするとそれはそれは嬉しそうに瞳を細め、「逃げられると酷くしたくなるって言わなかったか？」と言われブンブン必死で首を振る。

逃げてないよっ、そして言ってない気がするよっと意思表示したつもり、なんです。

なんですけどね……まぁ当然わかっててもわからないフリするんですよ、彼……っもう本当、私の旦那様超絶格好良くて腹黒くて性格悪っ……！

「夫との閨《ねや》で逃げようとするなんていけないヒトだなツェツィーリア。ちょっとお仕置きしようか」

「ヒッ……ひゃらぁ！　ひゃめっもっやらっ！　やらぁッ～……ひッ、ゔぅ――！……！」

奥の奥まで入られ、一番感じる部分をイヤらしく先端で押し潰しながら揺すられて、脳が焼けた。

歯を食いしばってすぎる快感にひたすら耐えようとした私を、ド鬼畜はうっとりと眺めて……なお、恐ろしい言葉を吐き出してどん底に叩き落とす。

「汗ばんだ身体くねらせて耐えちゃって……一回で終わらせるわけないってわかってるよね、ツェツィーリア？」

「ツ、ぁ、い、や、あっ……あ――っ！　ァアア――……ッ」

息をつく暇もない絶頂をまたも数度繰り返され、何も言えなくなり嬌声を上げるしかできなくなると、ルカスはようやく手を緩め、優しい手付きで浮いていた私の身体をそっとシーツに横たわらせた。

ぐったりと手足を投げ出し、みっともなく口端から零した涎《よだれ》をシーツに吸い込ませながら荒い息を吐いていると、ルカスは私の口端をぺろりと舐めてからそのまま低く甘く、……泣けと言わんばかりの台詞を吐いた。

「大丈夫？　でもまだツェツィのイクには該当してないだろ……？　イッたって、言ってないもんな……？」

「……～～ッ」

こ、の、ヒト……ちょっと、ホント、今日、こわ、い……っ。恐い、はず、なのに……！

だからどうして……っどうして私はそこで頬を染めるのぉ……!!　ホント駄目だからっ、どこ行ったの常識担当この間から行方知れずですけどもっ……！

ホント駄目……このレベルの旦那様に対応するのはホント駄目だからっ、どこ行ったの常識担当こ

容赦なく意地悪な手付きが明らかに私の身体を知り尽くしていて覚えてるのがわかって嬉しいとか思ってないし……っ！　眇《すが》めた金色に上がる口端が格好いいとか全然思ってないし……っ！　だから、心臓、ドキドキしないでよぉ……ッ。

あれですか、恐すぎて頬染まっちゃったとかですか……っそんな感じでいいですか……っ！

動揺から意味不明の自分ツッコミを脳内で繰り広げながら、流れる涙のまま必死に懇願の視線を向けたのだけれど……私のその顔が、どうも鬼畜の琴線に触れたらしく……。

「あぁホントその顔堪んね、可愛すぎ……ねぇツェツィーリア、もっと……泣いて？」

「……ふ、ぇ？」

な、いて？　え？　泣けと？　仰いました……？

既に泣いてるのに？　さらに、さらに……っ駄目だわサディスティックさを増し増しにしてくる夫

にどう対応していいかわかりません……！　トキメイてるのは勘違いってことで逃げようッ！

そう思って力の入らない身体を必死で捩《よじ》ろうとして――。

「ツェツィ」

「――っ」

彼にただ一声、低く甘く呼ばれただけで私の身体は動かなくなる。

「好きすぎて閉じ込めたいよ、俺のツェツィ。その蕩けた若草色も、熱っぽい息を吐く薄紅色も……全部俺の、俺だけのツェツィーリア、だろう？」

「……～ッ、は、ぃ……ッ」

指を絡められ、耳に唇を押し当てられながら囁くように吐き出された言葉に、耳奥がずくずくとうるさくなり胸が喜ぶように苦しくなってうっかり応えてしまった私に、堪らずと綻ぶような笑顔を見せてくる人外美形にキュンキュンする自分の駄目さ加減にもう目を瞑りたくなりました……。

今日駄目だ……今日、このヒトも駄目だけど私も駄目だわ……っ。

何を返事してるのよ……ッはいって……はいって……っ！

腹が立つわっ、独占欲の塊に心撃ち抜かれて抵抗できなくなるとかさぁ……！

私にだって譲ってはならないモノがあったのよ……ソイツは今撃ち抜かれて粉々になりましたけどね！　本当コンチクショーですよ……！

好きすぎて!!　一周回って好きとかさぁッ！　意味わかんないっ！

意味わかんないけどっ！　でもこのヒトにされるがままになってたら私多分明日から寝込む……っ！

そして第二王子宮から恥ずかしくて出られなくなる……ので！

もうここは羞恥心を捨てて、主導権を取り返すしかないでしょう……っ返事もできるようになってることですしねっ！

女は度胸よツェツィーリアー！

あまりの腹立たしさに私も振りきれて、コキュンと喉を湿らせ、震える腕を持ち上げその筋肉のついた身体に手を這わす。

「どうしたのツェツィ、……っ？」

「ッ、る、ルキ、ルキ、は」

「……え」

「ルキ、は、私、の……？」

「……～ッ!?」

は……恥ずかしいぃぃ……っ！　どうして初めての呼び捨てがこんな情事中なのよ馬鹿ルキィッ！　でも完全に固まらせることに成功したから、もうこの際良しとするわっ！

瞳孔も閉じましたし金色の瞳もキラキラ潤んでます！　さっきまでヒトを堕落させようとするかのような卑猥さ満載な色気もなくなりました！

驚きすぎて真っ赤になった子供みたいな顔してるわ、ふっふーんだざまぁみなさいルカス・テオドリクス・ヘアプストっ！

私だって貴族令嬢！　やり返しますからね、どーやーっ！

「あ、え」

「ね、ルキ、違うの……？」

「あ、の、そう、デス、ね、ツェツィ、のモノ、です」

……やだ、最高に可愛くなった……っ。

え、どうしよう、そんなに可愛くなるとか思ってなくてっ、あの、そこまで照れられると私も照れるからヤメてほしいんですけれどもっ。

どうしよ、どうしようぅぅ……ッもうやるしかないんだけれど、ちょっとホント別人でギャップが凄くて可愛いもう好き……って違うっ！　ばかッ、ホント私馬鹿……っ！

自分を詰りつつ、頑張れと叱咤《しった》して震える唇を開く。

「じゃ、じゃぁ、あの、ッ、ルキ、ぎゅって、して？　優しく、キス、して……っ」

「――ッ、う、あ、は、い、よ、よろこ、んで」

……もう口から心臓飛び出そう……ルカスの緊張照れがめちゃうつるぅ……！

そして本当可愛い……かってないくらい辿々しいキスですっ、信じられませぬっ。舌も入ってこないしっ、チュッチュしかしてこないとかあなた本当にさっきまでと同一人物ですか……!?

豹変っぷりが凄すぎて疑いたくなる……凄い楽になったからツッコまない方向で行きますけれども。

優しい口づけに、支えつつも掻《か》き抱くように力強い腕にじんわりと幸福感が広がる。

ゆっくりと刺激しないように引き起こされ、身体をそっと撫でられながらお優しくキスをされ、気持ちが溢《あふ》れて言葉になった。

「ん……ルキ、ルキ、好き、ルキ、好きよ……」

けれど、その私の言葉に返されたルカスの言葉は、……唸《うな》り声に近いものだった。

「……ツェツィ……ッ」

「――ぁ……っ？　あっ、ヒッ……～ッ！」

これ以上は挿入《はい》らないはずの部分を突然強く突き上げられ――お腹の奥がその痛みを甘受して急激に熱を持ち、抵抗する暇もなくあっという間に弾けた。

痙攣する内壁でルカスを締めつけるのを自覚して、力の入らない腕で必死に首に縋りつき、激しく腰を動かしてくるルカスを酷いひどいと詰る。

「ば、ばかルキぃ……っ、いき、なり、ひどっ……ん、あ、あッ～ルキ、ルキっ、いやぁまたイッちゃうルキぃ……！」

「――ツェツィーリア……っ」

あまりの快感にポロポロ泣きながら彼を呼ぶと、ルカスが焦ったような、どうしようもなく切羽詰まった声で応えながら腰を掴んで捏ねるように動かしてきて、チカチカしていた視界が白み始める。

「あっ、あッ、イッて、イッてるの……！　だ、めぇッやっ、待ってヤダっまたイク……ッイッちゃうからルキぃ……！」

「あ、おんなよクソッ……！　ツェツィ、ツェツィーリア……ッごめん、ちょっともう止まれない……っ、でも、頼む、もっと」

俺を呼んで、と苦しそうに顔を歪めながら焦がれるような色を金色に乗せて言われて、嬉しくて震えた唇が綻んでしまった。

縋りつくと苦しくなるくらい抱き締められて、幸福感に溺れそうになりながらルカスを詰る言葉を紡ぐ。

「あ、ルキ、ルキ……ッ、ンッ、あ、ばかっ、ルキ、の、ばか……ッばかルキぃっ」

「……ツェツィ、ちょっと、俺が思ってたのと、ッ、違う……」

「ばかぁ、いじ、わるルキっ、腹黒ルキぃ……私、の、ルキ、好きよルキ、ルカス、愛してる……」

「――ッ、ああクッソ……――ッ！」

肌を激しく打つ音が耳に響いて自分の嬌声がよく聞こえない。

苦しそうに愛を告げられ、深く口づけられ。

一つになりたいと言わんばかりに強く強く抱き締められる。

そうして何度となく貪られ、室内が白み始める頃にようやく手を緩められた。

死ぬかと思った……呼び捨て案は駄目だったわ……とゆっくりと落ちる意識の中思っていると、

「……ヤバい、調整しないと侯爵にバレるなこれ」と呟く声が聞こえて口元が緩んでしまったわっ。

ふんっ、少しは苦労すればいいのよ、どうせこうなるってわかってましたっ。

だって私はあなたが好きすぎますからねっ、もうその辺は諦めるから！

――だから、あなたは頑張って私をお父様に取り返されないようにしてね。

……あと、今夜も流石にしようとしたら本当に怒るからっ。

そんなことを揺蕩《たゆた》いながら思っていると、引き寄せられ抱き締められ……「愛してるよ、ツェツィーリア……おやすみ」と優しく口元で囁かれ、ようやくこの腕の中に戻ってきたのだと実感して涙が零れて、幸せな気分で夢の世界に旅立った――。

完璧超人ルカスさんの弱点を知りたい。

誰《だれ》しも一度は考えることだと思う。……思うでしょ？　私は思いましたっ。

マナー関連は言うに及ばず、文武両道で仕事っぷりまで大層有能と評判。

そして誰であっても冷静で穏やかな対応……あの美形でそれですので、老若男女にモテることこの上ないわけです。彼を嫌いだと断じるのは、我が父のみでした。そのお父様さえも、ルカスは行動面においては非の打ち所がなさすぎて腹立たしいことこの上ないと褒《ほ》めていらっしゃいました。

……行動面以外だと何かあるのかなって思ったけれど、ツッコむことはできませんでした。なので、褒めたってことで話を進めますっ。

それならば！　と苦手なモノはないのかと観察してみても見当たらなくて、仕方なく本人に訊《き》いてみたのだけれど……。

苦手な動物や魔獣はいないのかと訊いても特にない。

苦手な食べ物はないのかと訊いてみるも、やっぱり特にない。

苦手な学問もなければ、苦手な運動なんて当然ない。

このヒト本当に人間かしら……と思いながら、「好きな──」と言った瞬間《まか》、「ツェツィーリア」と答えられながらチュッと手の甲にキスを落とされ、真っ赤になって言葉が出なくなり会話が終了しましたっ。

そういうことが訊きたかったんじゃないし手が早い！　そして人誑《たら》し能力が高すぎる……！

そんな感じで苦手なものが見つからないので、それなら！　とフィンさんとアナに訊いてみた。

……だって二人が一緒の部屋から出てきたからねっ。どうして一緒にいたのかは訊かないでいるのが主人としての優しさです。私は空気読むタイプ……だからアナの目が怖《こわ》かったのは気のせい……っ。

「ルカス様の弱点？」

「そんなの一つしかありません」

「えっ、何かしらっ？」

「『ツェツィーリア様です』」

……そういう答えを望んでたわけじゃないのよ……。

「真面目な話、長いことお傍《そば》にいますが主《あるじ》に弱点らしい弱点はないです。基本的に物事に興味を抱かない方ですから苦手意識というもの自体がない上に万能型の御人なので……。主に弱点など見つけようとしたら、大抵の人間が消されますしね。ついでに言えば、あの方の懐に易々《やすやす》と入り込める人間は恐らく世界のどこを探してもツェツィーリア様以外おられません」

「そうね、バルナバーシュ様であってても無理でしょうから、やはりツェツィーリア様以外ルカス様をなんとかできる方はいらっしゃらないかと」

「……別になんとかしようと思ったわけではないのよ」

どうして公爵家の使用人達はすぐに血みどろ系の危ない方向に話がいくのかしら？　私はルカスのちょっとした弱点が知りたいと思って訊いただけなのに……そう思っていると、アナがにんまりした。

「ツェツィーリア様、つまりあなた様なら、ルカス様になんでもできるということですっ」

「……なんでも」

なんでもだとぉ……っ⁉　言葉の衝撃感に、令嬢ぶることを忘れそうになったわ！

これは……！　と思った私は、ベッドに入っておやすみのキスをしようと近づいてきたルカスに手を広げてみた。すると彼はちょっと頬を染めて、嬉《うれ》しそうに手を広げ返してくれたから、よっしゃ！　と思ってその身体《からだ》──の脇へ手を差し込んでコショコショとくすぐってみましたっ。

「ッうわぁっ⁉　……っ」

「……っ！」

……まさか。まさかまさか──っ。

「……っ、ツェツィ……ッ？」

「……ふふふ」

やだ、私ったら今ちょっと悪役令嬢を通り越して悪女っぽいかも。そして心の変なスイッチがオンになっちゃった気がするわ……！

でも顔と言わず耳まで赤くなって、頬を引き攣《つ》らせたルカスを見られるなんて思ってなかったんだもの、この際心の中の悪女を全面に出させていただきますっ。

「ルキ様、ぎゅってさせてくださいな」

「……ツェツィーリア、誰に何を吹き込まれたッ？」

「まぁ、嫌ですわ、旦那様を抱き締めたいだけですのに……駄目、ですか？」

「──ッ」

わぁっ可愛《かわい》いぃー！　首まで赤くなったわ！　そして悔しそう！

「きたねぇ……！　クッソふざけんなよ誘惑がすぎるっ……ッ」とかお口悪いですね、ルカスさんったら。手を広げて首を傾《かし》げただけです。でもそんな風に赤くなって怖くない感じで睨《にら》みつけてきて、必死で威嚇《いかく》してる感じなのがソウキュート！　よし、にじり寄りましょうっ。

「ね、ルキ様、……ルキ」

「ッ、ま、待った……っ」

「ルキ、ぎゅってさせて？」

「く……っ嘘《うそ》だってわかってんのにクソ可愛いな……ッ、ホント誰に吹き込まれたんだよ……⁉」

「ルキ……ね？　お願い」

「ッだぁぁ馬鹿か俺……っマジツェツィに弱すぎる……！」

真っ赤になってぼやきながらも逃げず、しかも腕を広げてくれた旦那様にゆっくり抱きついて――えいさ！　とくすぐってやりましたっ！

「――っあははっやめッツェツィッ！　ぶふぅっハハハッちょっまって待って……！」

……――ッいぃーやぁぁああ――！　かぁ――わぁ――いぃ――いぃぃぃぃ――っ‼

めちゃ笑ってる！　超絶美形が！　めっちゃ！　子供みたいに！　笑ってるぅぅう！

やだわキュンが止まりません……！　どうしよう、すぐ終わりにしようって思ってたのに、あはって笑う声も笑い方も涙目になってるところもたまらなく可愛くて手が止まらないわ……！

「ツェッアハハハッちょっ、ハハッ待ってツェツィーリアぶふっあははっマジ待って……！」

う～ん、ルカスがくすぐりにこんなに弱いなんて……人外美形がくすぐりに激弱で涙目で笑い転げるとか、ときめかない女子いないと思うんだけれど……！　私の乙女《おとめ》心が目をハートにしてる気がする！　むしろ私も今なら目がハートかもしれませんっ。

もうホント可愛い……っ。笑ってるところホント好きッ。……ただちょっと、ベッドを叩《たた》く力が強くてぼぅんぼぅんなるのがアレだけど。これ、そろそろやめないとベッド壊れちゃうかも……。

そう思って手を止めた瞬間——引き倒されて両手を頭の上に纏《まと》められ、涙目で顔を赤くしてふーふー言ってる美形を引き攣った顔で見つめる。ヤバーい……！

「る、ルキ、あの」

「……あ～……人生で初めてこんなに笑ったわ……」

「そ、そう……」

初体験でしたか、それはそれは……いい経験したってコトでもう終わりにしてくれないかな～……駄目、ですかね……っ？

戦々恐々と見つめた私に、ルカスはにーっこり微笑《ほほえ》んだ。ヒィッお許しをぉ……っ！

「随分と楽しそうだったね、ツェツィーリア？」

「あ、そう、ですね、あの、つい、その……」

笑ってるところが本当可愛くて……とは言わずに、そっと視線を外す……ついやぁッ夜着の紐《ひも》外してきたぁ……！

「る、ルキッ、待ってて」

「だーめ、俺もやり返す」

「へ……キャッあはは っやだっやめアハハハっるっルキっきゃッあんッ……!?」

直《じか》に肌に触れながらくすぐり返されて笑っていた……そのはずなのに……っ。何故《なぜ》か私の口から突然、明らかに笑い声ではない声が出て、驚きすぎて自分の身体を見下ろしてしまったわ……！

ちょっと冗談でしょう……っ？　そんなところまでポテンシャルをいかんなく発揮しなくていいのよ……!?

愕然《がくぜん》としていると、キシッと寝台を軋《きし》ませてルカスが覆いかぶさってきた。

「ふっ、ホント、感度良すぎだろ、ツェツィーリア？」

「……ッち、ちがっ、今のはくすぐったかったからよ……！」

上がる熱を自覚しながらも誤魔化そうと必死で睨みつけると、ルカスはくすくす笑いながらキスをしてきて、そしてそっと指で脇腹をトントンと叩いてきた。その些細《ささい》な刺激にもピクッと反応してしまい、羞恥《しゅうち》で唇をぎゅっと噛《か》み締めて眼前の金色に「根性悪……っ」と小さく悪態をつくと、ルカスはそれさえも笑って、私の首筋に吸い付きながら幸せそうに言葉を紡いだ。

「俺も大概あなたに弱いけど……ツェツィも、俺にすぐ反応してくれるよね……なんでだろうな？」

「〜ッだ、誰のせいっ……ん……っ」

叫ぶように返した瞬間、するりと脇腹を撫《な》で上げられてその固い掌《てのひら》の感触に声が漏《も》れてしまい、肩まで赤くなった気がしたわ……っ。

そんな私を蕩《とろ》ける瞳で見つめると、彼は深く深く口づけて熱い呼気と共に愛を吐き出した。

「愛してるよ、俺のツェツィーリア」

「ツ、……ンっ、る、き」

「俺を無抵抗で殺すことができるのは、あなただけだよ」

……いや、だから、別にそういうのを目的としたわけじゃなくてですねっ。しかもヒトの胸を揉《も》みながらそんな不穏な言葉を色っぽく囁《ささや》かれても反応に困るし、むしろあなたが私を羞恥で殺しにかかってきてますよねっ。剣ダコで胸を刺激されて感じたのが恥ずかしくて赤くなったのに、不穏な言葉に頬染めたみたいになっちゃったじゃないっ。

そんなことを思いながら、離された手をルカスの首に回して引き寄せる。

「じゃあお互い様ですね」

「？」

「私が無抵抗で身を捧《ささ》げるのは、あなただけですから」

「——ッ、そ、そう、ですか、それは、なんと、言いますか、凄《すご》い嬉しい、です……っ」

ふふん、どーやー！　赤くなっちゃって、どうしてあなたってそんなにギャップが凄いのかしら。口説《くど》くのは手慣れてる感じなのに、口説かれるのは慣れてないとか不思議ボーイ……。

そんなことを思いながら、口元を覆って「あぁ〜敵《かな》わなくて悔しい……クソ幸せ……」と何やらぼやいているルカスへ口を開く。

「ね、ルキ、もう一回だけ」

「駄目」

「……」

「……。……そんな可愛い顔したって駄目だからな……っ。あと誰にも言わないでください！」

ちぇっ、一瞬考えてたっぽいのに……まぁいいわ、可愛いあなたが見られたし。

赤くなった目元をそっと指先でなぞり、そのまま金色の耳環へ伸ばす。

眉間《みけん》に皺《しわ》を寄せて懇願するように私の掌に頬を押しつけるルカスに、瞳が緩まり喉《のど》から笑いが零《こぼ》れた。

「ふふっ、じゃあ秘密にする代わりに、またお忍びでどこか連れて行ってくださいませ」

「お忍びで？　全然いいけど、どこか行きたいところとかしたいことがあるの？」

「いいえ、……ただあなたとゆっくりしたいだけです」

いつも沢山の責任を背負って立つあなたはとても素敵だけど、今のように子供みたいに笑う姿も好きだから、本当はもっと見たいと思ってる。でも王城では、居室以外の場ではそれは許されない。

お忍びはあまり褒められたことではないけれど……でもまぁ、歴代最強の英雄に護衛侍女プラス竜までいれば、護衛の観点から考えれば何も問題ないわよね。

……というか、むしろ過剰防衛じゃない……っ？　このメンバー、もしかして一国滅ぼせるんじゃないかしら……っ。た、他国には行かないようにしましょう……！

「……〝ルキ〟と〝リア〟として？」

「そう、駄目ですか？」

「愛《いと》しいあなたのそんな可愛いお願い、きかないわけにはいかないな。是非行こう」

とろりと溶けた金色が細まり、絡めた手の甲に優しくキスを落とされる。その柔らかな感触に胸が震え、瑠璃紺《るりこん》色の髪へ手を差し込んで意志を伝えるとルカスが楽しげに微笑んだ。

「他にお願いは？　……その顔はあるはずだけど」

気持ちを聞いてくれようとするのは凄く嬉しいんだけど、それにしたって言わせたがりですよねっ。

「……き、キス、して、ほしいです……」

「どこに？」

……ホント言わせたがり……、でも私だって頑張って伝えたんだから、今度はあなたの番ですよっ。

「……おやすみの挨拶なんですもの、当然頰にですわ、ルキ様」

チョンと薄い唇に指を置きながら伝えると、ルカスが目をまん丸にして、それから破顔した。

「――ぷっ、あははっ、そっか、頰にね……ツェツィーリア、俺のお願いもきいてくれる？」

言いながら頰にキスを落とされ、同じように置いた指で唇をなぞられながら尋ねられ……伝わった意図に、ふふんっきいてあげますっとドヤ顔で応えましたっ。

「いいですよ、なんですか？」

「ありがとう、じゃあこの桜色の唇を、嬲《なぶ》らせてもらっても？」

「――……なぶ、る、のは、ちょっと……」

……あれ、意図を超えた表現が出てきたわ……どうしましょう……っ。

「ああ、口は開けなくていいよ。……耐えられなくなったら、教えてくれればいいから」

ね？　と可愛らしく首を傾げながら近寄ってくる金色に首筋から顔へじわりじわりと血が上る。

ぺろりと口端を舐《な》め上げた舌でそのまま下唇を舐められ、尋ねるように細まった瞳に震える唇で降参を伝えてしまいました……。

「い、いや、ルキ、お願い、ちゃんとキスして……っ」

壊れそうなくらいうるさい心臓をおさえて見つめると、何故かルカスは悔しげに目元を染めた。

「……ホント、敵わないよ……」

クッソ、自業自得ってヤツだなこれ……とぼやきながらそっと愛おしむように唇を当てられ、そのまま隙間をなくすようにぎゅうっと抱き締められ、身体から力が抜ける。

絡まる舌に必死で応えていると、息継ぎの合間にルカスがそっと囁いた。

「……ツェツィ、ホント誰にも言わないでね」

「……ふふっ、言わないわ。英雄の弱点なんて、漏らしたら大変だもの。……それに」

私だってあなたを独占したいから、完璧超人の秘密は誰にも教えない――。

文庫版書き下ろし番外編

『一回』の差と消し去りたい過去

柔らかな何かが身体《からだ》の上で身じろいだ感覚で、意識が浮上する。

窓から差し込む光で朝も早いことを確認し、薄明かりの中でも白く浮き上がる肩に掛け布を掛け直して息を吐き出す。

そしてどうしても我慢できず、両手で顔を覆って小さく小さく呟《つぶや》いてしまった。

「クッソ可愛《かわい》いんだけど……なんで俺の上で寝てんの……」

指の隙間《すきま》から見える、すよすよと優しい寝息を俺の肌に当てながら熟睡している飴色《あめいろ》の頭に胸の底から枯れることのない愛《いと》しさが湧き上がり、自然と手が伸びる。

乱れた髪をそっと梳《す》いて顔が見えるように整えると、色素の薄い睫毛《まつげ》と桜色の唇が小さく動いた。

そして聞こえた寝言に、無意識に身体に力が入ってしまった。

「……ん、すきよ……るき……も、むりだから……またあしたに、して……」

未来を約束してくれる甘い誘いに自分でもわかるくらい顔が熱を持ってしまい再度覆い直すも、我慢なんてできないと泣き喘《あえ》ぐ彼女の媚態《びたい》が瞼《まぶた》の裏に蘇《よみがえ》ってしまい、身体が欲深く彼女を食らおうと準備をしだすのをなんとか長い息で抑え込む。

「……ハァ――――……いい加減落ち着かないととわかってるんだけどな……」

先日ようやく腕の中に取り戻したツェツィーリアを、渇望するままに毎晩抱いている。

正式な婚姻を結んでいない身で第二王子《俺》の私室で過ごしていることがバレたらまた引き離されるか

もしれないと怯《おび》え躊躇《ためら》う彼女に、出入り口の全てと寝台まるごと防御壁で囲い逃げられないことを見せて、抱き締めてキスをして愛を囁《ささや》いて……今自分達は誰《だれ》も入り込めない場所にいて、お互いしか見なくていいんだという状態を知らしめる。

そうすると赤くなりながら身を委《ゆだ》ねてくれるツェツィが可愛くて、正直自重した方がいいと自分でも思うくらいには貪ってしまってる。

そのせいで最近ツェツィに疲労が見えているのもわかってはいるんだが――昨夜も就寝の準備を済ませ、寝室のドアを開けてツェツィを促すと、彼女は差し込む月明かりのせいで身体のラインが丸見えの白絹の夜着の紐《ひも》を指先で弄《いじ》りながら、顔を俯《うつむ》けて辿々しく明日の予定を口にした。

「ルキ様、あの、明日はいつもより早く女官が挨拶に来るらしくて、その、今夜は……」

夜着の紐で手足を縛って激しく抱いていいって言ってくれないかな……と思いながら欲を見せないように微笑《ほほえ》み、俺を見てと腰を引き寄せる。

「わかってる。早めに第二王子妃の間《向こうの部屋》に移動すれば問題ないだろう？　ちゃんと俺が対応するから、俺にあなたの存在を実感させて？　腕の中に抱き締めていたいんだ……それとも、共寝がイヤ？」

二度と離れないために第二王子宮に住まわせることにした俺としては、独り寝は絶対にする気はないし、護衛の面から考えてもツェツィにもさせないと決めている。

でも彼女としては体格差のある俺と一緒だと寝にくいのかもしれない――……筋肉が固くて邪魔だと思われていたら流石《さすが》にどうしたらいいだろうか、ツェツィを守るためにも痩《や》せるのは無理なんだが……っ。

思い至った考えに若干血の気を引かせていると、ツェツィが慌てたように言葉を紡いできて、猛烈に俺を喜ばせた。

「ち……違います！　離れたいわけではなくて、ルキ様の腕の中にいると安心してしまって私が毎回起きることができな——……っあの、だ、抱きかかえて移動してくださってると、アナ達から聞いて……その、お手を煩《わずら》わせるのが、申し訳なくて、ですね……ッ」

そう言って赤い顔を俯けて小さくなるツェツィを前に、足でドアを蹴《け》り上げて閉めて、逃げられないように窓を含めた全ての出入り口に三重防御魔法を掛けてしまったのは仕方ないと思う。

本人としては誘ってるわけではないだろうし、つい口をついただけなんだろうが……悪いけどそんな可愛いことを言われて我慢とか無理なんで、今日もシます。

「——えっ、なんでドアが突然閉まったの……っ？　る、ルキ様？　あの、防御魔法はありがたいのですが、これでは寝室から出られません……っ」

「ふふ、やだなツェツィ……見ての通り、閉じ込めたんだよ」

朱に染まった顔と肩を強張《こわば》らせて助けを乞うような……俺を煽《あお》るような潤んだ瞳を向けてくるツェツィの顎に手を掛け、この部屋から出す気は一切ないと伝える。

すると彼女が焦った様子で俺の袖《そで》を掴《つか》み、言い募ってきた。

「——ッだ、駄目ですっ、今の状況での醜聞はいけません……！」

そう、真面目なあなたならそう言うだろうね。

「多少問題が起きても間違いなく解決できる態勢を整えてるし、そのためにフィンやアナ達に行動させている。リスクを抱えてまですることじゃないとツェツィは思うのかもしれないけれど、こうまでするのは、俺だってあなたと同じように不安を感じることがあるからだ。日中だっていっそ繋《つな》いで常に共にいたい欲を我慢してるんだよ、ツェツィ……俺との共寝がイヤじゃないなら、夜の間くらいあなたを独占してもいいだろう？」

時折、俺を制止する一切の言葉を封じさせたい気持ちになって、ついズルイ言い方をしてしまうんだよな……まぁ流石に今の状況で繋いだりなんてしたら本気で嫌がられる可能性があるし、何より、クライン侯爵が口だけじゃなく手まで出してきて面倒なことになるのは間違いない。

あのおっさんを相手にするには根回しが重要だから今すぐにはやらないけど、それくらい我慢してるってわかってほしい。

懇願すると、ツェツィは頬《ほお》の色を首から下の真っ白な肌にも移動させ、

「つな、ぐ――……っ！　そ、それは、困ります……」

……俺の言葉を想像して恥じらう素振りが堪《たま》んねぇんだけど……。

しかも『駄目』でも『イヤ』でもなくて『困る』か……イヤじゃないってことは、状況を整えれば繋いでいいってことかな。

憂いなく俺に溺《おぼ》れてほしいし、婚約式前でいいタイミングとは言えないが、ツェツィがいいと思ってくれてるならいっそ今すぐ繋ぐのもありかな。

……死ぬ気で調整して長期休暇をもぎ取るか？

思案していると、少し長くなった襟足へ指先が伸びてきて毛先にくすぐるように触れ、そのまま肩にそっと触れてきた。

心を和らげる香りと柔らかな肢体が寄り添ってきて、若草色の瞳を揺らしながら見上げられ、あっという間にツェツィーリア以外の全てが些末《さまつ》な事柄になる。

　このまま誰の目にも入ることがないように、誰の名も口にすることがないようにめちゃめちゃにしたい——そう湧き上がった衝動を抑えてそっと背中に腕を回すと、ツェツィが長い睫毛を上下に揺らして躊躇いを示した。

「傍《そば》にいるのも、一緒に眠るのも、本当にイヤじゃないの。ルキ様がいてくれるだけで幸せで……だから、——……」

　吐き出されない「怖い」という言葉を掬《すく》い取りたくて、食いつくように唇を奪って舌を絡めた。

「ン、んぅッ……ふ、あ、ルキ様……」

「……好きすぎてどうにかなりそうだよ、ツェツィーリア。頼むから今すぐこの可愛い唇で、俺のモノだと言って？」

「る、ルキ様の、モノです……」

「うん、じゃあ今夜もあなたを抱き締めて眠ってもいい？」

「はい、是非……じゃなくてっ、ど、どうぞ……っ」

　是非って、クッソ可愛いな。

「愛してるよ、俺の唯一」

「……っわ、私も愛してます……」

　白魚のような手を持ち上げて薬指の指輪にキスをすると、頭上から小さな声で気持ちが返ってきたから堪らずもう一度口づけようとして——

「——ぶっ、……ふんふんふんふん《なんで止めるの》」

「待ってくださいっ」

口元を彼女の手に覆われて、キスを邪魔されてしまった。

なんでだ。手にキスしろってことか？

「その前に――ひゃぁっ!?　るっ、ルキッ！　やめて違うからぁ……ッは、話がまだ終わってないんですっ！」

チュッチュッと掌《てのひら》に口づけると、動揺したツェツィが俺を呼び捨てにしてきて嬉《うれ》しくて顔がにやけてしまう。

「うん、なぁに、俺のツェツィーリア」

意思を見せてキラキラと輝く若草色の瞳をうっとり見つめながら抱き上げて寝台へ足を向け、軽すぎる身体を抱えたままベッドに腰掛けて――予想だにしていなかった言葉に、一瞬笑顔のまま固まってしまった。

「その、あなたと私では体力が違うので……た、沢山はシないでほしいんですっ」

……イヤな予感がする。

意気込みを表す彼女の握られた拳《こぶし》をチラっと見てから、笑みを貼りつけたままこの後されるであろう会話をどうするか考えていると、ツェツィが小首を傾《かし》げた。

「……ルキ様？　聞いてます？」

「あ、うん、聞いてます。……沢山じゃないならシてもいい？」

彼女に『お願い』をされたら敵わないので、その言葉を避けようと優しく尋ね返すと、彼女が眉間に皺《しわ》を寄せた。

「……あなたの考えと私の考えを摺《す》り合わせた方がいい気がしたわ」

可愛く睨《にら》みながら考えを読んでくるくらいには俺のことをわかってるのが猛烈に嬉しくて、訊《き》かざるを得なくなるのが辛《つら》い。

「……つまり？」

「一回にしてください」

返される答えがわかっていても、これは確認せずにはいられないだろっ。

「その一回は、当然俺の一回だろ？」

「と……当然私の一回に決まってるでしょう！」

案の定声を荒らげる彼女の羞恥《しゅうち》で染まった頬に手を伸ばし、できるだけ穏やかに言い返す。

「ツェツィ……正直なところ敏感すぎるあなたに合わせたら、俺は間違いなく欲求不満のまま終わるんだけど……」

自分でもわかってるだろう？　と小首を傾げて問いかけると、音を立てたと錯覚するくらいツェツィの顔が勢いよく真っ赤になった。

「なっ……わっ私だって!!　どなたかがきちんと我慢して手加減してくれたら、ちゃんと対応できます……！　大体いつもいつも――」

そうして色っぽく赤らんだまなじりをつり上げて声を張り上げたツェツィの言葉の中にあった、聞き捨てならない単語に、瞬時に胸の内がどす黒い感情で満たされた。

「――なんだって？」

「ひッ……あ、あの……っ？」

怒りとは到底呼べない醜く濁ったモノが赦《ゆる》すなと叫び、口を、目を、身体を動かす。

怯えて強張る頬から手を滑らせ、喉を掴むように撫《な》でて温かな肌と脈打つ鼓動を確認してから、顎へと手を戻す。

壊さないようにゆっくりと指先に力を入れて白さの増した美貌《びぼう》を上向かせ、震える唇へ自らを寄せてそっと囁いた。

「……ツェツィーリア、今、あなたはどこにいて、目の前には誰がいる？」

「ツ、あ、の、る、ルキ様のお部屋――」

「部屋？」

「――のルキ様の腕の中でっ、目の前にいるのは旦那《だんな》様であるルキ様です……っ」

涙声で紡がれる自分の名に、少し心が落ち着きを取り戻す。

「そう、俺もあなたも触れ合うのはお互いだけで、あなたが身を委ねた相手は後にも先にも俺以外いない……『どなたか』なんてゴミクズみたいなモノは一度たりとも存在していない。だろう？」

ツェツィのそういった行為の相手は俺しかいないはずだと情報として知っていても、言葉にしたせいで未《いま》だ空白の多い過去に苛立ちと焦燥を覚えてしまう。

……万一にでも彼女の奥深くに触れた存在がいたら、身体と言わず魂の欠片《かけら》さえも残さず抹《け》消してやる、と胸の内で思いながら促すように凝視すると――何故《なぜ》か、ツェツィが怯えながらもほんのりと頬を染めた。なんでだ。

とりあえず無性にキスがしたいから、今すぐ返事が欲しい。

「は、はい、あの、そうです……」

涙目なのにどこか嬉しそうに頷《うなず》いてくれた彼女に「だよね」と安堵《あんど》してキスをする。

怖がらせてしまった謝罪を込めて微《かす》かに震える唇を啄《ついば》みながらそっとシーツに押し倒すと、ツェツィが受け入れるように顔を傾けたから深いモノに変えようとして——

「触れ合うのは、私だけ……」

触れた唇が零《こぼ》した言葉に、ピタッと動きを止めてしまった。

間近にある羞恥を含んだ表情を見つめると、シーツの上で重ねていた手におずおずと指が絡まってきて。肯定を乞うように絡めた指にきゅっと力を込められて耳先が熱を持ってしまい、つい恥ずかしくて口調がガキっぽくなってしまった。

「初《ア》めて《レ》は悪かったと思ってるし、婚約当初は気持ちが逸《はや》ってた部分もあるから加減できなかったときが多いけど、今はある程度我慢も手加減もできてるだろっ」

がっついてるのは変わらないかもしれないが、あのときの技術と経験ゼロの俺と一緒にされて堪るか……!!

大体俺はツェツィにしか欲情しないから仕方ないんだよっ！　こっちは知識のみの実践ゼロで挑んだわけで、そうでなくたってやっと手に入れたヒトの想像以上に淫《みだ》らな姿を見せられて、我慢なんてできるわけないだろ……！

今でもツェツィしか抱きたくないんだから、ツェツィとしか経験がないのは俺としては至極当たり前——だと思うんだけどっ、流石にこんな言い訳好きなヒトにしたくねえ……っ。

比較対象がいないことが当然で、今の今まで気にしたこともなかったんだが、……もしかして、ツェツィとしては俺との行為に不満があったりして……っ？

想像とは真逆の意味合いの『実は痛くて辛いから一回』というお願いかもしれないと思った途端、

自分の顔まで眼下のツェツィと同じ色になってしまい、衝動的に身を起こしかけ――

「る、ルキは前と違ってもう私の身体に慣れてて我慢できるのかもしれないけれど、私は無理だものっ。あなたに触れられると、すぐ、その……っき、気持ちよくなってしまってっ、何も考えられなくなるくらい感じて乱されるのが凄《すご》く恥ずかしいんだから……！」

予想外すぎる甘い言葉で詰《なじ》られて、安堵と羞恥から彼女の肩口に突っ伏してしまった……。

無意識でのフォローが最高すぎるし、技術が上がったとわかったことは嬉しいんだけど、恥ずかしい過去を引き合いに出されて俺も今クソ恥ずかしいです……。

「ルキ……？」

窺《うかが》う声にのそのそと身体を起こすことで応え、小さく息を吐いて涙目のツェツィを見つめる。

本当、記憶通り無自覚に煽ってくるな……でもまぁ今回に関しては、むしろ煽ってくれて助かったかも。

彼女の一回と俺の一回が成り立たないと、その身にわからせればいいんだからな。

「――わかった、最大限努力してあなたの一回に合わせる。……だからツェツィもできるだけ我慢して？」

そう言いながら微笑んで、息を呑《の》んだ彼女の夜着を剥《は》ぎ取った。

あぐらをかいた上に乗っているツェツィと向き合いキスをしていると、足に触れる彼女の太ももに力が入るのを感じた。同時に脳の奥をドロドロに溶かすような熱っぽい喘ぎを零され、どうにも抗《あらが》えずに身体が反応する。

「ふ、あっ……っ駄目、奥当たって、ンんっ……――っ⁉　る、ルキッおっきくしない、で……っ」

その俺の反応を敏感に感じ取る彼女に煽られて腰を突き上げないよう必死で己を制御し、ゆっくりとナカを捏《こ》ねる。

「――ひっ！　あっ、あ……ハッ……ハッ――……！」

わざと弱い部分をかすらせて、ハーハーと荒らげていた息を止めて背中を丸める我慢強い彼女にそっと問いかけた。

「……ツェツィ、もう少し激しくしていい？」

言外にこれではイケないと伝えると、ツェツィは泣きそうな顔でぶんぶん首を振った。

「あっ……だ、だめ……っ待って絶対先にイッちゃうから……！」

「……っ……、わかった、体位変えよう」

汗で前髪を色っぽく乱す蕩《とろ》けた表情の彼女から顔を逸《そ》らし、奥歯を噛《か》み締めながら震える身体をそっと横たえる。そして肩で息を吐いて自分を宥《なだ》め、心の中で己の愚かさを後悔した。

……なめてた……！

お互いに努力するって聞こえはいいけど、どう考えてもツェツィの方がキツいのは間違いない。

だから俺だって無茶苦茶にしてやろうなんて思ってはいないけど、正直すぐに決着がつくと思ってた……そうだよな、六年も王子妃候補やってて我慢強さに定評があるもんな……。

しかも辛そうに我慢している表情が色気ありすぎて……ちょっと犯してる感もあるせいで興奮して、俺も結構ヤバイ状態なんだけど……！　流石に先にイキたくねぇぞ畜生……っ。

そう思いながらも我慢できずトチュッと強めに腰を打ちつけると、汗ばんだ身体が勢いよく跳ねた。

「――ひぁっ!?　あ、あッ、駄目きもち、いっ……うぅ〜……っ」

「ッ……はッ、く……っ、ツェツィ、ツェツィーリア、唇を噛み締めないで。辛いなら俺の指を噛んでいいから」

……なんでこんな耐久勝負みたいになってるんだ……と自らのミスで起きてしまった引き返せない状態を嘆きながら、彼女の口の中に人差し指と中指を差し込んで、親指の腹でキスをするように唇を撫でた。するとツェツィが俺の腕へ両手で縋《すが》りついてきた。

その手と同じように腹の中の俺をキュウキュウに締めつけられ、イキそうなことを伝えられたから、泥濘《ぬかる》んだナカを抉《えぐ》り続けようとする腰をなんとか止めて息を吐き出す。

「……ッ……、はー……クッソ、気持ちよすぎんだけど……」

ついでに愛おしいと伝わるように口角を上げて揶揄《からか》う文句も吐き出すと、ツェツィが助けを乞うように小さく俺を呼びながら震える腕を持ち上げてきた。

肩を掴む必死さを表す手の甲に顔を向けてキスを落とし、俺はまだ持ち堪《こた》えられると示す。すると彼女はポロポロ涙を零しながら睨んできた。

「る、るきの、意地悪……っ根性悪の変態……！」

……ごめん、でも恥ずかしい過去を拭《ぬぐ》い去りたいから譲れません。

快感を拾おうしているのだろう、無意識に腰を浮かそうとする彼女の下腹部の誓紋をなんとなく指でトントンと突いて、触れたがる自分に苦笑しながら口を開く。

「ツェツィーリア、俺はあなたのお願いをきいてちゃんと我慢してるだろう。俺からは唇へのキスも駄目、身体に触れて愛撫《あいぶ》するのも、好きだと言うことさえ禁止されて耐えてる……今回は、あなたも俺に意地悪をしてると思うんだけど」

最大限努力すると言ってしまったせいでそれなりに追い込まれている身としては、そろそろ妥協点を見出《みいだ》したい。悪いと思いつつズルイ言い方を選ぶと、とうとうツェツィが喘ぎながら俺の首に腕を回してきて、心の中で拳を握ってしまった。

「も、もう我慢なんてしなくていいから……っ、イキたい……るき、るきぃ……ッ」

「ツ、じゃあ――」

俺の一回でいいかと訊こうとして、濡《ぬ》れた唇から零された懇願に理性を粉々に破壊され、堪えていた全部をあっさりと持っていかれた――

「……キス、して……ぎゅってして、ちゃんと愛し合いたい……っ、一緒に、イキたいの……一緒がいい……っおねがい、るき……っ」

「――ック……ッソ、ツェツィーリア……ッ！」

――そんな昨夜を思い出して、顔を覆った手を強めてしまった。

俺、マジで情けないほどツェツィに弱すぎるだろ……結局縋りつかれるままがっついてあっさりイクとか、完全にあのときと同じじゃねぇか、消えたい。……でも俺のことを呼びながら泣き喘ぐツェツィは最高だった。

記憶にある限り、一緒にイキたいなんて前の俺も言われたことはないはずだから、そう考えればまぁ――……馬鹿か、恥ずかしい過去を増やしてどうすんだよ……。

嘆息して、胸の上の彼女が落ちないように支え直しつつ思案する。

……流石に今日この場で『一回』の勝敗について話をするのは怒りそうかな。強請《ねだ》られて即イッたことをツェツィに言われたら襲いかかりたくなりそうだし、起き抜けに口にするのはやめておこう。

――それにしたって、本当に我慢強いところが腸《はらわた》が煮えくり返るな――

そんなことを思って掬い取った髪に口づけると、ツェツィが甘い吐息を零して目を開けた。

「……ん……る、き……？」

真っ先に俺のことを確認する声に応えるべく、顔が近づくように引き寄せ、挨拶をする。

「うん、おはようツェツィーリア。愛してるよ」

……そうだ、余計なことを考える必要はない。今日も、あなたさえいればそれでいい――

悪《あく》役《やく》令《れい》嬢《じょう》と鬼《き》畜《ちく》騎《き》士《し》2

猫田

2022年7月5日　初版発行
2024年1月17日　第三刷発行

著者　猫田

発行者　野内雅宏

発行所　株式会社一迅社
〒160-0022 東京都新宿区新宿3-1-13　京王新宿追分ビル5F
電話　03-5312-7432(編集)
電話　03-5312-6150(販売)
発売元：株式会社講談社(講談社・一迅社)

印刷・製本　大日本印刷株式会社

DTP　株式会社三協美術

装丁　AFTERGLOW

ISBN978-4-7580-9472-6

●本書は「ムーンライトノベルズ」(https://mnlt.syosetu.com/)に
掲載されていたものを改稿の上書籍化したものです。
●この作品はフィクションです。実際の人物・団体・事件などには関係ありません。

MELISSA
メリッサ文庫